अनुमिता

(उपन्यास)

अनुमिता

अंजली मिश्रा

हिन्द युग्म
hindyugm.com
BLUE

ISBN : 978-81-951286-6-2

प्रकाशक:
हिंद युग्म ब्लू
सी-31, सेक्टर-20, नोएडा (उ.प्र.)-201301
फ़ोन- +91-120-4374046

मुद्रक : श्री मैत्रे प्रिंटेक प्रा. लि., ए-84, सेक्टर-2, नोएडा
कला-निर्देशन : विजेन्द्र एस विज

पहला संस्करण : 2021
मूल्य : ₹150

Anumita
A novel by *Anjali Mishra*

Published By
Hind Yugm Blue
C-31, Sector-20, Noida (UP)-201301
Phone- +91-120-4374046
Email : sampadak@hindyugm.com
Website : www.hindyugm.com

First Edition : 2021
Price : ₹150

पापा प्रयागदत्त शुक्ला जी को समर्पित!

1

वह ऑफिस पहुँची नहीं थी कि उसका बायोडाटा सबको पता चल गया था। बायोडाटा वह नहीं जो उसने दिया था, बल्कि वह जो उसने कभी किसी को दिया ही नहीं। जो अक्सर लोग उसके बिना बताए जान लेते थे।

शोहरत की तरह बदनामी भी अपने आप फैलती है। शोहरत पाने में तो कई बार लंबा समय लग सकता है, लोग रात-दिन उसको पाने की चाहत करते हैं, लेकिन बदनामी बिना माँगे, अचानक आपके हिस्से में डाल दी जाती है। कई बार सच्ची और बहुत बार झूठी।

सिद्धांत को उसकी सेक्रेटरी शर्ली ने चटखारे लेकर बताया, "बॉस आपको पता है, जो नई लड़की आज अपने ऑफिस इंटर्नशिप के लिए आ रही है, उसकी काबिलियत क्या है?"

वैसे तो वह अपने काम से मतलब रखता था, बहुत गॉसिप में नहीं रहता था, लेकिन कई बार ना चाहते हुए भी वह शर्ली को टोकता नहीं था, अपने अधीनस्थों के साथ उसका व्यवहार मित्रवत था। उसे लगता था कि ऑफिस का काम टीमवर्क से किया जाना चाहिए। 'बॉसिज्म' वाला फोबिया एक हद तक सिर्फ अनुशासन पैदा करने के लिए तो ठीक है, लेकिन ऑफिस में माहौल ऐसा होना चाहिए कि लोग अच्छे वातावरण में काम कर सकें। किसी को कभी कोई तकलीफ हो तो वह बोल सके।

लेकिन जब कोई छूट दी जाती है, तो ज्यादातर लोग उसका नाजायज फायदा ही उठाते हैं और शर्ली भी इस वक्त वही कर रही थी- बिना काम की बकवास, जो अब उसकी आदत बन गई थी। अनुभवी और पुरानी होने के कारण काम में तो अच्छी थी, लेकिन काम के अलावा भी सब पर उसकी पूरी नजर होती। किसी का आगा-पीछा शर्ली से नहीं छुप सकता था। पता नहीं उसके कौन-से सूचना तंत्र थे, जो इतने सक्रिय थे।

दिन भर बिना बात हँसते रहती, कई बार उसका आचरण लोगों को

किसी टीनएजर लड़की-सा लगता, जो अपनी ही मस्ती में रहती। उसका बर्ताव ऑफिस में सबको पसंद भी नहीं आता था, बहुत बार वह बचकानी भी लगती, इसके बावजूद भले उसके व्यवहार में कमियाँ निकाली जा सकती थी लेकिन ऑफिस की जिम्मेदारी वो पूरी ईमानदारी से निभाती, वहाँ उसकी कोई भी गलती निकाल पाना मुश्किल था।

सिद्धांत के अनसुना करने के बाद भी वो नहीं रुकी।

अपनी बड़ी-बड़ी आँखें फैलाकर बोली, "आपको पता है, जो नई लड़की आ रही है, उसके कारण मर्डर हो चुका है! ऐसी लड़कियाँ बहुत तेज होती हैं। सुना है... दिखती भी अच्छी है।"

इतना सुनते ही सिद्धांत को बहुत तेज गुस्सा आया। लेकिन फिर भी वो सँभलकर बोला, "तुमको जासूसी करने किसने कहा है? किसी की पर्सनल लाइफ में इतनी ताक-झाँक अच्छी बात नहीं है। इतनी बड़ी कंपनी में उसे इंटर्नशिप का मौका उसके एकेडमिक्स और क्वॉलिफिकेशन को देखकर दिया गया है। तुम जानती हो, ऐसी सब बातें मुझे बिल्कुल पसंद नहीं हैं। टेंडर वाली फाइल चेक हो गई हो, तो मेरे पास भेजो, ऐसी सब गॉसिप न्यूज छोड़कर काम पर ध्यान दो।"

उसकी आवाज में झल्लाहट और रूखापन साफ नजर आ रहा था।

सिद्धांत के व्यवहार से वह समझ गई कि शायद कोई गलत बात कह गई है, इसलिए वह चुपचाप केबिन से बाहर आ गई। उसने ऑफिस में यह बात सबको बता दी थी। सबको बता चुकने के बाद अंत में वह सिद्धांत के पास पहुँची थी, लेकिन उसका गुस्सा देखकर वो थोड़ा सहम जरूर गई थी। इतना ओवररिएक्ट क्यों किया? वह तो कभी किसी बात पर कोई प्रतिक्रिया ही नहीं देता था, ज्यादातर अनसुना ही कर देता था और अपने काम में मशगूल रहता था। लेकिन आज क्या हुआ? ऐसी बकवास तो वो लगभग हर रोज ही करती थी, लेकिन कभी वह इतना झुँझलाता नहीं था।

नए और फ्रेश चेहरे को देखने की उत्सुकता थी या उसकी कहानी जानने का क्रेज, ऑफिस में थोड़ी हलचल और फुसफुसाहट शुरू हो गई थी।

सिद्धांत यह बात समझ गया कि शर्ली ने तीर चला दिया है और अब उस तीर की दिशा उसे ही बदलनी होगी वरना परिणाम बुरा होगा।

2

अनुमिता फिर से मुंबई पहुँच गई थी, जहाँ वह कभी वापस आना नहीं चाहती थी। जिस तरह से उसे और उसके परिवार को मुंबई छोड़ना पड़ा था, वह सब याद करके उसके अंदर दुख से ज्यादा गुस्सा था। उसका मन कभी नहीं हुआ कि वह वापस वहीं पहुँचे, दोबारा उसी शहर, जहाँ उसके बचपन से लेकर जवानी तक के दिन गुजरे थे।

यादें अगर खूबसूरत हों तो बचपन के दिन सबसे यादगार होते हैं। उन्हें कोई नहीं भूलता। लेकिन ऐसा कुछ था, जिसे वह याद करना ही नहीं चाहती थी। बिल्कुल भी नहीं।

पता नहीं पापा ने बिना पूछे यह डिसीजन क्यों लिया, उनको हर बात के लिए हमेशा सिद्धांत ही क्यों याद आता है ? वह कहीं और से भी तो इंटर्नशिप कर सकती थी। क्या यही एक शहर है, इसके अलावा भी बहुत से अच्छे और बड़े शहर हैं। लेकिन उनकी आदत है, हमेशा जाने-पहचाने लोगों पर भरोसा करते आए हैं, और अक्सर इसलिए धोखा भी खाते हैं। अनजाने लोगों से हम सतर्क और सँभलकर रहते हैं, यह बात वह क्यों नहीं समझते।

कभी मुंबई उसे अपनी लगती थी। लेकिन मुंबई जैसे शहर रोज बदलते हैं। कुछ पुरानी धरोहर ही है, जो आज भी उस पुरानी मुंबई की याद दिलाती है, वरना तो यह शहर हर बार कुछ दिनों में कुछ और ही बन जाता है। जिन रास्तों से रोज आते-जाते हैं, अचानक रातों-रात कोई बड़ी-सी बिल्डिंग वहाँ खड़ी हो जाती है। इतना व्यस्त रहते हैं कि ध्यान नहीं दे पाते, या शायद शहर इतनी तेजी से रोज बदलता जा रहा है कि कहाँ-कहाँ ध्यान दें। हर दिन कुछ नया बनता है और पुराना टूटता है।

वही भीड़भाड़, वैसी ही काली-पीली टैक्सी और डबल डेकर बसें, जिनमें हर खड़े व्यक्ति को बैठने के लिए एक सीट मिल जाना ही उसकी खुशी है। हर वक्त, हर तरफ भागते-दौड़ते लोग। यही दौड़ते हुए लोग इस शहर की

पहचान हैं। ये ही पूरी मुंबई को चला रहे हैं, ये सब रुके तो मुंबई रुक जाएगी। जितना यह शहर लोगों से जाना जाता है, उतना ही लोगों ने इस शहर के नाम से जुड़कर, छोटी-छोटी जगहों से आकर अपनी पहचान बनाई और कुछ लोग यहाँ आकर खो भी गए।

कुछ चीजें आज भी वैसी की वैसी हैं। चींटियों की तरह एक-दूसरे के पीछे कतारों में धीरे-धीरे सरकती हुई काली-पीली गाड़ियाँ, जिनसे सड़कें हमेशा भरी पड़ी रहती है। सड़कों पर वैसे ही कहीं-कहीं पानी से भरे गड्ढे, वैसे ही सफेद-चितकबरे कबूतर जो हमेशा के लिए यहीं बस गए हैं कभी कहीं और नहीं जाते।

अच्छा ही हुआ जो उसने शहर छोड़ दिया। दोबारा वापस आकर यह शहर उसे और अजीब-सा लग रहा है। शहर दौड़ रहा है या इंसान, पता ही नहीं चलता। छोटी जगह में रहने की आदत हो जाने पर शायद ऐसा ही होता है।

सड़क पर आकर उसने टैक्सी को आवाज लगाई। बैठते ही उसने खिड़की का काँच नीचे कर दिया, हवा उसके चेहरे को सहलाते हुए बालों को बिखेरने लगी। चेहरे पर आते हुए बालों की अठखेलियाँ भी उसे इस वक्त पसंद नहीं आईं और उसने पर्स से क्लचर निकालकर बालों को कसकर बाँध दिया।

बाहर की गगनचुंबी इमारतों और आस-पास से गुजरते लोगों को वह देखने लगी। कुछ नई इमारतें बनती हुईं, कुछ पुरानी खाली पड़ी हुईं बिल्डिंग जहाँ पता नहीं कितने दिनों से काम रुका हुआ था और वो वीरान खंडहर में तब्दील होने लगी थी। बनाने वाले ने जाने क्यों बनाते हुए अचानक उन्हें भुला दिया और अब वो वहीं खड़ी-खड़ी ही बूढ़ी हो गई थीं। खिड़की से बाहर देखने पर दूर की चीज कुछ देर बाद उसके करीब आती और फिर उससे दूर चली जाती, इन आती-जाती चीजों को वह ध्यान से देख रही थी।

मॉल कल्चर अभी-अभी आया, शहर के लिए बिल्कुल नया है। यह भी पश्चिम की ही देन है, सारी तरक्की पश्चिम से ही पूर्व की तरफ आती है। एक बड़ी-सी बिल्डिंग में ढेर सारी दुकानें, खेलकूद, खाने-पीने से लेकर फिल्म और सारे मनोरंजन। एक बार अंदर घुसने के बाद चाहे जितने घंटे वहीं बिता लो। लोग बिना बात दिनभर अपना समय वही बिता लेते।

एक बड़ी-सी होर्डिंग पर लिखा हुआ था- क्रॉस रोड, और मॉल की

बड़ी-सी फोटो बनी हुई थी।

होर्डिंग देखते हुए अचानक उसकी नजर दूसरी तरफ चली गई। 'सोमदत्त शुक्ला जी को ढेर सारी बधाई' और सोम अंकल का बड़ा-सा फोटो लगा था।

उसे देखते ही उसका मन जाने कैसे कसैला-सा हो गया। मुंबई की हवा का खारापन उसे अपनी जीभ में महसूस होने लगा। एक गहरी साँस लेकर उसने अपना मुँह दूसरी तरफ फेर लिया।

मन भारी-सा हो गया। मन की उस अवस्था में कब रास्ता खत्म हुआ पता ही नहीं चला और टैक्सी बड़े-से मॉलनुमा ऑफिस बिल्डिंग के सामने आकर रुक गई।

वह जब उतरकर ऑफिस जाने लगी तो उसने चेहरे को कुछ रुखा-सा बना लिया। पिछले दिनों जो भी बीता, उसके बाद से उसकी आदत हो गई थी, वह चेहरा जान-बूझकर जरूरत से ज्यादा सख्त और गंभीर बना लेती थी- ऐसा कि कोई जल्दी उसकी तरफ ना बढ़े, ना ही उससे कोई प्रश्न पूछे।

...क्यों वह सबके सवालों का जवाब दे? लोग तो बिना किसी को जाने, सुनी-सुनाई बातों पर राय बना लेते हैं और उसे किसी को भी अपनी सफाई नहीं देनी।

जैसे चाहें उसे जज करें, उसे कोई परवाह नहीं। सभी लोग अपने हिसाब से ही लोगों को जज करते हैं, इंसान असल में कैसा है कोई कहाँ समझना और जानना चाहता है। उसे कोई फर्क नहीं पड़ता कि लोग उसके बारे में क्या सोचते हैं। लेकिन असल में मन के किसी कोने में वह यह बात जानती है कि फर्क तो पड़ता है, हर बार जब वह किसी अजनबी से मिलती है तो हमेशा सशंकित रहती है कि वह पता नहीं उससे उसके अतीत का क्या पूछ ले, जिसे बताने में वह असहज हो जाए।

लिफ्ट में घुसते हुए उसने वॉचमैन से पूछा, "पिनेकल इंडस्ट्रीज का ऑफिस किस फ्लोर में है?"

"सातवें फ्लोर पर।"

उसने सात नंबर का बटन दबा दिया। टाइम देखा, 11 के बदले 11:15 हो चुके थे। पहले ही दिन वह 15 मिनट लेट थी। उसने मन-ही-मन खुद को सावधान किया कि आगे से उसे लेट नहीं होना है। आज उसे टाइम का अंदाजा

ही नहीं हुआ, पीजी से ऑफिस तक की दूरी कितनी है। उसका पीजी कोलाबा में था, वहाँ से नरीमन प्वॉइंट तक का समय उसने आधा या पौना घंटे का सोचा था, लेकिन मुंबई के ट्रैफिक का कोई भरोसा नहीं।

ऑफिस में पहुँचते ही सबसे पहले उसे शर्ली ही मिली। उसने अपना परिचय दिया। वह 38 से 40 के आस-पास उम्र की महिला थी। उसने अपने आपको सँभालने की बहुत कोशिश की थी, लेकिन पूर्ण रूप से सफल नहीं रही थी। कई जगहों से उसकी अवस्था खुद सामने आकर गवाही दे रही थी, हालाँकि वह कभी दिखने में जरूर खूबसूरत रही होगी। अपने वजनदार शरीर को सँभालने के बजाय चेहरे को मेकअप से छुपाने की कोशिश करती हुई, वो ज्यादा दिखी। जब शरीर अपने हिसाब से फैलने लगता है और बहुत कोशिशों के बाद भी सफलता नहीं मिलती तो लोग अक्सर उसकी अवहेलना करने लगते हैं, शरीर की तुलना में मुखड़ा आश्चर्यजनक रूप से सुडौल था और उसने उस पर पूरा ध्यान दिया गया था और इस प्रयास में वो सफल भी हुई थी।

उसकी बड़ी काली कजरारी आँखें, कमान की तरह आँखों के एक सिरे से दूसरे सिरे तक फैली हुई गाढ़ी, गहरी भौंहें उसके पूरे चेहरे में सबसे आकर्षक थीं। शायद वह यह बात जानती थी, इसलिए उसने बड़े सलीके से आँखों का मेकअप किया था, जो उसकी आँखों के साथ साथ चेहरे की खूबसूरती को और बढ़ा रहा था। अपने होंठों को उसने लिपस्टिक से थोड़ा चौड़ा किया था, क्योंकि वो जरूरत से ज्यादा पतले थे, जिन्हें चेहरे के बराबर अनुपात में लाने का प्रयास किया गया था। घुँघराले बाल कमर तक थे जिन्हें उसने खोल रखा था। उसका साँवला रंग जिस पर साड़ी के सलीकेदार चयन और उसको करीने से पहनने के ढंग ने उसकी रंगत को बढ़ा दिया था। अपनी कम हाइट को भी उसने बड़ी चालाकी से छिपा दिया था।

कंपनी के युवा स्टाफ के बीच वही सबसे पुरानी और ऐतिहासिक थी। उसे देखकर अंदाजा लगाया जा सकता था कि वह मालिक के पुराने और वफादार स्टाफ में से एक होगी, जिस पर उसके पुराने मालिक की कृपादृष्टि अब तक बनी हुई थी। वह किसी बेहतरीन इलाके में स्थित ऐसी पुरानी इमारत की तरह थी, जिसकी उपयोगिता आज भी बनी हुई है। ऑफिस स्टाफ की

नजर में सरकार ने उसे हेरिटेज बिल्डिंग की तरह सँभालकर रखा था। पूरे स्टाफ में उसका सबसे पुरानी होना ही उसकी सबसे बड़ी विशेषता थी।

शर्ली ने एक भरी-पूरी दृष्टि अनुमिता पर डाली और मुस्कुराकर कहा, "बॉस अभी आपको पूछ ही रहे थे, चलिए मैं बता देती हूँ कि आप आ गई हैं।"

उसकी बड़ी आँखें कुछ देर को उस पर टिक गईं, जैसे अंदर तक उसका भेद ले रही हों। वो एक औपचारिक मुस्कान बिखेरते हुए उसके पीछे चल दी।

उसने देखा कि उसके घुसते ही लोगों की काम में घुसी हुई कई जोड़ी आँखें उस पर कुछ देर को टिकीं, कुछ लोगों के होंठ हिले, वातावरण में थोड़ी खुसर-पुसर फैली, कुछ ने उसे देखकर अनदेखा किया और अपना काम करते रहे।

सबको देखते हुए वह आगे की तरफ बढ़ने लगी। इतने सारे अजनबियों के बीच ऑफिस का वातावरण उसे थोड़ा तनावपूर्ण लगा। उसने पहली बार इतने बड़े ऑफिस को देखा था, थोड़ी घबराहट उसके अंदर जरूर थी। लेकिन सिद्धांत के केबिन में घुसते ही सारे अनजान चेहरों के बीच जाना-पहचाना चेहरा देखकर उसे बड़ा सुकून मिला।

वह आस-पास रहता है, तो हमेशा एक सुरक्षा का अहसास करवाता है, जैसे सब कुछ सँभाल लेगा। लेकिन वो उस सुरक्षा को हमेशा अपने से दूर धकेलती आई है। उसे लगता है कुछ काम वह खुद कर सकती है, हर बात के लिए सिद्धांत पर निर्भर नहीं होना चाहती, वह इतनी भी मजबूर नहीं। बार-बार मदद क्यों लेना कि बाद में बोझ लगने लगे। वैसे भी, सोमदत्त अंकल और आंटी बोलने का कोई मौका नहीं छोड़ते, बिना मतलब उनको बोलने की एक वजह वह और क्यों दे।

लेकिन ऑफिस का माहौल देखने के बाद अब उसे महसूस हो रहा है कि बड़ों की बातें कभी-कभी मान लेनी चाहिए, वे हमेशा गलत नहीं होते हैं। वह इतनी भी मजबूत नहीं है जितना वह खुद को दिखाती रही है।

किसी जान-पहचान वाले का होना राहत देता है, वरना इतने अपरिचित लोगों के बीच वह कितनी अकेली पड़ जाती। ऑफिस में पहुँचते ही कितनी डरी हुई थी, लेकिन सिद्धांत की उपस्थिति से अब जरूर आश्वस्त है।

इस शहर से भी वह बिल्कुल अनजान तो नहीं लेकिन शहर जाना पहचाना तब लगता है, जब अपने जाने पहचाने लोग आस-पास हो।

केबिन में घुसते ही सिद्धांत ने मुस्कुराकर उसका स्वागत किया। फोन पर बात करते हुए उसने हाथों से बैठने का इशारा किया।

काँच की बनी हुई उस बड़ी-सी ऑफिस टेबल के दूसरी तरफ वह खड़ा था। पीछे बड़ी खिड़कियों पर ब्लाइंड्स लगे हुए थे जिनसे छनकर रोशनी अंदर आ रही थी। सामने चार-पाँच कुर्सियाँ रखी थीं, उन्हीं में से एक कुर्सी पर वो बैठ गई और चारों तरफ देखने लगी।

शर्ली ने अंदर न आकर दरवाजे के पास खड़े होकर इशारे से जाने की अनुमति माँगी, सिद्धांत के हामी भरते ही वह बाहर निकल गई। केबिन काफी बड़ा था, एक तरफ हरे रंग का लेदर का सोफा और टेबल लगी हुई थी। ऑफिस की भव्यता देखकर वह अपने में थोड़ी संकुचित-सी हो गई।

बहुत दिनों के बाद सिद्धांत को देख रही थी। उसके चेहरे पर अजीब चमक थी। वो बातों में मशगूल था, उसकी तरफ अब उसकी पीठ थी। एक बार नजर भर वो उसे देख लेना चाहती थी, लेकिन सरसरी निगाहों से ही उसने देखा, वो जब भी उसकी तरफ देखती हर बार ही सिद्धांत की आँखे उसे पकड़ लेती, वो नहीं चाहती थी उसकी आँखों में सिद्धांत के लिए जो है, वो उसे पढ़ ले।

वो अपने पापा की तरह ही साँवला और ऊँचा था। लेकिन पिता की तरह रुखा और सख्त चेहरा उसका नहीं था। उसके पूरे व्यक्तित्व में सम्मोहन था जो उम्र की वजह से था या वो सोच से, जैसा था वैसा उसका चेहरा था। अपने मन के भाव को छिपाने की कला वो नहीं जानता था। उसे लगा वह पहले से थोड़ा दुबला हो गया है... या शायद उसका भ्रम था।

स्काई ब्लू शर्ट के साथ ब्लू रंग की ही टाई, यह क्या कॉम्बिनेशन हुआ? क्या यह फैशन है? टाई और शर्ट बिल्कुल एक ही कलर की अच्छी लगती है क्या? थोड़ा तो कंट्रास्ट होना चाहिए था। आस्तीन को सिकोड़कर, टाई को थोड़ी ढीली करके शर्ट के ऊपर वाली दो बटने खोल वो इत्मीनान से फोन पर किसी क्लाइंट से बाते कर रहा था। इतने बड़े होने पर आज भी मुँह में पेंसिल डालने की उसकी आदत नहीं गई, इस वक्त भी पेंसिल उसके मुँह में ही थी।

हमेशा से टॉपर रहा था, यहाँ भी टॉप पर ही दिख रहा है। वैसे, पिता की कंपनी में बेटा तो टॉप पर होगा ही, वरना क्या इतनी जल्दी इस पोजीशन पर पहुँच सकते हैं?

ऐसा कैसे सोच सकती है जबकि अच्छे से जानती है, उस पर लगा आईआईटी का ठप्पा ही उसकी काबिलियत बताता है। उसे तो कहीं भी अच्छी नौकरी आराम से मिल ही जाती। उसके पिता का नाम जो उसके साथ जुड़ा है, वो भी लोगों के बीच उसकी पहचान बनाने में मददगार ही साबित होता होगा।

बातें खत्म करने के बाद फोन रखते ही सिद्धांत ने सबसे पहले दो कप चाय बुलाई, जिनमें से एक बिना अदरक वाली थी। अदरक उसे पसंद नहीं, यह बात सिद्धांत को अब तक याद है। वो बचपन से अदरक से चिढ़ती रही है, सब्जी में एक पीस आ जाता तो पूरी सब्जी छोड़ देती। खड़ी अदरक उसे बिल्कुल पसंद नहीं थी, पीसकर सब्जी में डालकर कोई उसे खिला दे तो उसे पता भी नहीं चलता था और बड़े आराम से खा लेती थी। बचपन की इतनी पुरानी बात सिद्धांत को अब तक बात याद थी। वो उसके खाने-पीने के नखरे बचपन से देखता रहा है, इसलिए जानता है कि चाय भी वह बिना अदरक की ही पिएगी।

उसके बाद एक गहरी साँस भरते हुए, जैसे उसने अपने आज के सारे काम निपटा दिए हों, उसकी तरफ मुखातिब होकर पूछा, "घर में सब कैसे हैं, अंकल अब ठीक हैं?"

"सब ठीक हैं, जब से शुगर हुई है, पापा पहले से कमजोर हो गए हैं। तुम पापा के हमेशा से फेवरेट रहे हो, तुमको खूब याद करते रहते हैं।"

"अंकल को शुगर कब हुई?"

"लगभग छह महीने पहले, उसके बाद से मम्मी ने खाने में काफी परहेज शुरू कर दिया है। लेकिन तुम तो जानते हो पापा खाने के कितने शौकीन हैं।"

"हाँ शौकीन तो रहे हैं लेकिन क्या सिर्फ अंकल अकेले ने मुझे याद किया, बाकी लोगों ने नहीं?"

उसने मुस्कुराकर कहा, "हम सबने तुमको याद किया।"

"और... कार्तिक कैसा है, उसकी पढ़ाई कैसी चल रही है?"

"आजकल यारी-दोस्ती में कुछ ज्यादा ही व्यस्त रहने लगा है। पढ़ाई की

तरफ भी उसका ध्यान थोड़ा कम ही है। पापा उसे भी लेकर काफी चिंतित रहते हैं। इस साल उसका 12वीं का एग्जाम है, देखो कैसा करता है।"

"सब अच्छा ही करेगा, छोटा है इसलिए तुम लोग उसको लेकर ज्यादा ही ध्यान देते हो। लेकिन वो समझदार है, जिस तरीके से उसने उस पूरी घटना के बाद खुद को सँभाला है, इतना भी आसान नहीं था।"

"आने के पहले तुमने मुझे फोन क्यों नहीं किया? पीजी कहाँ लिया है? मुझे क्यों नहीं बताया? इसी एरिया में अच्छे पीजी मिल जाते तुमको।"

"साँस ले लो पहले तुम जरा।" जल्दी-जल्दी वो इतने प्रश्न पूछ गया कि अनुमिता मुस्कुरा दी।

"कोलाबा में एक पारसी फैमिली है, उसने ऊपर के पाँच-छह कमरे पीजी पर दिए हैं। खाली था, तो मुझे आसानी से मिल गया, कोई दिक्कत नहीं हुई।"

"कमरा कैसा है, ठीक-ठाक तो है?"

"जैसे पीजी होते हैं वैसा ही है। एक पलंग, एक साइड में टेबल और एक अलमारी है। इससे ज्यादा क्या चाहिए। वैसे भी एक महीने की ही तो बात है।"

वह कई सालों से सिद्धांत के माता-पिता से नहीं मिली थी। उसने औपचारिकतावश ही पूछ लिया, "तुम्हारे घर में सब कैसे हैं, अंकल, आंटी, सुशांत और सुयश?"

सिद्धांत ने उसके प्रश्न पर बेरुखी दिखाई और बात टालते हुए पूछा, "तुम्हारी ट्रेनिंग कितने दिनों की है?"

"लगभग चालीस दिन।"

"कितने दिन ऑफिस वर्क और कितने दिन फील्ड पर जाना है?"

"20 से 25 दिन का फील्ड वर्क करना जरूरी है, बाकी दिन ऑफिस वर्क।"

वह समझ गई कि वो परिवार वाली बात को टाल गया है। सिद्धांत का परिवार हमेशा से उसके लिए अजनबी ही रहा था। पहले भी उनसे मुलाकात न के बराबर ही हुई थी। हालाँकि पापा और कार्तिक से सिद्धांत का मिलना -जुलना हो जाता था क्योंकि वह पापा के स्कूल से ही पढ़कर निकला था और उनके स्कूल के उन चंद सफल बच्चों में से था जिनका लोग आज भी

उदाहरण देते हैं।

वह पापा के हमेशा करीब रहा। जो बातें वह अपने पिता से कभी खुलकर नहीं कर पाता था वो बातें भी पापा से आराम से बिना संकोच कह लेता था। उसकी और पापा की बॉन्डिंग बिल्कुल अलग ही थी। लेकिन उसकी मुलाकात उससे और मम्मी से बहुत कम ही हुई थी।

"अनु, तुम खाने का क्या कर रही हो?" अपनेपन से उसने पूछा।

सिर्फ सिद्धांत और बचपन में उसके साथ खेलने वाले उसके करीबी दोस्त ही उसे 'अनु' कहते थे। बाकी सारे पुराने दोस्त तो बिछड़ गए, सिर्फ सिद्धांत अकेला है, जो आज भी साथ है। सालों बाद 'अनु' सुनकर उसे अजीब लगा आदत छूट चुकी थी इस नाम से उसे कोई नहीं पुकारता था लेकिन इतने दिनों बाद इस नाम से पुकारे जाने पर अच्छा भी लगा... बचपन वाले नाम की मिठास अलग ही होती है। मम्मी-पापा की तो वह मीतू थी और कार्तिक तो नाम भी नहीं लेता था, उसकी तो वह हमेशा से 'दीदी' थी।

"कल रात तो ट्रेन में खा लिया था, मम्मी ने बहुत ज्यादा खाना पैक कर दिया था। सुबह पीजी में बोल आई हूँ तो आज शाम से टिफिन आएगा।"

"ठीक है फिर तो आज दोपहर का खाना तुम मेरे साथ खाओगी। एक बढ़िया जगह है, तुम खुश हो जाओगी।"

"नहीं सिद्धांत, मैं नीचे कैंटीन में खा लूँगी। तुम परेशान मत हो, तुम्हारे पास भी तो काम होंगे।"

"अरे! आज तुम्हारा पहला दिन है और खाना तो हम सब खाते हैं, बिना खाए कोई काम करता है क्या?"

"मेरे लिए परेशान होने की जरूरत नहीं है, मैं मैनेज कर लूँगी।" थोड़ा झिझकते हुए उसने कहा।

"तुम्हारे लिए नहीं, अपने लिए जा रहा हूँ, मैं भूखा नहीं रह सकता। अब तो ठीक है? लंच टाइम में तैयार रहना।" अधिकार जताते हुए उसने कहा।

वह चुप हो गई, खाने को लेकर इससे ज्यादा विरोध करना उसने उचित नहीं समझा। सिद्धांत ने शर्ली को बुलाया और उस को काम समझाने को कहा।

वह शर्ली के साथ बाहर आ गई। दरवाजा बंद करते हुए उसने पलट कर देखा वो वही बैठा उसे ही देख रहा था। उसके देखते ही उसने अपनी मोहक

मुस्कान उसकी तरफ उछाल दी। थोड़े संकोच के साथ उसने औपचारिकता से होंठों को हल्का-सा फैलाकर जल्दी से वापस उनकी जगह पर लाते हुए, अपनी नजरें झुका लीं और बाहर आ गई।

केबिन से निकलते ही उसे उस ऑफिस के अनुशासित वातावरण का एहसास हो गया।

3

ऐसा नहीं था कि सिद्धांत की उन नजरों को शर्ली ने नोटिस नहीं किया। इतनी ही देर में वह यह बात समझ गई थी कि सिद्धांत पहले से अनुमिता को जानता है। लेकिन अभी थोड़ी देर पहले उसने उसके बारे में जो भी कहा था उसके बाद अब वो थोड़ा झेंप गई थी। उसे बिल्कुल अंदाजा नहीं था कि ये दोनों एक-दूसरे को पहले से परिचित थे। अगर उसे पता होता तो वह उस तरीके की बात कभी नहीं करती।

सिद्धांत ने अब तक उसे कुछ भी नहीं कहा था, लेकिन अब वह इतना जरूर समझ गई थी कि ऑफिस में उसे अनुमिता के बारे में कोई बात नहीं कहनी है, क्योंकि अगर दोबारा किसी गॉसिप में उसका नाम आया तो शायद बॉस इस बार उसे माफ ना करे।

सिद्धांत जानता था कि शर्ली दिल की साफ, बस जुबान की तेज है, उसकी और अनुमिता की जान-पहचान देखने के बाद अब शायद ही वह अनुमिता को लेकर कोई और गॉसिप ऑफिस में करेगी। उससे मिलकर समझ जाएगी कि वह एक सरल, सीधी-सादी लड़की है। वह नहीं चाहता था कि कुछ भी ऐसा हो जिससे वो असहज हो। उसने वह पुराना समय देखा था, इसलिए चाहता था कि जितने दिन वह यहाँ रहे खुश रहे।

अनुमिता से मिलने और उसे देखने के बाद शर्ली को अंदाजा हुआ कि वह उसे जाने बिना उसके बारे में सुनी सुनाई बातें बोल गई, आखिर ऐसा क्या हुआ होगा इस मासूम लड़की के साथ जो उस पर ऐसे लांछन लगे होंगे? पहले दिन वह ऑफिस आई, उसके कपड़ों से लेकर उसके पूरे व्यक्तित्व में एक सादगी थी। बेहद सामान्य कपड़ों में वह ऑफिस आई थी, उसके बावजूद उसकी खूबसूरती उस सादगी में भी निखर रही थी। साधारण-सा सफेद रंग का चूड़ीदार कुर्ता और उस पर मल्टी कलर दुपट्टा पहने हुए थी। मेकअप के नाम पर सिर्फ चेहरे पर एक छोटी काली बिंदी थी। हाथ में घड़ी

जिसका काला पट्टा उसके गोरे हाथों की सुंदरता बढ़ा रहा था। दूसरे हाथ में रक्षा सूत्र के धागे, जो शायद उसके परिवार ने उसकी खूबसूरती को देखते हुए ईश्वर से उसकी रक्षा की फरियाद में बाँधे होंगे। गले में उसने कुछ नहीं पहना था, लंबी गर्दन के साइड के दोनों तिल मानो उसकी नजर उतारने वहाँ मौजूद थे, कान से चिपके हुए छोटे सोने के टॉप्स उसके चेहरे की आभा बढ़ा रहे थे। पैरों में साधारण-सी कोल्हापुरी चप्पलें थीं। लेकिन फिर भी उसमें कुछ ऐसा था कि कोई उसे देखकर अनदेखा नहीं कर सकता था। सिद्धांत तो बहुत संपन्न परिवार से था, पर अनुमिता तो पहली नजर में साधारण परिवार की आत्मसम्मानी लड़की ही लगी।

उसकी हाइट बहुत अच्छी थी, जो उसके पूरे व्यक्तित्व को निखार रही थी। किसी ने उसे बताया था कि ज्यादातर लंबी लड़कियाँ सीधी होती है आज उस को देखकर पहली बार उसे लगा... शायद ये बात सच ही हो। उसकी चाल में गजब का आत्मविश्वास था। जब अमित उसके सामने आया, तो इतने दिनों में पहली बार शर्ली ने उसे झेंपते हुए देखा। अपनी हाइट के कारण वह अनुमिता के सामने खड़े होने में पहली बार थोड़ा असहज दिखा। वर्ना तो ऑफिस में कोई भी नई लड़की के आते ही उसका उचकना पहले शुरू हो जाता। एक कम उम्र लड़की के सामने उसका अति-आत्मविश्वास डगमगाता देख वो मन-ही-मन खुश ही हुई थी। अमित उसे कभी पसंद नहीं था। कोई उससे बात करने को इच्छुक हो या न हो वो हर लड़की से बात करने पहुँच ही जाता और जबरदस्ती खुद को दूसरे पर थोपता था। लेकिन आज वो कोने में चुप-सा बैठा था।

उसके नैन नक्श बहुत सुंदर तराशे हुए थे, बहुत ज्यादा गोरी तो नहीं थी लेकिन रंग साफ था। उसकी तीखी नाक और हल्के घुँघराले बाल, संतरे की फाँक की तरह छोटे प्यारे गुलाबी होंठ कुल मिलाकर वह बला की खूबसूरत थी, लेकिन उसकी खूबसूरती में जो मासूमियत भरी हुई थी, वह उसके आकर्षण को बढ़ा रही थी। लंबी, दुबली-पतली, छरहरे बदन की इस लड़की में जाने क्या खिंचाव था। ऑफिस में शायद ही कोई उसके इस चुंबकीय आकर्षण से बच पाया हो।

मुंबईया भाषा में एक शब्द है 'चालू' जो तेज और चंट लड़कियों के लिए

इस्तेमाल होता है, वैसी वो बिल्कुल भी नहीं लगी थी।

शर्ली ने आज तक बहुत लड़कियों को देखा था। अपने इतने सालों के तजुर्बे से वह इतना अच्छे से जान गई थी कि तेज लड़कियों की परिभाषा में वो कहीं से भी फिट नहीं होती है। उसकी अनुभवी आँखें किसी एक्स-रे की तरह हाव-भाव से लेकर बातचीत के तरीके से समझ सकती थीं कि फलाँ लड़की किस तरह की होगी। बहुत-सी नई लड़कियाँ ऑफिस में आई और गईं, जिनको उसकी इंद्रियबोध आँखों ने देखा, समझा और परखा था। बाकी से अलग इसमें एक ठहराव था। अपनी उम्र की लड़कियों की तुलना में वह बेहद शांत, सुलझी और समझदार लगी। पहली मुलाकात में ही शर्ली उससे प्रभावित दिखी।

वो तो सिद्धांत को पहले से जानती थी, लेकिन अपनी जान-पहचान को उसने अपने व्यवहार में कहीं भी जाहिर नहीं होने दिया था। सिद्धांत का उसकी तरफ झुकाव ऑफिस में हर कोई देख और समझ रहा था। हर किसी पर वह इतना मेहरबान नहीं होता था कि आते ही पहले ही दिन उसे लंच पर, उसके मना करने के बाद भी लेकर जाए। ऑफिस स्टाफ की महिलाओं से लेकर उसकी परिचित महिला मित्रों तक, अब तक काफी सारी चंचल शोख सहकर्मी उसे आकर्षित करने में अपनी तरफ से कहीं कोई कसर नहीं छोड़ी थी। ज्यादातर नई लड़कियाँ ऑफिस में आते ही काम से ज्यादा ध्यान सिद्धांत पर देती थीं, जैसे उनका मुख्य काम सिद्धांत पर ध्यान देना हो और बाकी समय थोड़ा-बहुत काम करना। लेकिन सिद्धांत ने इन सारी मोहतरमाओं से हमेशा एक निश्चित मर्यादित दूरी बनाकर रखी।

उसमें हर वह खूबी थी जो किसी भी लड़की को आकर्षित करती- पढ़ा-लिखा, खूबसूरत, संपन्न, नामी-गिरामी परिवार, उस सुपात्र लड़के को कुँवारी लड़कियाँ कैसे अनदेखा कर देतीं ? लेकिन उसका किसी भी लड़की की तरफ रुचि ना दिखाना ऐसा लगता जैसे उसने पहले से खुद को कही आरक्षित कर रखा हो। उसके आरक्षणकर्ता को जानने की उत्सुकता सबके अंदर थी, परंतु दूर-दूर तक किसी भी तरह का अनुमान आज तक कोई भी नहीं लगा पाया था। लेकिन आज उसका बेसब्री से सिर्फ लंच टाइम का ही इंतजार करना और बार-बार मंत्रमुग्ध भाव से अनुमिता की तरफ देखना किसी से भी छुपा

नहीं था।

लंच टाइम होते ही वह केबिन से निकलकर सीधे अनुमिता के पास आ गया। वैसे तो वह हमेशा काम में ही डूबा रहता था, शर्ली को बार-बार याद दिलाना पड़ता था, पर आज उसके बिना याद दिलाए ही, समय से पहले आकर वह उसके सामने खड़ा था।

उस वक्त वह कुछ लिख रही थी। उसकी गर्दन झुकी हुई थी। उसे पता ही नहीं चला कि कब सिद्धांत आकर उसके बगल में खड़ा हो गया। जब बगल की डेस्क में बैठी लीना ने इशारा किया तो सिर उठाते ही, उसे देखकर, वह एकदम से हड़बड़ाकर खड़ी हो गई।

उसकी हड़बड़ाहट देखकर सिद्धांत ने हँसते हुए कहा, "कोई कॉलेज में नहीं हो, जहाँ प्रोफेसर ने तुमसे कोई सवाल पूछ लिया, जिसका खड़े होकर तुमको उत्तर देना है। इतनी औपचारिकता की कोई जरूरत नहीं है। तुम्हें याद दिलाना पड़ेगा कि तुम्हारा बचपन का दोस्त हूँ। लंच टाइम हो गया है, अब चलो।"

"बचपन के दोस्त हो लेकिन यहाँ तो सबके बॉस हो।" वो मुस्कुराते हुए बोली

"सबका बॉस हो सकता हूँ, लेकिन तुम्हारा नहीं हूँ।"

बचपन के दोस्त के साथ ऐसा औपचारिक व्यवहार शायद तभी होता है जब दो लोगों के बीच बहुत लंबा, संवादहीन खाली समय गुजर गया हो और आपस में कोई मुलाकात ना हुई हो या फिर तब जबकि पुराने संबंध खत्म कर दिए गए हों और लंबे समय के बाद वो लोग फिर दोबारा मिले हों... शर्ली ने दोनों को देखकर अंदाजा लगाया।

सिद्धांत के साथ लिफ्ट में पहुँचते ही उसके पास से आती हुई उस भीनी खुशबू को पहली बार उसने महसूस किया। उसने कभी इतने दिनों में इस तरफ ध्यान ही दिया था लेकिन आज पहली बार उसके पास खड़े होने पर आती हुई उस भीनी खुशबू ने उसे याद दिलाया कि सिद्धांत के आस-पास मौजूद रहने पर हमेशा यही भीनी जानी पहचानी महक आती है जो उसके आस-पास होने का अहसास दिलाती है।

लिफ्ट से निकल कर पैदल ही पास की गली में वो उसे एक छोटे-से

खोमचे जैसी दुकान में ले गया, जो ऑफिस के पास की ही थी। इतने पॉश इलाके के नजदीक ऐसी कोई जगह भी है, इसका अंदाजा दूर-दूर तक कोई नहीं लगा सकता था। पता नहीं उसे कैसे पता चला और उसने इसे कैसे ढूँढा होगा। इतने बड़े शहर में बगल की चीजें भी कई बार पता नहीं चलतीं, जबकि दूर-दूर की चीजो की जानकारी होती है।

दूकान छोटी-सी थी, ऊपर लिखा हुआ था- 'इलाहाबाद के प्रसिद्ध नेतराम की कचौरी।' उस बोर्ड को देखते ही उसके चेहरे पर मुस्कुराहट फैल गई।

"यह तुमने कहाँ से ढूँढ लिया?"

"पारखी नजर है हमारी, यहाँ से आती हुई कचौरी की महक ने इसे छुपने ही नहीं दिया।"

वह बोर्ड के सामने ही खड़ी रह गई। दिन भर में पहली बार उसके चेहरे पर खुशी झलकी थी।

"यहीं खड़ी रहोगी या अंदर चलोगी?"

अंदर एक छोटी-सी लकड़ीनुमा बेंच पर दोनों बैठ गए। सामने लोहे की टेबल थी जिस पर एक जग और दो गिलास रखे हुए थे। दुकान ज्यादा बड़ी नहीं थी, पर भीड़ काफी थी। वहाँ बैठकर खाने वालों के बनिस्बत पैक करवाकर ले जाने वालों की संख्या ज्यादा दिखी। एक कोने में सब के सामने ही कचौड़ी तली जा रही। तलने वाली जगह की दिवार जरूर धुवे से थोड़ी काली पड़ चुकी थी लेकिन दूकान साफ सुथरी थी।

उसे याद आया कि बहुत पहले जब उसका परिवार इलाहाबाद से मुंबई आया था, तब से शायद ही कोई दिन गुजरा होगा जब पापा ने नेतराम की कचौरी को याद ना किया हो। रात-दिन इस नाम की दुहाई सुनकर मम्मी ने बिल्कुल वैसी ही कचौरियाँ बनाना सीख भी लिया था, लेकिन फिर भी पापा नेतराम की कचौरी को सदा याद करते ही रहे।

उसके घर में आज भी जब उड़द दाल की कचौरी बनती है तो दम आलू का मसाला नेतराम वाला इलाहाबाद से आया हुआ ही उसमें पड़ता है। कहीं और से खरीदे मसाले में पापा को वह स्वाद नहीं आता, वे मसाले तक पहचान लेते।

पापा ने इस नाम को इतना जपा था कि दोनों के दिमाग में यह नाम छप

चुका था और आज इतने दिनों के बाद ऐसी किसी दुकान में आने पर उसका मन आश्चर्य मिश्रित खुशी से भर गया था। बचपन में दोनों ने मम्मी के हाथ की बनी कचौरियाँ और दम आलू की सब्जी खूब खाई थी।

इस बीच हाफ पेंट-शर्ट पहने हुए एक छोटा, पतला मरियल-सा लड़का दोनों हाथों में कई सारे सामान भरकर ले आया और टेबल पर जमाने लगा। दो प्लेट में दम आलू की सब्जी और एक प्लेट में चार कचौरियाँ उसने उनके सामने रखी दीं, साथ ही एक प्लेट में कटी हुई प्याज और नींबू की फाँक, और साथ ही एक छोटी-सी प्लेट में दो-तीन तरीके के अचार उनके सामने विराजमान हो चुके थे। उसके बाद गर्व से उनकी तरफ देखकर उस लड़के ने पूछा, "और कुछ ठंडा, गरम ?"

"नहीं छोटू, अभी बस इतना ही।"

सामने रखी प्लेट देखकर दोनों के चेहरे पर अब वही बचपन वाली चमक थी। सिद्धांत ने अपनी प्लेट से एक टुकड़ा अनुमिता को खिलाते हुए पूछा, "बताओ, तुम्हारी मम्मी के हाथ वाला स्वाद है कि नहीं ?"

इस बार बिना संकोच उसने पूरे हक के साथ अपने चेहरे को आगे बढ़ाते हुए कौर को अपने मुँह में ले लिया। सिद्धांत को लगा जैसे उसका प्रयास सफल रहा। बचपन की यादों का असर था या उसके साथ का, जिसके कारण संकोच में कुछ कमी नजर आई। और इसी संकोच को दूर करने के लिए तो वह उसे यहाँ लेकर आया था।

उसने उत्सुकता से पूछा, "कैसा लगा ?"

"सच में बहुत ज्यादा अच्छा है !" मुँह में कौर भरकर उसने कहा।

"तभी पापा रोज नेतराम की कचौरी का नाम जपते थे, इसे कभी भूल नहीं पाए, सच में बात तो है !" अनुमिता ने सिर हिलाते हुए कहा।

"तुम्हारे पापा खाने के जबरदस्त शौकीन रहे हैं। कई बार उनकी बातचीत सिर्फ और सिर्फ खाने की ही होती थी। खाने पर कितने बड़े-बड़े उबाऊ लेक्चर वो देते थे।" यह कहते हुए मुस्कुराकर उसने अनुमिता की तरफ देखा।

आँखें बड़ी कर अपने हाथों को झटककर झूठा गुस्सा दिखाते हुए वो हँस पड़ी। उसका झूठा गुस्सा देखकर खुश होते हुए वो आगे बोला, "कुछ नया खाते ही सबसे पहले अंकल बताते थे कि इसमें क्या-क्या चीज डाली गई है।

बिल्कुल किसी अनुभवी शेफ की तरह, और..."

उसकी बात को बीच में काटते हुए वह उत्साह से बोल उठी, "तुमको पता नहीं है, जब भी पापा अच्छे मूड में होते तो किचन में खाना बनाने पहुँच जाते। मम्मी और मेरा तो उस समय किचन में जाना मना होता था। कार्तिक उनका असिस्टेंट बनता था। दोनों मिलकर किचन में जबरदस्त भूचाल मचाते। खाना बनाते कम, पूरा किचन उलट-पुलटकर निकलते और फिर बनाई हुई डिश का बकायदा अजीब-सा कोई नामकरण भी करते। यह अलग बात है कि जब मम्मी किचन में घुसती, और वहाँ की हालत देखती तो दो दिन तक नाराज होकर पापा पर बड़बड़ाती थी कि अब दोबारा इन बाप-बेटे को किचन में नहीं घुसने देना है, लेकिन कुछ दिनों के बाद फिर मम्मी भूल जाती थी और पापा के किचन में फ़िर से नए प्रयोग शुरू हो जाते थे। पापा अपने आप को अच्छा शेफ समझते थे और मम्मी की नजर में वो एकदम जीरो थे... हा हा हा..."

इतना बोलकर वह जोर से हँस दी, किंतु तुरंत सँभल भी गई जैसे वहाँ हँसने पर पाबंदी हो। जरूरत से ज्यादा खुद पर खुद से ही पाबंदी वो लगा रही थी इसका कारण नई जगह की सतर्कता थी या कुछ और इसका अंदाजा ठीक से सिद्धांत भी नहीं लगा सका।

"ये मुंबई है यहाँ कोई ध्यान नहीं देता।"

"लेकिन मैं तो मुंबई वाली नहीं रही, छोटी जगह की आदत हो गई है।"

वहाँ से जाने की टीस उसकी बातों में छलक ही आई जिसे वो ज्यादा देर टाल नहीं पाई।

बात बदलते हुए सिद्धांत बोला, "तुम्हारे पापा तो पानीपुरी को स्टार्टर कहते थे। जिस दिन उनका खाना खाने का मन नहीं होता था, यही हल्का-फुल्का स्टार्टर खाते थे और खाते हुए उसके पानी की पूरी उपयोगिता और फायदे बताना नहीं चूकते थे।" बोलकर वो खिलखिलाकर हँस पड़ा।

"अंकल कितने खुशमिजाज हुआ करते थे और खाने के जबरदस्त शौकीन भी। तुम तो जानती हो, मेरे पापा को कभी फुर्सत ही नहीं होती थी कि वह हम बच्चों को कहीं घुमाने ले जाएँ। वो कभी हम लोगों को चौपाटी तक नहीं ले गए। हमेशा हम अंकल के साथ ही बाहर घूमने जा पाते थे। और ये हम लोगों के लिए बहुत बड़ी बात होती थी।"

“शौकीन तो थे लेकिन इस बीच जब से शुगर हुई है बहुत परहेज हो गया है। मुझसे अक्सर डाँट खाते हैं बेचारे। जो खाने का शौकीन होता है वह परहेज नहीं कर पाता। काफी शांत हो गए हैं, बातें भी अब कम करते हैं। इतना आसान नहीं होता ना सब कुछ भूलकर बिल्कुल नॉर्मल हो जाना!” गहरी साँस भरकर अनुमिता ने कहा।

“अब तो सब ठीक हो गया है अनु... पुरानी बातों को बार-बार याद करके कोई फायदा नहीं।”

उसने कोई जवाब नहीं दिया।

सिद्धांत ने कितनी आसानी से कह दिया कि सब ठीक हो गया है, लेकिन ठीक होने के बाद भी पुराने घाव के दाग तो रह ही जाते हैं और निशान हमेशा उस घाव की याद दिलाते रहते हैं। शायद वह यह बात कभी नहीं समझ पाएगा।

कितने दिनों के बाद दोनों इस तरह एक साथ बैठकर पुरानी बातों को फिर से याद कर रहे थे। अगर वह पहले वाली अनुमिता होती तो इस पल को लेकर जरूरत से ज्यादा रोमांचित होती, किंतु आज बदली हुई परिस्थिति में दोनों के बीच इस अपनेपन के बाद भी एक दूरी बन चुकी थी। इस वक्त वे दोनों अपने बचपन को सिर्फ दोबारा जी रहे थे। इससे ज्यादा कोई भी उम्मीद दोनों को एक-दूसरे से नहीं थी।

इसके बाद भी सिद्धांत के चेहरे पर सुकून था। वह माहौल और अनुमिता के साथ को लेकर उत्साहित दिख रहा था। लेकिन जाने क्यों अनुमिता के व्यवहार में एक झिझक दिखती थी जैसे खुद को रोक रखा हो उसने!

बचपन में गुजारे हुए दिनों की जुगाली बड़े होकर सभी करते हैं। पुराने बिछड़े हुए दोस्त के साथ ही वह यादों का पिटारा खुलता है। बड़े होकर एहसास होता है कि वो दिन कितने बेहतरीन थे। लेकिन उन पलों को जीते हुए बचपन में हर एक बच्चा सिर्फ बड़े होने के सपने ही देखता है।

खाना खत्म होने के बाद भी दोनों बैठे रहे।

विचारों में खोए हुए सिद्धांत ने कहा, “बचपन जितना धीरे-धीरे बीते और जितना लंबा हो उतना अच्छा होता है, पर अनु, मेरा बचपन तो तुम लोगों से अलग होते ही जैसे खत्म हो गया था। मैं देश-विदेश घूमा, परंतु हमेशा एक

खालीपन लेकर। जो अपनापन और संस्कार तुम्हारे परिवार से मुझे मिला शायद उसी की वजह से मैं आज कुछ बन पाया, क्योंकि तुम्हारे पिता ने मुझे सही समय पर थाम लिया, वरना मैं बिखर जाता। उन्होंने मुझे हमेशा सही रास्ता दिखाया और भटकने से बचाया। मैंने हमेशा अपने पिता की तुलना तुम्हारे पापा से की है। लेकिन वह कभी वैसे बन ही नहीं पाए। ना जाने उनकी असीमित चाहतें उन्हें कहाँ ले जाकर रोकें।"

सिद्धांत का अपने पिता को लेकर क्या नजरिया है, वो नहीं जानती थी, पहली बार वो ये सब सुन रही थी।

दूर कहीं देखते हुए दुबारा उसने कहना शुरू किया, "याद है, अंकल सारे बच्चों को लेकर जुहू बीच जाते थे, जहाँ हम सब मिलकर रेत के घरौंदे बनाते थे। समंदर के किनारे पर कितने ही रेत के टूटे, बिखरे घर दिखते थे, उन्हें अनदेखा कर उनकी परवाह किए बिना बच्चे हर बार रेत का नया घरौंदा बनाते, क्योंकि बचपन बेपरवाह और निडर होता है, किसी चीज को खोने का तब डर नहीं होता। हम जैसे जैसे समझदार होते हैं वैसे वैसे डर से सामना होता है।"

इतना कहते हुए सिद्धांत ने उसकी आँखों में जैसे कुछ ढूँढते हुए कहा, "मेरे घर में प्यार और अपनापन ये दो चीजें कभी थीं ही नहीं, मैं बचपन में इन सब चीजों से बेफिक्र था, लेकिन बड़े होने पर इनकी कमी मैंने शिद्दत से महसूस की। सिर्फ पैसा था, जिसके गुरूर में मेरे पापा हमेशा रहे।"

"...मैं हमेशा से चाहता था कि मेरा परिवार तुम्हारे परिवार की तरह होता, पर मेरे हिस्से में अकेलापन और खालीपन ज्यादा आया और तुम्हारे हिस्से में ढेर सारा प्यार आया। तुम सबको छोड़कर जुहू, फिर मालाबार हिल तक आते-आते स्कूल बदला, घर बदला, दोस्त बदले, जान-पहचान, सब कुछ तो बदल गया था... कुछ भी पहले जैसा कहाँ रहा... किसी बच्चे को बार-बार उसकी जड़ों से उखाड़कर हर बार नई जगह रोपने पर नई जमीन में जड़ पकड़ने में समय तो लगता ही है। लेकिन ये समय हर बच्चे को नहीं मिलता। समय जितनी तेजी से बदला मैं उतना नहीं बदल पाया। मैं तो अपने बचपन को ही जीता रहा। मैं उसे जोर से पकड़ के रखना चाहता था मुट्ठी बंद करके लेकिन जब मुट्ठी खोली तो हाथ खाली थे मेरे लिए कुछ भी वैसा

नहीं रहा था।"

अनुमिता ने उदास स्वर में कहा, "हाँ, अब कुछ भी पहले जैसा नहीं रहा। समय के साथ सब बदल ही जाता है। बदलते हुए समय के साथ खुद को ही बदलना पड़ता है, सिद्धांत।"

तभी लड़के ने सौंफ के साथ एक छोटी पर्ची में पैसों का हिसाब उसके सामने रख दिया। पैसे देते हुए वे दोनों उठ गए।

4

ऑफिस का पहला दिन इतनी जल्दी बीत गया कि समय का एहसास ही नहीं हुआ। जब वो ऑफिस से निकली तो हल्की बूँदा-बाँदी शुरू हो गई थी। काले बादलों ने आसमान को चारों तरफ से अपनी बाँहों में भरना शुरू कर दिया था। थोड़ी ही देर में सफेद उजली साँझ को साँवले मेघ ने खुद में समेट लिया। 5:30 बजे ही ऐसा स्याह अँधेरा छा गया मानो रात हो गई हो। उसे बारिश पसंद थी लेकिन आज उसने सफेद सलवार-कुर्ता पहना था और अगर तेज बारिश आई तो पूरे कपड़े आज खराब होंगे, यह सोचकर वह ऑफिस से जल्दी-जल्दी बाहर निकली।

दौड़ते-भागते लोग, पानी उछालतीं गाड़ियाँ से हर तरफ फैलती हुई रंग-बिरंगी रौशनी की इंद्रधनुषी छटा जैसे किसी ने रंगीन पानी सड़क पर बिखेर दिया हो। शाम ढलते ही परिंदों से लेकर इंसान तक, हर कोई जल्दी में अपने बसेरे की तरफ लौटने की अकुलाहट में भागता दौड़ता दिखा।

तेज बजते हॉर्न, शोर-शराबे को पार करती हुई जब वह अपने पीजी पहुँची तो उसे याद आया कि रास्ते में उसे पापा को फोन करना था, परंतु अचानक हुई बारिश में यह बात उसके दिमाग से निकल गई। पीजी में फोन तो था, लेकिन सिर्फ दूसरे का कॉल आने पर सुनने की इजाजत मिली थी, फोन लगाने के लिए बाहर पीसीओ जाना पड़ता था।

कल याद से वह छाता खरीदेगी। मुंबई की बारिश का कोई ठिकाना नहीं है, बिना बुलाए मेहमान की तरह आती है और इस मेहमान के लिए हमेशा खुद को तैयार रखना होगा।

यहाँ से गए उसे कई साल हो गए थे। इतने सालों बाद आज फिर से मुंबई की बारिश में भीगी थी। दिन भर सिद्धांत के साथ बिताए पल उसे बार-बार बचपन की बातें याद दिला रहे थे, और पुरानी यादों की तरफ धकेलते रहे थे। उन यादों की फुहारों से खुद को बचाने में वो असफल रही थी। इतने दिनों में

उसने अपनी भावनाओं को बड़ी मुश्किल से सँभाला था। खुद को बहुत हद तक उसने समझा दिया था, लेकिन सच यह था कि अपने अंदर की बेचैनी को वह बस सबसे छुपा रही थी।

कमरे में पहुँचकर उसने खिड़की खोल दी। ताजी हवा के झोंके का ठंडा-सा स्पर्श उसे प्यार से सहला गया। हवा के इस ताजगी भरे झोंके में मिट्टी की सोंधी खुशबू थी। बारिश तेज हो गई थी और पानी की हलकी बौछार खिड़की से टकराकर अंदर आने लगी थी।

तभी अचानक बिजली चली गई। वह पलंग पर आकर लेट गई। पानी की बूँदों की मिली-जुली आवाज का संगीत, खिड़की से आती हुई ठंडी हवा, कमरे में पसरा नीरव सन्नाटा और आज दिन भर की बातें। सब मिलकर उसे वहीं ले गए... उन पुरानी यादों में।

वो यादें... कुछ जो उसने सुन रखी थीं और कुछ वह खुद जी चुकी थी। कुछ उसकी थीं और कुछ उससे जुड़े लोगों की। वह अतीत जिससे विरक्त होना असंभव था, उसकी गहरी छाप सबके अंदर थी किसी तूफान के बीत जाने के बाद जैसे कोई शहर उसके वहाँ से गुजरे होने की गवाही देता है, वैसे ही उसके गुजरने के बाद के कुछ निशान उसके मन में रह गए थे।

5

सिद्धांत के पिता सोमदत्त शुक्ला और उसके पिता मृत्युंजय शर्मा इलाहाबाद के डिग्री कॉलेज में किसी जमाने में एक साथ पढ़े थे। सोमदत्त प्रतापगढ़ के पास के किसी गाँव से निकलकर इलाहाबाद तक सिर्फ अपनी पढ़ाई की वजह से पहुँचे थे। हालाँकि वह पढ़ने में सामान्य ही थे, लेकिन असामान्य था उस गाँव से निकलना, वहाँ से निकलकर अब तक कोई भी कॉलेज तक पढ़ने शहर नहीं पहुँचा था। यही बात शुकुल महाराज के लिए बहुत बड़ी थी जो कोई न कर सका, वो कर दिखाए।

दूसरी खूबी वो अवधी के अलावा खड़ी हिंदी में भी बात कर सकते थे। वह बहुत गरीब परिवार से थे। बार-बार बँटवारे के बाद पिता के पास खेती के नाम पर जमीन का एक छोटा-सा सीमित हिस्सा ही बच पाया था। उनके गाँव में बिजली-पानी जैसी बुनियादी चीजों का भी अभाव था। गाँव से निकलकर कॉलेज तक पहुँचने के लिए उन्होंने बहुत मेहनत की थी। अपने सात आठ भाई बहनों के परिवार में वो तीसरे नंबर पर थे। माँ की मृत्यु हो चुकी थी और भाई भाभियों से उनके बहुत अच्छे संबंध नहीं थे। गाँव में उनकी इज्जत थी, लेकिन शहर का पानी वो चख चुके थे इसलिए गाँव रहना नहीं चाहते थे।

तब कॉलेज में उनके बहुत सारे दोस्त नहीं थे। उनका खद्दर का कुर्ता और बड़ी मोहरी वाला पाजामा जिसमें एक साथ दो लोग घुस सकते थे, वही उनकी पहचान था। तिस पर उनकी बेचारगी उनके हाथ उठाते ही जहाँ-तहाँ से झाँक ही लेती थी। मृत्युंजय उनके हालात को समझते थे, उन्हें अंदाजा था कि सोम की माली हालत बहुत अच्छी नहीं है, बड़ी कठिनाइयों से वो अपनी पढ़ाई जैसे-तैसे कर रहे हैं। सोम के वही इकलौते दोस्त थे। उनको कॉलेज में मृत्युंजय के अलावा कोई पूछता नहीं था। पूरा दिन वह उनके आगे-पीछे घूमते नजर आते, कई बार मृत्युंजय उनको अपने साथ अपने घर भी लिवा जाते और बिना खाए वापस नहीं जाने देते। यहाँ भी सोमदत्त सिर्फ शुरुआत में थोड़ा-सा

सकुचाते थे, बाद में पेट के हाथों मजबूर होकर ऐसा खाने पर जोर मारते थे कि भाभीजी को दोबारा आटा गूँथना पड़ता।

सोमदत्त साँवले, लंबे-चौड़े पहलवानों की तरह गठीले बदन के थे। जैसा शरीर था वैसी उनकी खुराक थी। देहात में उनके खाने का जो स्तर था और हॉस्टल में जो खाना वह खाते थे, उसके बाद मृत्युंजय के घर का खाना उनको दावत ही लगता और वह चाहकर भी खुद को रोक नहीं पाते। शुरुआत में थोड़ा शरमाते जरूर क्योंकि उनको लगता था कि एक आधा बार इनकार करना आवश्यक है वरना लोग उनको भुक्खड़ समझेंगे, लेकिन कभी ज्यादा इनकार नहीं करते। औपचारिकता निभाने के लिए नियम से एक बार बेमन से जरूर मना कर देते, किंतु दोबारा पूछते ही तुरंत तैयार हो जाते थे। उनकी मजबूरी को देख-समझकर मृत्युंजय अक्सर उन्हें अपने साथ घर ले आते थे।

वो स्वभाव से गंभीर, कम बोलने वाले थोड़े-से खूसट टाइप व्यक्ति थे, यही कारण था कि उनके कोई दोस्त नहीं बने। पूरे कॉलेज में मृत्युंजय ही इकलौते थे जिनको वो पसंद करते थे। सोम का चेहरा सख्त और कठोर था जिस पर हसी का सदा अकाल पड़ा रहता। बालों को पीछे की तरफ इस तरह रखते, मानो उनको अनुशासन में रहने की सीख दी गई हो। उनका एक बाल भी हवा में कभी लहराता नहीं था। अपनी खोपड़ी को नारियल तेल पिला-पिलाकर हमेशा ठंडा रखा करते थे। जैसा स्वभाव था वैसा ही रुखा, कड़ा और गुस्सैल-सा उनका चेहरा भी था।

वहीं मृत्युंजय उनसे उलट, सामान्य कद-काठी के गोरे-चिट्टे फैशनेबल व्यक्ति थे। उनकी पतली मूँछें जैसे पेंसिल से किसी ने निशान बनाकर सलीके से चिपका दी हों। अपने घुँघराले बालों को भी वह सामान्य से कुछ ज्यादा ही बड़ा करके रखते थे। जब उनके बाल हवा में लहराते या माथे पर उनकी लटें गिरतीं तो उन्हें वह बड़ी अदा से सिर झटककर पीछे करते। उनकी वेस्पा और हाथों में उनका कैमरा उनकी पहचान थी। सुरीले ऐसे कि मुकेश के दर्द भरे नगमे गाते तो कॉलेज की लड़कियाँ उनको घेर लेती। लड़कियों के बीच भी वो सदा चर्चित रहते, कोई उनसे कभी नोट्स माँगती दिखाती तो कभी किसी गाने की फरमाइशें उनकी तरफ से आती। चौड़े कॉलर वाली शर्ट, बेल बॉटम पर उनका चौड़ा बेल्ट और बालों की लंबी कलगी, सब उनके फैशनेबल होने

का सबूत पेश करते थे। और इतनी वजह काफी थी देहात से आए सोम पर प्रभाव डालने के लिए।

मृत्युंजय के पिता पीडब्ल्यूडी विभाग में एसडीओ थे। उस जमाने में वह बहुत ऊँची और कमाई वाली पोस्ट मानी जाती थी। लेकिन किसी के भी जीवन में सब कुछ अच्छा कैसे हो सकता है, कोई ना कोई कमी तो हर किसी के जीवन में रहती ही है। वो छोटे थे तभी पिता का साया उनके ऊपर से उठ गया। उनके और उनके भाइयों के बीच लंबा अंतराल था, बड़े भाई उनके लिए पिता समान रहे। भाइयों और भाभियों का सबसे छोटा लाडला कुँवारा देवर पूरे घर में सबकी आँखों का तारा था।

उनके घर में उनकी अम्मा का ही राज चलता। पिता के नहीं होने से वही सर्वेसर्वा थीं। घर के बीच अँगना में बैठी अम्मा जब सीताराम जपतीं, तब थोड़ी देर वह मौन धारण करती। लेकिन उनका ना बोलना ना टूटने वाला संकल्प नहीं था, उनकी एक आँख उँगली रख-रख के उनको सीताराम का जाप करवाती, तो दूसरी आँख से वह सब तरफ नजर साधे रहती। जैसे ही उन्हें लगता कि उनके सीताराम जपने का कोई नाजायज फायदा उठाता दिख रहा, वह तुरंत पास रखी आचमनी से गंगाजल मुँह में डालकर उस नियम को तोड़ देने में तनिक भी देर नहीं करती।

अम्मा गोरी-चिट्टी, छोटे कद की थी, हमेशा सफेद धोती में ही दिखती, एक हाथ में तुलसी माला, माथे पर चंदन का टीका और नजर उनकी हर वक्त बहुओं पर जमी रहती।

बेटे सारे आज्ञाकारी, जिन पर अम्मा ने कसकर लगाम लगाई हुई थी। छटाँक भर की अम्मा की एक ऊँची आवाज पर छह फुटिया दोनों बड़े बेटों की उनके सामने घिग्घी बँध जाती।

लेकिन ननकऊ इस उम्र में भी अम्मा से लड़िया लेते। सबसे छोटे पेट पोछने बेटे को अम्मा प्यार से ननकऊ कहती और सबसे बड़े को बड़कऊ। ननकऊ अम्मा के लाड़ले थे। अम्मा से दोनों बड़े बेटे और बहुएँ घबराते, दिन भर अम्मा उन पर तो कभी उनके बच्चों पर बड़बड़ाती ही दिखती, पर ननकऊ में उनको कभी कोई कमी जल्दी नजर नहीं आती कि उनकी आवाज कभी उन पर ऊँची हो जाए। यह भी सच था कि अम्मा को वो शिकायत का अब

तक कोई मौका भी नहीं दिए थे। पढ़ने में भी अच्छे थे। ग्रेजुएशन भी फर्स्ट डिवीजन में ही पास किया था।

सोमदत्त तो बस जैसे-तैसे करके पास हो गए थे। कोई विशेष अच्छे नंबर उनके कभी नहीं रहे, तो अब क्या आ जाते। पास हो जाना ही उनके लिए मायने रखता था और वो पास हो कर ग्रेजुएट होने का ठप्पा खुद पर लगवा लिए थे।

लेकिन रिजल्ट के बाद ही अचानक सोम ने धमाके जैसी खबरें एक के बाद एक सुनाईं। बचपन में ही उनका ब्याह करवा दिया गया था और इसी साल उनका गौना भी हो गया। आगे और पढ़ाई कर पाना उनके लिए फिलहाल असंभव है। उन पर जिम्मेदारियों का भारी बोझ है जिसे निभाने के लिए वह मुंबई जा रहे हैं जहाँ उनके कोई फूफा हैं, जिन्होंने उनकी नौकरी की बात कर ली है। और बस... इतना बताकर वह मुंबई चले गए।

शादी, गौना जैसी चीजों का इतने समय तक साथ रहने के बाद भी दोस्त से उन्होंने कभी कोई जिक्र ही नहीं किया, वो मृत्युंजय के परिवार के हर एक सदस्य से परिचित थे लेकिन आज पहली बार उनको लगा कि वो सोम के बारे में कुछ भी नहीं जानते हैं। सोम ने कभी अपने बारे में ज्यादा कुछ बताया ही नहीं था। इतनी बड़ी बात इतने दिनों तक ना जाने वह कैसे छुपा गए। वैसे भी वह ज्यादा नहीं बोलते थे, बीच-बीच में अक्सर गाँव चले जाते। घर-परिवार की चर्चा कभी किसी से भी नहीं करते तो आगे बढ़कर मृत्युंजय ने भी उनसे कुछ नहीं पूछा।

लेकिन उनको अचरज जरूर हुआ कि रात-दिन उनके साथ उठते-बैठते, खाते-पीते रहे, पर कभी इतनी महत्त्वपूर्ण बातों का जिक्र करना उन्होंने जरूरी नहीं समझा। इस सबके बावजूद उन्होंने सोमदत्त को कुछ नहीं कहा। बीच-बीच में कभी-कभार सोम की चिट्ठी से उनका हाल समाचार मिल जाता।

एमएससी करने के बाद ननकऊ को सरकारी स्कूल में सीनियर टीचर की नौकरी मिल गई। नौकरी मिलते ही अम्मा को उनकी शादी की चिंता सताने लगी।

ब्राह्मणों के लड़के ज्यादा दिन कुँवारे नहीं रहते और नौकरी लग जाने के बाद तो बिल्कुल भी नहीं। अगर घर पर लड़की वालों की लंबी लाइन

ना लगे, और बढ़-चढ़कर दहेज की बोली ना लगे तो आस-पड़ोस, मोहल्ले वाले समझते हैं कि लड़के में जरूर कोई खोट होगी। शादी तो समय पर ही होनी चाहिए, ऐसा अम्मा का मानना था। नौकरी लग गई थी, सो कोई कारण नहीं था कि और देर की जाए। दिखने में सुंदर, ऊपर से सरकारी नौकरी और ब्राह्मण का लड़का- उनकी ये सारी खूबियाँ मानो नक्षत्र जैसी चमक रही थीं।

सबको पता था कि अम्मा लाड़ले ननकऊ के लिए हीरे जैसी बहू ही तलाशेंगी जिसकी चकाचौंध से लोगों की आँखें चौंधियाँ जाएँ। लेकिन अचानक कल्लू की अम्मा को उस दिन बड़ा झटका लगा जब उन्होंने सुना कि ननकऊ की दुलहिन का रंग दबा है, जिसकी उम्मीद उन्होंने कभी ना की थी। रात-दिन अपने और अपने खानदान के गोरे रंग के घमंड में रहने वाली अम्मा जब अपने लाड़ले ननकऊ के लिए बहू लाईं तो...

"अरे मोर मैया! रंग तो हँस जैसा बिल्कुल ना था, दबे रंग की निकली वो तो..."

यह बात मिश्राइन कल्लू की अम्मा को आकर हँस-हँसकर बता गई थी।

आखिर यह हुआ कैसे? ऐसा भी नहीं था कि बड़ा दान-दहेज ही लेकर आई हो। दहेज भी कोई खास नहीं दिया गया था। जो अम्मा सीताराम के बाद रात-दिन सिर्फ गोरे रंग का ही जाप करती थी, उनके समझौता करने का कोई कारण तो जरूर होगा। अम्मा के लिए सुंदर होने का मतलब सिर्फ गोरा होना था, यही उनकी सुंदरता की संपूर्ण परिभाषा थी।

फिर ऐसा क्या था जो कभी समझौता न करने वाली अम्मा ने हथियार चलाए बिना सुलह प्रस्ताव मान लिया। यह बात जानने की उत्सुकता कल्लू की अम्मा के अंदर कुलबुलाने लगी थी। गोरी-चिट्टी बाकी दोनों बहुओं की तरह नहीं है, नैन-नक्श जरूर ठीक-ठाक हैं, यह भी मिश्राइन बता गई थी।

कल्लू की अम्मा के बेटवा का कल्लू नाम अम्मा ने ही धराया था। उनके कलुआ-कलुआ बोलते उसका नाम ही कलुआ हो गया था। उसका इतना सुंदर नाम, ऋषि कुमार रखा था इंदारा पर वाले पंडीजी ने, लेकिन सब उसे कलुआ की महतारी ही बुलाते थे। जरा रंग ही तो साँवला था उसके बेटे का, पर उस साँवले रंग का अम्मा ने इश्तहार ही छपवा दिया। और अब देखो कैसे शान से बहू लेकर आई हैं। अब मोहल्ले भर में किसी की हिम्मत नहीं है

जो उनसे कुछ पूछ ले। लेकिन कलुवा की अम्मा आज बरसों पुराना हिसाब बराबर करने की सोचकर बैठी थी ये मौका वो हाथ से नहीं जाने देंगी।

शायद ननकऊ खुद ही पसंद कर लाए होंगे, जानते-बूझते अम्मा तो कभी गोरे रंग के विपरीत अपना मत नहीं दे सकती। लेकिन दुल्हिन को अम्मा खुद पसंद कर लाई हैं, जानकर उसके आश्चर्य का ठिकाना नहीं रहा।

दुल्हन को देखने की उत्सुकता उनके अंदर सबसे ज्यादा थी, किंतु उसको देखते ही जैसे जी जुड़ा गया। सब बात बिसरा गई। अम्मा के परिवार के बाकी सब लोगों की तरह चमकता गोरा रंग उसका भले नहीं था, लेकिन गेहुँआ रंग और उस पर उसके जैसे नैन-नक्श किसी भी बहू के नहीं थे। बस गोरी भर तो थीं दोनों, बाकी नाक कहीं मुँह कहीं... नई बहू को देखते ही उनको सीधे फिल्म की हीरोइन रेखा ही याद आई। उसकी बड़ी-बड़ी, काली, गाय जैसी खूबसूरत आँखें... घने लंबे बाल... नाक में लौंग तो सब पहनते हैं, लेकिन उसकी पतली-लंबी सुतवाँ नाक पर पहनी हुई लौंग जैसे तो किसी को भी नहीं देखा... उसे देखकर कलुआ की अम्मा उसे निहारती ही रह गई, कुछ बोलने को नहीं था।

कोई भी उनकी सुंदरता पर रिझा जाता। रंग जरूर दबा था, लेकिन काली नहीं थी घर के बाकी सब की तुलना में रंग के मामले में उन्नीस जरूर थी लेकिन बाकी से हर मामले में बीस थी। पतली लंबी सुशीला ननकऊ के लगभग बराबर ऊँचाई की थी, मतलब वह सामान्य से ज्यादा ऊँची थी। दोनों बिल्कुल अलग थे, फिर भी दोनों की जोड़ी बहुत खूबसूरत थी। कई लोगों ने शादी के ही दिन पूछ लिया, "दुल्हन ननकऊ से लंबी है क्या?"

लेकिन अम्मा ने ठोक-बजाकर चयन किया था, तुरंत दोनों को अगल-बगल खड़े कर दिखा दिया कि जोड़ी बिल्कुल सही है। एक-दूसरे से विपरीत होने के बाद भी दोनों एक-दूसरे को परिपूर्ण कर रहे थे। उस जमाने में बहू बीए पास हो यह भी बड़ी बात थी, जिसका अम्मा ने पूरा प्रचार किया, घर-परिवार, कुल खानदान भी अच्छा था। कलुआ की अम्मा बहू को देख चुप हो गई। वो सोचकर बहुत कुछ गई थी, लेकिन ये मौका भी उनके हाथ से जा चुका था, ये बात वो स्वीकार कर चुकी थी परंतु कहानी तो उसको जाननी ही थी, जो बाद में पता भी, चल ही गई।

अम्मा की सहेली की बेटी थी सुशीला। वह सहेली जो अम्मा के गाँव की ही थी, जिसे हर बात की जल्दी थी। अच्छे से बड़ी नहीं हुई थी कि जल्दी ही उसका ब्याह हो गया था और जल्दी-जल्दी तीन बेटियों की माँ भी बन गई थी। शादी के छह साल के अंदर ही तीनों बेटियाँ पैदा हो चुकी थीं। दुबली-पतली एक हड्डी की तो पहले से ही थी, उस पर कम उम्र में इतनी जल्दी-जल्दी उसका माँ बनना उसे और कमजोर कर गया। बहुत पहले से ही बीमार जैसी दिखने लगी थी और बाद में बीमारी भी पता चल गई। बीमारी भी छोटी-मोटी नहीं, सबसे भीषण बीमारी 'कैंसर' जिसने उसको इतनी जोर से जकड़ा कि वह कभी उसके चंगुल से मुक्त हो ही नहीं पाई। अंदर तक बिमारी ने उसे चूस लिया, अगर वह जीती तो कुल के तारणहार पुत्र के लिए भी प्रयासरत जरूर रहती, लेकिन यह दुख लेकर ही वह इस दुनिया से विदा हो गई। सहेली के जिंदा रहते तक उसके घर अम्मा का आना-जाना लगा रहता, लेकिन उसके चले जाने के बाद उस घर में जाना भी न के बराबर ही रहा।

अपना यह दुख अपनी बचपन की सहेली से वह कई बार साझा कर चुकी थी, उसे इस बात का दुख, उस भीषण बीमारी से भी ज्यादा रहा कि वह पति की झोली में एक बेटा नहीं डाल पाई। तीन-तीन बेटियाँ जो पराई अमानत थीं, सब अपने घर चली जाएँगी। बेटा होता तो बहू घर आती और वह पुत्र बुढ़ापे में नितांत अकेले पति का सहारा बनता। यह दुख वह अपनी उस सहेली से साझा करती, जिसकी एक भी बेटी नहीं थी, जिसने सिर्फ बेटे जने, वो उनकी नजर में बहुत भागमानी थी, लेकिन उस पूतो वाली की नजर में सहेली का सुहागन रहना उसकी ज्यादा अच्छी किस्मत वाली होना था।

माँ की भीषण बीमारी के कारण कम उम्र में ही बेटियाँ समझदार होकर घर सँभालने लगी थीं, ज्यादातर बीमार माँ बिस्तर पर ही रहती, वही पड़े हुए सुशीला को सब बताती जाती और वो काम निपटाती जाती।

सुशीला जब दसवीं का इम्तिहान दे रही थी, इम्तिहान के बीच ही महतारी स्वर्ग सिधार गई। उसकी परीक्षा खत्म होने का भी इंतजार वो नहीं की, घर-गृहस्थी, चूल्हा-चौका का सारा भार पिता और बेटियों ने मिलकर जिस सहजता से बिना किसी शिकायत के सँभाल लिया, हर किसी के मुँह से पांडे की बिटिया की सिर्फ तारीफ ही सुनाई देती। सुशीला सबसे बड़ी थी बाकी

दोनों बहनों को और अपनी पढ़ाई सबको उसने साध लिया। जैसे कोई छोटी-सी लड़की रस्सी पर संतुलन बनाती है, वैसे वो भी हर चीज के साथ संतुलन बनाते हुए आगे बढ़ रही थी, लोग अवाक् होकर उसे देख रहे थे। पिता जाने किस अपराध बोध में रहे कि उन्होंने दोबारा शादी नहीं की और सौतेली माँ के साए से तीनों बेटियाँ बच गईं। लेकिन उसे देखकर जान-पहचान वाले अपनी दुहिता को ताना देने से नहीं चूकते।

"सुशीला का देखा और हमार घर की बिटियन का देख लेया..."

पढ़कर मानो हम पर एहसान कर रही... ना इनसे चूल्हा-चौका होय, ना लिखाई-पढ़ाई। एक काम बोलो तो कान में तेल डाल लेती, जैसे सुनना बंद होय जाता।

उस बिन माँ की बच्चियों को देखकर घर लौटने पर सबके घर में आधे घंटे का भजन-कीर्तन होना तय था। पूरा घर सँभालने के बाद भी वो कितने अच्छे से पढ़ रही है, ये कथा आधे घंटे अपनी अपनी बच्चियों को जोर-जोर से सुनाकर बाची जाती। पांडे जी की बिटिया को देखने के बाद सबको अपनी बिटियन की कमिया ज्यादा उभरकर नजर आती।

ताने और तुलना की बरसात गरज-बरस, छींटें व बौछार के साथ घर में शुरू हो जाती।

माँ-बाप खुद चाहे पढ़ने में जैसे रहे हों, पर ज्यादातर अपने बच्चे से उम्मीद आइंस्टाइन बनने की ही करते हैं। और जब उनका यह सपना धीरे-धीरे टूटता है, तो वे अपने बच्चों को भी ताने मार-मारकर भीतर से उसका भी कुछ तोड़ने में लग जाते हैं। अपनी अधूरी ख्वाहिशों का बोझ अक्सर वे अपने बच्चों पर लाद देते हैं। बच्चे उनके अधूरे ख्वाब पूरे करने ही मानो इस दुनिया में आए हो।

'पांडे की बिटिया को देखो और उससे कुछ सीखो...' का नारा मोहल्ले के हर घर में बुलंद था।

तारीफ तो अम्मा के कानों तक भी पहुँच रही थी, फिर भी सुशीला को बहू बनाने का खयाल अपने मन में उन्होंने कभी भी नहीं आने दिया। बैकुंठ सिधारने से पहले सुशीला की अम्मा ने कई बार अपनी सखी से ये ख्वाहिश जताई थी कि सुशीला का ब्याह गाँव में न हो। उनका मानना था कि उनकी

बड़ी बेटी की शादी अगर शहर में हो गई तो बाकी दोनों की भी हो जाएगी लेकिन इतना सब सुनने के बाद भी अम्मा को कभी ननकऊ और सुशीला के ब्याह का खयाल नहीं आया।

गोरे रंग की दीवानी अम्मा अपने खानदानी रंग की धमक को फीका ना पड़ने देतीं अगर उस दिन उनकी सखी उनके सपने में ना आती और आने के बाद झोली फैलाकर उनके बेटे की भीख ना माँगती। ऐसे तो अम्मा कभी भी न पिघलतीं, पर पति की आकस्मिक मृत्यु के बाद वह धर्मभीरु महिला ऐसे सपने को ईश्वर का आदेश मानकर ही यह रिश्ता पक्का करने पर मजबूर हुई थी। वरना गोरे रंग की पैरवी करने वाली अम्मा ने सुशीला जैसे साँवले रंग की लड़की से अपने गोरे-चिट्टे ननकऊ की शादी का खयाल सपने में भी कभी नहीं लाया था।

अम्मा की वह सहेली इतने सालों में कभी उनके सपने में नहीं आई थी, लेकिन ननकऊ की शादी की बात शुरू होते ही अचानक आँचल फैलाए सामने आकर खड़ी हो गई। अम्मा सोचने पर मजबूर हो गईं उम्र तो उनकी भी हो गई थी, जाना तो उनको भी अपनी सहेली के पास ही था, कुछ तो ईश्वर का इशारा जरूर था। उनके लिए जीवित लोगों का मन दुखाना आसान था, लेकिन मृतकों की भावनाओं से खिलवाड़ करने का साहस उनमे नहीं था। भोर में आए हुए स्वप्न को अनदेखा करने की हिमाकत वह नहीं कर सकी, उनके लिए यह सीधे-सीधे ईश्वरीय आदेश की तरह था।

सुशीला को देखते ही पहली ही नजर में ननकऊ उसके आकर्षण में बँध गए थे। अगर उन्हें यह रिश्ता पसंद ना होता तो इनकार करने से वो नहीं चूकते, येन केन प्रकारेण अम्मा को मना ही लेते और मजाल थी जो अम्मा अपने लाडले पेट पोछने का कहा टाल जाती लेकिन सुशीला को देखते ही पहली नजर में वो ऐसे बंधे कि उनकी बोलती बंद हो गई।

अम्मा के सामने ननकऊ भी आदर्शवादी बेटा बनाने से पीछे नहीं रहे सो बड़प्पन दिखाते हुए उन्होंने कहा, "अम्मा, जैसी तुम्हारी मर्जी, जो तुम्हें ठीक लगे मुझे स्वीकार है।"

और इस तरह आकाश से चमकता हुआ एक और धूमकेतु जमीन पर आ गिरा।

नौकरीपेशा ब्राह्मण कुँवारों की लिस्ट से लड़कियों के माँ-बाप ने उन्हें बाहर कर दिया। शादी-ब्याह ऊपर से लिखकर आते हैं। जिसकी किस्मत में जो होता है उसका बंधन उसी के साथ बँधता, हर रिश्ते को पक्का करने का कोई ना कोई कारण बन जाता।

अम्मा निहाल थीं कि ननकऊ ने उनके सपने की लाज रख ली वरना कोई दूसरा होता तो क्या अपनी अम्मा के कहने पर बिना कोई नानुकर किए शादी के मंडप पर बैठ जाता? श्रवण कुमार है उनका बेटा, यह बात सबको बताने में वह बिल्कुल नहीं चूकीं।

इस तरह विवाह संपन्न हुआ और शादी के ठीक डेढ़ साल के बाद अनुमिता पैदा हुई। अजिया के खानदान में अब तक सबके सिर्फ लड़के ही हुए थे तो उनको पूरा विश्वास था कि ननकऊ का भी लड़का ही होगा। लेकिन उस ऊँचे खानदान में अनुमिता की माँ के लिए कुछ नियम टूटे, कुछ नियम उसने स्वयं पैदा होकर तोड़ दिए, वो नियम जो उस खानदान में लगातार कई वर्षों से चले आ रहे थे।

जमीन में जैसे मूँज खुद उग आती है और बड़ी तेजी से बढ़ती है, वैसे ही लड़कियाँ खुद उगती हैं, खुद बढ़ती हैं। बेटियों की लोग मनौती नहीं मानते, वो बिना माँगे ईश्वर प्रदत्त होती हैं।

इतने सालों बाद लड़की होने पर, कायदे से तो अम्मा को प्रसन्न होना चाहिए था, पर उनको झटका लगा। मूल में पैदा हुई इस कन्या को देखते ही अजिया का मुँह उतर गया। एक तो उसका बिल्कुल दबा हुआ रंग, उस पर पहली संतान ही लड़की... अब तो दूसरे के समय में भी चिंता ही बनी रहेगी कि कहीं फिर से लड़की ना हो जाए। अनुमिता को देखते ही अजिया की पहली प्रतिक्रिया यही थी, "इनका महारानी का आए की इतनी जल्दी काहे रही! एक तो लड़की, ऊपर से ऐस रंग-रूप... कहाँ ब्याह करिहै... हमार बिचारे ननकऊ..."

उसके पैदा होते ही उनको सबसे पहले उसके ब्याह की चिंता ही सता गई, अब तक ऐसी सब चिंताओं से वह मुक्त रही थीं। आज तक बेटे और पोतों को गोद में लेने से लेकर उनके बड़े होते तक, कभी उनके ब्याह को लेकर चिंतित नहीं हुई, लोग उनके घर आए थे रिश्ता लेकर, लेकिन अब

उनको लड़का खोजने के लिए दर-दर भटकना होगा।

मुह देखते ही वो चिंतित हो गई थीं।

लेकिन उसको अपनी अजिया की चिंताओं से क्या लेना-देना, उसके पापा तो खुश थे। उस दिन बाकायदा पान खाकर, कोसे का कुर्ता-पाजामा पहनकर मुस्कुराते हुए वो अस्पताल पहुँचे। जैसे ही बेटी को देखा, मुग्ध भाव से उसे गोद में उठाया और गोद में नचाते हुए अम्मा से बोले, "लक्ष्मी आई है अम्मा... आशीर्वाद दो, मेरी तो ये अनुमिता है।" और अम्मा ने बेटे के सामने उसके सिर पर हाथ रख दिया था। नियम से अम्मा की मौजूदगी में ननकऊ को संतान को गोद में लेते हुए संकोच करना चाहिए था जैसा उनके दोनों भाइयों ने किया था, किंतु वह अपनी खुशी का इजहार करने में बिलकुल नहीं लजाए।

बिटिया को पाकर ननकऊ और सुशीला दोनों खुश थे, आखिर पहली संतान हर माँ-बाप को प्यारी होती है।

मूल शांति के लिए जब पंडित जी आए, दरवाजे के पास बैठकर खेलती हुई बच्ची को खिलाते हुए घर में प्रवेश किया। पंडित जी ने पूछा, "लई आवा बिटिवा का?"

"यह सामने तो है।"

सत्यनारायण की कथा बाचने वाले पंडित जी चंद्रमा की कलाओं की तरह उस कलावती में आए परिवर्तन देख हैरान थे।

"अरे रंग तो एकदम साफ होई गवा, हम तो पहचान ही नहीं पाए, साक्षात लक्ष्मी पधारी हैं अम्मा, इसके ब्याह की चिंता छोड़ दीजिए, लड़के वाले खुद घर आकर इसे माँगेंगे।" कुंडली देखते हुए पंडित जी बोले।

अम्मा तुनककर बोलीं, "ऐसे कैसे ब्याह की चिंता छोड़ दें? किसी ऐसे-वैसे घर थोड़ी ना भेज देंगे। कोई अच्छे कुल-खानदान वाले आज तक कभी किसी के घर बेटी का हाथ माँगने गए है, जो इनका मागने आ जाएँगे!"

अम्मा का मानना था कि लड़के वाले कभी झुककर लड़की का हाथ नहीं माँगते और जो माँगते हैं उनके बेटे में कोई खोट होती है।

पहली बेटी होने के बाद से माँ पर अजिया का मानसिक दबाव तो था ही कि अब दोबारा बेटी ना हो जाए। अम्मा के संकेतों से साफ था कि एक ही बेटी काफी है। वो किसी से कहती नहीं थी, लेकिन अम्मा के कारण

तनावग्रस्त जरूर रहने लगी थी, अगर इस बार भी बेटी हुई तो वो ताने मारने से नहीं चूकेंगी। अभी तक जैसे-तैसे साँस धरके अम्मा खुद को रोके हुए थीं, पर अगली बार सुनाने में वह कोई कसर नहीं छोड़ने वाली लेकिन भाई ने पैदा होकर माँ को इन सारी तनाव-चिंताओं से मुक्त कर दिया। पापा उसका नाम अनुराग रखना चाहते थे लेकिन मम्मी शिवानी के उपन्यास खूब पढ़ती थी तो बेटे का नाम कार्तिक कृष्ण रखा।

बेटा पैदा हो गया तो आजी प्रसन्न हो गईं। उनको विश्वास हो गया कि अब उनके ननकऊ का बेटा उनका तारणहार आ गया वर्ना यही चिंता उनको परलोक सिधारने न देती। भवसागर से मुक्ति के लिए पुत्र होना बेहद जरूरी है, ऐसा उनका मानना था। अनुमिता पूरे खानदान की इकलौती लड़की थी। उसे सभी बहुत चाहते थे सिवाय अजिया के... उनका लड़का, लड़की वाला भेदभाव अनुमिता के साथ हमेशा रहा।

जब भी फाफामऊ से मिट्टी के मटके में गुलाबजामुन आते, तो अजिया अनुमिता के सामने सबको एक एक गुलाबजामुन देकर भगा देती फिर चुपके से सबकी नजर बचाकर कार्तिक को और खिलाने में लगी रहतीं। उसके मना करने पर भी पीछे पड़ी रहती एक और खा ले, लेकिन अगर वो माँगती तो उसे कह देतीं कि खत्म हो गए।

अजिया की ऐसी दुई-अखी को हर कोई देखकर भी अनदेखा कर देते, लेकिन नन्ही मीता उनसे बराबर लड़ती और इस बात पर तहलका मचा देती। मटकी ढूँढकर सामने रख देती, ये रखे तो है गुलाबजामुन सबको क्यों बोल रही कि खत्म हो गया मैंने देखा है आप अकेले खुद छुपकर खाती हो। अम्मा झेंप जाती, उसे शांत करने के लिए अंत में उसके साथ शांति समझौते की पेशकश उनकी तरफ से आती। किसी के सामने न झुकने वाली अम्मा को नन्ही मीता के सामने धराशाई होते देख घर के सभी सदस्य खास कर बहुए मन-ही-मन मुस्कुरा लेती, पर अम्मा के सामने किसी के कुछ बोलने की हिम्मत नहीं थी। अनुमिता सबकी लाडली बन चुकी थी। पापा उसकी हरकतें देखकर प्रसन्न रहते।

अजिया का बस चलता तो उसका बाल विवाह ही करवा देतीं, किंतु ईश्वर को कुछ और ही मंजूर था।

पापा को पीएचडी करते ही मुंबई के कॉलेज से कॉल लेटर आ गया। भाई कार्तिक का भी आगमन हो चुका था। अजिया ने पोते का मुँह देख लिया था, हालाँकि वह कभी नहीं चाहती थीं ननकऊ उनसे दूर जाए, और ना ही ननकऊ कभी भी यह चाहते थे कि वह अम्मा और इलाहाबाद दोनों में से किसी को भी छोड़कर कहीं भी जाएँ, लेकिन नौकरी अच्छी थी और शहर बड़ा, सो रोजी-रोटी के लिए मृत्युंजय शर्मा का पूरा परिवार इलाहाबाद से निकलकर मुंबई पहुँच गया।

6

सोमदत्त अंकल क्योंकि पहले से ही मुंबई में थे, चिट्ठियों का आदान-प्रदान अब तक बना हुआ था तो पापा ने सबसे पहले उनको ही अपने मुंबई आने की खबर दी। उन्होंने भी दोस्ती दिखाते हुए अपने घर के बिल्कुल बगल में ही उनके लिए घर तलाश लिया। वो रियल एस्टेट के धंधे में किसी के असिस्टेंट थे, शहर के हिसाब से चलते पुर्जे बन चुके थे। वह अब पुराने वाले सोमदत्त नहीं रहे थे, मुंबई की हवा उन्हें लग चुकी थी। पहले वाली बेचारगी उनके चेहरे से गायब थी, उपलब्धियों का गर्व उनके चेहरे पर हल्का गुरूर बनकर झलकने लगा था। अब उन्होंने मूँछें भी रख ली थीं। उनकी रोबीली घनी मूँछें उन्हीं की तरह अकड़ में दिखती अकड़ पैसे की थी या किसी नाराजगी की, यह कभी समझ नहीं आया।

पहलवानों जैसा शरीर तो उनका शुरू से था, बेहतरीन खान-पान से अब हल्की-सी तोंद भी निकल आई थी जो उनके सुखी होने की निशानी के रूप में खुद आगे आकर उनकी खुशहाली बयान कर रही थी। 'बच्चे दो ही अच्छे' या 'मम्मी-पापा टिप टॉप दो के बाद फुल स्टॉप' जैसे बेकार के स्लोगन को झुठलाते हुए वह अब तक तीन खूबसूरत पुत्रों के पिता बन चुके थे। सबसे बड़े सिद्धांत शेखर के बाद सुशांत शेखर और फिर सबसे छोटे सुयश शेखर का आगमन हो चुका था।

तीन-तीन पुत्रों के बाप होने का भी कुछ तो असर जरूर उनके अंदर आया ही होगा। इलाहाबाद के पंडित परिवारों में ज्यादातर चाहे जितना पढ़-लिख लें, लड़के और लड़की के बीच भेदभाव से कोई विरले ही खुद को मुक्त रख पाते हैं। और सोमदत्त उन विरलों में बिल्कुल नहीं थे। लड़कों का पिता होना भी गौरव की बात थी।

मृत्युंजय जब शुरू में मुंबई पहुँचे तो कलवा का वह इलाका जहाँ सोमदत्त रहते थे, उनको बिल्कुल भी पसंद नहीं आया। बूढ़ी-शिथिल, रंगहीन, उजड़ी

हुई बिल्डिंग्स, कीचड़, कचरे के बीच रास्ता, कबूतरखानों की तरह के फ्लैट, वह इलाका मानो अपनी लाचारी खुद सुना रहा था। लेकिन वो शुरुआत में इस शहर को ज्यादा जानते नहीं थे तो चुप होकर वहीं रह गए। मुंबई की जो बातें उन्होंने सुन रखी थीं, उससे बिल्कुल अलग मुंबई वह देख रहे थे। शुरुआती दिनों में वहाँ खुद को पराया ही महसूस करते रहे पर मुंबई अंततः सबको अपना बना ही लेती है, और लोग वहीं के होकर रह जाते हैं।

लोगों से बहुत सुना था कि मुंबई कभी रुकती नहीं है, भागती रहती है। लोकल ट्रेन के पीछे भागते हुए यह बात वो भी अब समझ गए थे। फिलहाल तो जो लोकल ट्रेन में चढ़ जाए वही सफल। और उनके लिए सबसे बड़ी सफलता समय पर लोकल ट्रेन पकड़कर ऑफिस पहुँचना होता वो भी बड़े शहर की भाग दौड़ में शामिल हो चुके थे।

'सर्वाइवल ऑफ द फिटेस्ट'- डार्विन का यह सिद्धांत हर जगह की तरह यहाँ भी लागू होता था। बड़े शहरों में हर कोई जीवन जीने की जद्दोजहद में हैरान-परेशान-सा लगातार दौड़ता ही दिखता। इस आपाधापी में कुछ टूट जाते, और टूटकर वापस लौट जाते कुछ वहीं रह जाते... कभी वापस नहीं लौटते, कुछ बेहतर की आस में जूझते हुए सारा जीवन ही काट लेते लेकिन कुछ की किस्मत चमकती और उनकी सफल गाथा सुनकर ढेरों लोग गाँव छोड़ शहर पहुँचते। समुद्र में डाले गए कूड़ा-करकट को जैसे लहर बाहर फेंक देती है, वैसे ही असफल लोगों को मुंबई बाहर पटक देती और सफल लोगों को अपनाकर शहर के भीतर समेट लिया जाता है, वो शहर की घूमती हुई धुरी का हिस्सा बन जाते। इस सपनों की नगरी में लोग रोज सपने देखते हैं। बहुत कम सफल, ढेरों असफल होते हैं, लेकिन असफलताओं की कहानी कोई कभी भी नहीं कहता।

मुंबई में यूपी और बिहार से आए लोग बड़ी तादाद में थे, रोज आते-जाते मृत्युंजय की उनसे मुलाकात होती। उनके बीच रहकर उनकी बोली से उनको आसानी से पहचाना जा सकता था। उन सबके बीच रहकर इस शहर में वो खुद को अजनबी नहीं महसूस करते। घर से बाहर निकलते ही यूपी-बिहार के लोग दिखते रहते, उससे उन्हें हमेशा सुकून मिल जाता। कई बार इन्हीं लोगों के साथ बातों-बातों में वो अपनी अवधी बोली में सवार इलाहाबाद की गलियों

में घूम आते। सिविल लाइंस से लेकर जगराम की मिठाई, तो कभी उनके बंधा वाले हनुमान जी का मंदिर, जिनका हर साल गंगा जी आकर पैर पखारती, कटरा के दशहरे की अजब-गजब झाँकी, किस तरह पूरा बाजार सजता था। जुहू बीच पर बैठकर वो संगम के घाट की याद करते थे। उनके मन में बसा हुआ इलाहाबाद इतनी आसानी से उन पर पड़ी अपनी छाप छूटने नहीं दे रहा था। इंसान का बचपन जहाँ गुजरता है वह जगह आजीवन याद रहती है।

इलाहाबाद से बिछड़कर वो लोकल ट्रेन के पीछे भाग रहे थे और सोमदत्त अपने सपनों के पीछे...

अब तक सोमदत्त अपना खुद का काम शुरू कर चुके थे और उनका धंधा चलने भी लगा था। वह कम वक्त में रियल एस्टेट का काम अच्छा सीख गए थे। मुंबई सोमदत्त के सपनों की नगरी थी। वहाँ पहुँचने के बाद वह सिर्फ मुंबई की ही बात करते, मृत्युंजय की तरह रात-दिन इलाहाबाद को याद नहीं करते। उनकी किसी बातचीत में कभी भी इलाहाबाद या प्रतापगढ़ का जिक्र नहीं होता। यहाँ पूरा आसमान उनके लिए खुला हुआ था जिसका कोई ओर-छोर नहीं था। वह जितना नाप सकते थे, उतना मुंबई उन्हें देने के लिए तैयार थी। अपना धंधा शुरू करते ही सफलता की सीढ़ियाँ चढ़नी उन्होंने शुरू कर दी थी। ये शहर उनको रास आ गया था।

समय तो सबको बराबर ही मिलता, लेकिन हम उस समय को जिस तरह बाँटते हैं, अपने लोगों और अपने काम के बीच, उससे पता चलता है कि हमारे जीवन में क्या ज्यादा महत्त्वपूर्ण है।

जहाँ मृत्युंजय कॉलेज से आने के बाद पूरा समय परिवार के साथ बिताते, वहीं सोमदत्त का पूरा का पूरा समय सिर्फ काम के लिए होता। उनका कारोबार जैसे-जैसे बढ़ता गया, वह घर के प्रति लापरवाह होते गए। शायद अपने बगल का घर भी उन्होंने अपने मित्र के लिए इसलिए ढूँढा ताकि वह घर की चिंताओं से बेफिक्र होकर रात-दिन काम में डूब सकें। वो कई कई दिनो तक बाहर रहते। कोई बेहद जरूरी घरेलू काम होता तो भाभी जी द्वारा बेझिझक मृत्युंजय को याद कर लिया जाता और अच्छे देवर का फर्ज निभाने में वो कोई कोताही नहीं बरतते।

कुछ समय के बाद मृत्युंजय और सोमदत्त ने तय किया कि वे लोग अब

कलवा से निकलकर थाणे के वसंत विहार इलाके में शिफ्ट हो जाएँगे। मुंबई आए आगंतुकों के लिए कलवा एक वेटिंग रूम की तरह था जहाँ लोग कुछ समय काट लेते... यह सोचकर कि थोड़े दिनों की बात है। इन थोड़े दिनों में अगर इस माहौल को नहीं छोड़ा जाता तो उन असुविधाओं की भी आदत हो जाती। फिर वो जीवन का हिस्सा बन जाती।

कलवा में रहते हुए दो साल हो चुके थे। मृत्युंजय ने कुछ सेविंग और कुछ लोन लेकर थाणे में घर ले लिया था। सोम अच्छा-खासा कमाने लगे थे। उन्होंने क्या किया, कहाँ से इतने कम वक्त में पैसा इकट्ठा किया, उन्होंने ना खुद कभी बताया ना उन्होंने उनसे कुछ पूछा। वसंत विहार पहुँचकर भी सोमदत्त शुक्ला और मृत्युंजय शर्मा के नाम की पट्टी अगल-बगल ही लगी रही। कलवा रहते हुए दो सालों में दोनों की हैसियत में कोई बड़ा अंतर कभी नहीं दिखा लेकिन वसंत विहार आते ही सोम सफलता की सीढ़ियाँ ऐसी चढ़नी शुरू किए कि फिर पलटकर नहीं देखा।

कलवा से बहुत बेहतर थाणे का वो इलाका साफ-सुथरा और व्यवस्थित था, पढ़े-लिखे ठीक-ठाक लोग आस-पास दिखते। वहाँ पहुँचकर मृत्युंजय अब इलाहाबाद को भूलकर मुंबई में रमने लगे थे। अम्मा का गुजर जाना भी उनकी जड़ों को इलाहाबाद से उखाड़कर मुंबई में जमाने में मददगार साबित हुआ।

जब तक अम्मा रहीं तब तक हर साल उनका गर्मियों की छुट्टी में इलाहाबाद जाना तय रहता, उस निर्धारित कार्यक्रम में कभी कोई फेरबदल नहीं किया गया। लेकिन अम्मा के गुजर जाने के बाद ये नियम शिथिल पड़ने लगा। अब अम्मा और इलाहाबाद को छोड़ धीरे-धीरे वो मुंबई में रहना सीख चुके थे।

थाणे पहुँचने के बाद सोमदत्त के सिर्फ बालों की संख्या में कमी आई, बाकी हर चीज बढ़ी ही थी फिर चाहे पैसा हो या उनकी तोंद या सफेद बाल हो। कलवा रहते तक उनकी पत्नी प्रभादेवी ज्यादातर घर के अंदर ही रहती लेकिन यहाँ पहुँचने के बाद उनमे भी बदलाव आया वो साड़ी से सूट में पहुँच गई और अब ज्यादातर घर के बाहर ही दिखती।

उनकी पत्नी प्रभादेवी गाँव की बिलकुल अनपढ़ महिला थी, जिनको हिंदी में अपना नाम लिखने के अलावा कुछ भी लिखना-पढ़ना नहीं आता था, सोम उनको हस्ताक्षर करना सीखा दिए थे। उनके लिए गाँव से निकलकर मुंबई

तक पहुँचना और इतना सब कुछ पाना बहुत बड़ी बात थी इतनी बड़ी कि वह अपने आगे किसी को कुछ नहीं समझती थी।

साड़ी, कपड़ा, गहना जैसी उपलब्धियों का बखान करते हुए ही उनका सारा समय गुजरता। कोई नया गहना या साड़ी लेने पर वह अनुमिता की मम्मी को दिखाना कभी नहीं भूलती। इन सब चीजों को पाकर वह फूली नहीं समा रही थी। उनको परवाह नहीं थी कि सोमदत्त दिन भर कहाँ व्यस्त रहते और कई कई दिन मुंबई में रहकर भी घर क्यों नहीं आते। चूँकि वो तीन कुलदीपक पैदा कर चुकी थी जो कि उसकी खुद की नजर में शायद उनकी सबसे बड़ी उपलब्धि थी, उसके बाद वो बाकी चीजो से बेपरवाह हो गई थी। पुत्रों और पैसे की सुरक्षा ने उनको जरूरत से ज्यादा आश्वस्त कर दिया था। अपने शरीर से वो खुद बेपरवाह हो चुकी थी और सोमदत्त उनसे बेपरवाह हो चुके थे।

उनकी दूसरी उपलब्धि उनका गोरा रंग था जिसे लेकर उनका आत्मविश्वास सदा बढ़ा रहता, अजिया की ही तरह उसकी नजर में भी सुंदरता का अर्थ गोरा रंग ही था और वह उस गौर वर्ण की मलकिन थी। छोटे कद की, गदराए शरीर वाली प्रभादेवी की चौड़ी नाक पर बड़ी-सी सोने की कील ऐसी लगती, मानो उस 2-बीएचके के चौखटे पर किसी ने ठोककर नेमप्लेट लगाई हो। उल्लू जैसी उनकी छोटी गर्दन कभी दिखती नहीं थी, उनका सोने का भड़कीला हार ही चमक कर बताता कि ये अदृश्य इलाका गर्दन है।

पति के वो आधी आती थी। सोमदत्त को पता था कि प्रभादेवी को क्या चाहिए और प्रभादेवी जानती थी कि तीन चिराग जो उन्होंने दिए हैं, उससे ज्यादा सोमदत्त किसी चीज की अपेक्षा उनसे नहीं करते। कुल मिलाकर राम मिलाई जोड़ी थी। एक-दूजे के लिए जहा दोनों एक-दूसरे को खुली छूट देते थे। 'तुम मुझे मत रोको, मैं तुम्हें नहीं टोकूँगा' के अलिखित समझौते पर दोनों ने अदृश्य हस्ताक्षर थे। दोनों एक-दूसरे की आदतों के साथ समझौता कर चुके थे क्योंकि दोनों को पता था कि उन कमियों की पूर्ति कैसे करनी है। तो दोनों ही एक-दूसरे की कमियों की तरफ ध्यान कम ही देते।

प्रभादेवी अपने रूप-रंग और भाषा को लेकर पूर्णरूप से आश्वस्त थी। टूटी-फूटी अँग्रेजी के गलत शब्द वह धड़ल्ले से बोलती जिन्हें सुनकर लोग मन-ही-मन में मुस्कुरा लेते। अनुमिता की मम्मी बीए पास थी, पर जो

आत्मविश्वास प्रभादेवी में था उनके अंदर कभी नहीं आया। एक बार उन्होंने मृत्युंजय और सुशीला की तुलना तवे पर गिरे हुए दूध से की थी, तात्पर्य उनके रंग से था। वो अपनी बात सीधे-सीधे कह डालती, बिना किसी लाग लपेटे के, उसके उलट सोमदत्त का लहजा ज्यादातर व्यंग्यात्मक और इशारों वाला ही होता।

सोमदत्त बहुत दिनों से दिखे नहीं थे। कॉलेज से लौटने के बाद बड़े दिनों बाद दिखे तो मृत्युंजय ने पूछ लिया, "कहाँ रहते हो, दिखते ही नहीं?"

सोमदत्त ने मुस्कुराकर कहा, "प्रोफेसर साहब, आपकी तरह घर आकर टाँग पसारकर नहीं बैठ सकते। क्या करें, धंधे-पानी वाले आदमी हैं, पसीना बहाना पड़ता है। लगी लगाई नौकरी तो है नहीं जो आप जैसा आराम हमको नसीब हो।"

उसके बाद उन्होंने दोबारा कभी उनसे ऐसा कोई प्रश्न नहीं किया, उनके लहजे में आए बदलाव को वो महसूस करने लगे थे।

बच्चों के साथ भी उनका व्यवहार कुछ ऐसा ही था। अनुमिता को एक सैंडल पसंद आ गई, जो कि थोड़ी महँगी होने पर भी उसकी जिद के कारण पापा ने खरीद दी। तब भी अंकल ने व्यग्य से कहा था "जितने की सैंडल है उससे तीन गुना महँगे कपड़े खरीदने की औकात होनी चाहिए। कपड़े की कीमत सैंडल से तो ज्यादा होनी चाहिए। खरीद पाओगी उतना कीमती ड्रेस?"

उनकी कही गई यह बात बड़े होने तक वो कभी नहीं भूली।

अंकल ने बचपन में ही 'औकात' शब्द का सामना उसे करा दिया था।

सोम अंकल उसको कभी अच्छे नहीं लगे। वह और कार्तिक उनके घर खेलने भी नहीं जाते, सिद्धांत ही ज्यादातर उनके घर आता। पापा के दोस्त जरूर थे, फिर भी दोनों बच्चों को वह बिल्कुल पसंद नहीं थे। एक बार कार्तिक ने पापा से शिकायत भी की थी अंकल बस आपके सामने ही ठंग से बात करते हैं वर्ना तो कैसे बोलते हैं, लगता है हर समय गुस्से में ही रहते हैं। कम उम्र में भी हर बच्चे को यह एहसास हो जाता है कि सामने वाला उसे कितनी इज्जत दे रहा है। अक्सर बड़े इस गलतफहमी में रहते हैं कि बच्चों से किसी भी तरीके से बात की जाए बच्चे को नहीं समझ आता लेकिन स्वाभिमान, जिसमें होता है बचपन से होता है अचानक बड़े होने पर नहीं पैदा

होता। इज्जत और बेइज्जती का अंतर बच्चे भी समझते हैं।

आजकल आए दिन सोम के घर पर आने वाले नए-नए सामान भी अपने वैभव का परिचय खुद करवा रहे थे बावजूद इसके प्रभादेवी बढ़-चढ़कर अपनी चीजों का बखान करना कभी नहीं भूलती थी। सोमदत्त दो बड़ी कारों के मालिक बन गए थे। यह अलग बात थी कि बच्चों के घूमने के लिए कभी भी कोई कार उपलब्ध नहीं होती थी। दोनों कारें प्रभादेवी और सोमदत्त के कामों में व्यस्त रहा करती थीं।

सोम को पैसे कमाने के अलावा जैसे अन्य कोई शौक ही नहीं था। फिल्में देखना, घूमना-फिरना वह समय की बर्बादी समझते इसलिए बच्चों को फिल्म दिखाने और घुमाने-फिराने भी कभी नहीं ले जाते।

उनका सोचना था कि हर जगह बस वही पानी, पत्थर, पेड़ और पहाड़ होते हैं, ये सब देखने के लिए क्या भटकना? बच्चे अगर कहीं बाहर घूमने जाने की जिद करते तो हमेशा उनको यही जवाब मिलता था मृत्युंजय अंकल खाली है उनके साथ चले जाना मैं बोल दूँगा। वो खुद घूम-घूम के थक चुकने के बाद विश्राम के लिए घर पहुँचते, उनका मन भरा रहता, एक परिवार की तरह मिलकर घूमने-फिरने जाना उनको वक्त की बर्बादी लगती।

इसके इतर मृत्युंजय घूमने-फिरने, खाने-खिलाने और फिल्म देखने के शुरू से शौकीन रहे, हर रविवार छुट्टी के दिन कही न कही जाना निश्चित था। जुहू बीच पर बच्चों के साथ घंटों समय बिता लेते। लोनावला, खंडाला सहित आस-पास की हर जगह वह परिवार के साथ जा चुके थे। कॉलेज से घर आने के बाद उनका पूरा समय परिवार का होता।

सिद्धांत का ज्यादातर समय अनुमिता के घर में ही गुजरता था। वे कहीं बाहर घूमने जाते तो वह भी उन लोगों के साथ चल देता, मानो उसे अपने घर जाने का मन ही नहीं होता, जब सब साथ बैठकर खाना खाते तो अनुमिता और कार्तिक के बीच एक थाली उसकी भी लगती, उनकी छोटी-सी मारुति 800 में ढेर सारी जगह थी, किसी के लिए जगह की कमी नहीं होती थी- सिद्धांत के लिए तो कभी भी नहीं।

बच्चों की आपस में दोस्ती गहरी होती जा रही थी, लेकिन कॉलेज के पुराने दोस्त एक-दूसरे से दूर होते जा रहे थे। उनका आपस में मिलना और

बात करना बहुत कम हो चुका था।

बच्चों की अपनी अलग रहस्यमय दुनिया थी। वह दौर था बेताल यानी चलता-फिरता प्रेत का और 'अमिता बच्चन' का। सिद्धांत और अनु अमिताभ के नाम का यही उच्चारण करते, बचपन के उन दिनों में 'अमिता बच्चन' हिंदी फिल्मों का इकलौता एंग्री यंग मैन हीरो था जो जुल्म के खिलाफ आवाज उठाता, बिल्कुल इंद्रजाल कॉमिक्स के बेताल यानी फैंटम की तरह। और यही दोनों किरदार सिद्धांत के साथ साथ अनुमिता के भी पसंदीदा थे।

उस वक्त बेताल और अमिता बच्चन में से बच्चों के बीच कौन ज्यादा लोकप्रिय था इसकी होड़ थी। बेताल की कॉमिक्स जब सिद्धांत के घर आती, तब सारे बच्चों का खेलना रुक जाता मनो किसी ने कर्फ्यू लगा दिया हो। सारे काम छोड़कर सात-आठ बच्चे एक साथ एक ही किताब पढ़ते।

"सबने पढ़ लिया?"

बाकायदा पूछा जाता, उसके बाद ही पन्ना पलटा जाता, जब तक कॉमिक्स खत्म नहीं हो जाती तब तक मौन और शांति बनी रहती। उसके बाद फिर वही हुड़दंग, ऊधम, धमा-चौकड़ी शुरू हो जाती। शांति क्षणिक होती, जो सिर्फ इंद्रजाल कॉमिक्स के बेताल की देन होती उसके अलावा कभी वैसी शांति की कल्पना भी नहीं की जा सकती थी।

सिद्धांत और उसके भाइयों के साथ रहकर अनु आधा लड़का बन गई थी। वह भी हाफ पेंट ही पहनती। मम्मी जान-बूझकर कार्तिक की तरह उसके बाल भी एकदम छोटे कटवा देती, जिससे बार-बार उसे लेकर नाई की दुकान ना जाना पड़े। फ्रॉक पहनना खुद उसे पसंद नहीं था। वह अपने को लड़कों से कम नहीं समझती हर काम लड़कों वाले उसे करने होते। उसके अलावा एक लड़की और थी जिसका नाम था मीनू। उसका बड़ा भाई कभी उसे खेलने आने देता था, कभी मना कर देता मीनू खेलेगी कि नहीं उसका भाई तय करता जबकि खुद पूरे समय खेलता रहता और उस पर धौस जमाता- "तू लड़कों के साथ-साथ नहीं खेलेगी।" तो ज्यादातर वो ही बाकी सारे लड़कों के साथ अकेली लड़की होती।

बच्चों के गैंग के कुछ नियम होते जिन्हें मानना सबके लिए अनिवार्य होता मम्मी-पापा से हर बात की चुगली करने वाले बच्चे गैंग में शामिल नहीं

किए जाते। उन्हें अपने साथ नहीं खिलाया जाता। खेल सारे लड़कों वाले होते- क्रिकेट, रेस टीप, आदि। रेस टीप में जिसका दाम आता था वह दो तीन दिन तक दाम ही देता रहता, सारे बच्चे ऐसे छुपते कि दाम देने वाला पूरे को कभी ढूँढ ही नहीं पाता। सिद्धांत की मम्मी उसको डाँटती रहती वह सुशांत को अपने साथ खेलने क्यों नहीं ले जाता, हर वक्त अनु को पूँछ बनाए घूमता रहता है। बात दरअसल यह थी कि सुशांत का जब दाम आता, तो वह कोई ना कोई बहाना बनाकर भाग जाता और उसके बदले हर बार सिद्धांत को दाम देना पड़ता। सुशांत आंटी से चुगली अलग कर देता और आंटी बड़बड़ाते हुए बच्चों से लड़ने चली आती इसलिए सारे बच्चों ने प्रभादेवी का नाम ही 'सीख सिखाने वाली आंटी' रख दिया।

गर्मियों की छुट्टियों में पूरी दोपहर बच्चों की धमाचौकड़ी और खेलकूद जारी रहते। खेल भी एक से एक। पता नहीं कौन ईजाद करता लेकिन हर खेल नियम कायदे से खेलते जिसमें बड़ो की दखलंदाजी के लिए जगह नहीं होती।

मिसाल के लिए, एक बैट-बॉल वाला उनका खेल, एक छोटा गोला बनाया जाता जिसमें एक बच्चा बैट लेकर खड़ा होता और उसकी तरफ बॉल फेंकी जाती, गोले के अंदर रहते हुए बल्लेबाज बॉल को बल्ले से मारता और जब गेंद दूर जाती तो अपने शरीर के चारों तरफ बल्ला घुमाकर जोर-जोर से चिल्लाकर रन लिया जाता। बल्ला एक बार शरीर के चारों तरफ घूमा मतलब एक रन। ज्यादा रन बनाने से रोकने के लिए बाकी बच्चों द्वारा चारों तरफ से घेरा बनाया जाता और जल्दी से गेंद ढूँढकर पुनः बल्ले की तरफ फेंकी जाती थी। जहाँ से गेंद उठाई जाती वहीं से उसे फेंकना होता। टेढ़ा-मेढ़ा जैसा बने बिना हिले वैसे ही गोले के भीतर रहकर उसे बल्ले से मारा जाता। अगर गेंद पैर पर घुटने से नीचे लगती या पैर गोले से बाहर निकल जाता तो बल्लेबाज को आउट मान लिया जाता।

अनुमिता के हाथ में जब बैट आता था, तो कोई उसे जल्दी आउट नहीं कर पाता कई बार अंकल लोग खड़े होकर उसका खेल देखते और उसकी बल्लेबाजी की तारीफ करते।

इसके अलावा बारिश होने पर क्रिकेट नहीं खेला जा सकता था, तब गड़ंची का खेल खेला जाता। गड़ंची यानी लोहे की छोटी-सी छड़। मिट्टी

गीली होने पर उस छड़ को एक छोटे गोले के अंदर जमीन पर गाड़ना होता। फेंककर गाड़ने पर वह जितनी सीधी गड़ती उतने ज्यादा नंबर मिलते और अगर वह जमीन छूती या उसकी ऊँचाई जमीन से चार अंगुल से कम होती तो खेलने वाला आउट हो जाता।

बच्चे इस तरह के कई खेल नियम-कानून के साथ खेलते और नियमों का पालन करना सबके लिए अनिवार्य होता। इस मामले में भाई-बहन के नाम पर भी कोई विशेष छूट नहीं दी जाती।

खेलते हुए गिरना-पड़ना, चोट लगना, सब होता रहता। वो भी खूब गिरी लेकिन कभी रोई, नहीं हमेशा हर चोट, हर घाव को गर्व से योद्धा की तरह लिया। यह मान्यता हमेशा रही है कि लड़के रोते नहीं, रोने वाले लड़कों को रोंदू बोलकर चिढ़ाया जाता। यह खिताब कोई लेना नहीं चाहता और लड़कों के बीच रहकर वो भी खुद को लड़की साबित होने नहीं देना चाहती थी सो रोती वो कभी भी नहीं थी।

एक बार खेलते समय उसकी आँख के पास चोट लग गई सारे बच्चों ने उसको समझाया कि किसी का नाम मत बताना किसके कारण चोट लगी। आधी बात माँ बाप तक पहुँचती ही नहीं थी कोई बड़ी चोट लगने पर ही बात बड़ो तक पहुँचती। बच्चों ने मिलकर आपसी सहमति से विचार बनाया कि लोहे के तार से लगा है नहीं बताना है, अनु नाली में गिर गई, यही एक बात सबको समवेत स्वर में बोलनी है उसने भी घर पहुँचकर वही रटा-रटाया ही बोला, जब पापा उसको लेकर अस्पताल गए और डॉक्टर ने पूछा कि लोहे से तो चोट नहीं लगी है क्योंकि तब सेप्टिक का इंजेक्शन लगाना होगा, तो डॉक्टर के बाहर जाते ही उसने पापा से पूछा कि सेप्टिक क्या होता है? पापा ने समझाया तो उसने तुरंत अपना बयान बदला और बताया कि याद आया, जहाँ गिरी थी वहाँ एक लोहे का टुकड़ा भी था, डॉक्टर ने इंजेक्शन को गड़ंची की तरह ही घोपा था।

चूँकि कोई चुगली नहीं की गई और बच्चा गैंग के सारे नियमों का पालन किया गया तो उसके दोस्तों की नजरों में उसकी इज्जत बन गई। अब वह भी गैंग की सदस्य थी हालाँकि एक हफ्ते तक उसकी आँख में सूजन इतनी थी कि वह सिर्फ एक आँख से देख पाती थी, जिस आँख में चोट लगी वह सूजकर

काली पड़ गई और लगभग बंद ही हो गई थी। लेकिन खुशी बस इस बात की थी कि वो अब गैंग का हिस्सा थी।

उसकी आँख में चोट देखकर तब प्रभादेवी अपनी तरफ से मम्मी को समझा गई थी, "लड़की जात है, चेहरे पर लग जाता तो? बताइए, पूरा चेहरा खराब हो जाता। लड़कियों के साथ इसे खेलना सिखाइए। जब देखो तब उछल-कूद, भाग-दौड़, तोड़फोड़ वाले लड़कों के खेल ही इसे खेलने होते हैं। अभी से ही इसे काबू में नहीं रखा तो आगे जाकर आप ही को पछताना पड़ सकता है। आपके भले के लिए बोल रही हूँ, वरना मुझे क्या।"

फिर उसे देखकर कहा, "गुड़िया लेकर एक जगह बैठकर आराम से क्यों नहीं खेलती? मीता, कोई तुमसे शादी नहीं करेगा समझी, ऐसे ही चेहरे पर चोट के निशान पड़ते रहे तो..."

तब उसने मम्मी से पूछा कि सिद्धांत, सुयश, सुशांत और कार्तिक के चेहरे पर चोट लगेगी तो क्या उनसे भी कोई शादी नहीं करेगा?

लेकिन मम्मी ने कोई जवाब ही नहीं दिया था, आंटी से भी कुछ नहीं बोली, मम्मी ऐसी सब बातें पापा के पास बैठकर उनको बताती, परंतु खुद कोई जवाब नहीं देती और पापा बिना जवाब दिए हूँ-हूँ करके सुनते थे।

'खइके पान बनारस वाला' गाना पापा को बहुत ज्यादा पसंद आया मतलब साफ था कि यह फिल्म तो देखने को पक्का मिलेगी। ये बात वो और सिद्धांत दोनों जानते थे।

सिद्धांत भी जिद करके साथ गया, फिल्म थी 'डॉन'। अपना अमिता बच्चन हीरो था। कार्तिक नहीं गया उसको मारधाड़ वाली फिल्म पसंद नहीं थी, उसे कोई भी फिल्म अच्छी नहीं लगती थी फिल्म देखते समय वो हमेशा रोता रहता या फिर सो जाता। अनु ने उसे कई बार समझाया भी फिल्म सही की नहीं होती, लोग एक्टिंग करते हैं, बाद में सामान्य हो जाते हैं, लेकिन कार्तिक हर फिल्म में फूट-फूटकर रोता।

फिल्म में 'जीना तमान' के बाल उसके जैसे छोटे-छोटे कटे थे, पर सिद्धांत और उसका पूरा फोकस सिर्फ हीरो पर ही था। फिल्म देखने के बाद पूरे रास्ते वे दोनों फिल्म के डायलॉग मारते हुए वापस लौटे थे- 'डॉन के दुश्मन की सबसे बड़ी गलती ये है कि वो डॉन का दुश्मन है, ढेंन टेड़ेन, ए

भिशूम... करते हुए वो घर लौटे।

सिद्धांत खुद को डॉन समझ रहा था लेकिन मजे की बात कि वो भी खुद को डॉन ही समझ रही थी। फिल्म दोनों के दिमाग से निकल ही नहीं रही थी। दोनों कभी उसका फेमस डायलॉग बोलते- 'डॉन को पकड़ना मुश्किल ही नहीं नामुमकिन है', तो कभी कोई स्टंट करते। अमिताभ बच्चन दोनों के दिमाग में पूरी तरह घुस चुका था।

सारे बच्चे नई बनती बिल्डिंग में खेल रहे थे। फिल्म देखकर लौटने के बाद वे दोनों भी वहीं पहुँच गए। अचानक वो सिद्धांत की तरफ 'ये रही डॉन की किक' कहते हुए लपकी, लेकिन सिद्धांत ने हटते हुए जोर से उसका पैर खींच दिया और वहाँ पुरानी सरिया उसकी जाँघ में घुस गई।

आजकल के सास-बहू सीरियलों में जिस तरह महिलाओं की प्रतिक्रिया होती है, बिल्कुल वैसी ही बच्चों की प्रतिक्रिया थी। यही कि सब शांत होकर वहीं खड़े रह गए। सब डर गए क्योंकि इस बार चोट ज्यादा थी, बड़ों तक बात पहुँचनी ही थी, क्या बोला जाए इसकी भी चिंता थी।

उसने जब अपना पैर बाहर खींचा तो खून तो निकला ही नहीं, एक गड्ढा और लाल-सफेद माँस उसके पैर में अंदर तक का दिख रहा था। सिद्धांत तुरंत पास आया, बोला कि आंटी को मत बताना, ठीक हो जाएगा लेकिन चोट ज्यादा गहरी थी, इतनी कि अपने आप ठीक नहीं होगी। सारे बच्चे मिलकर उसको घर ले गए।

जैसी उम्मीद थी, मम्मी की बिल्कुल वैसी ही प्रतिक्रिया आई। उसे देखकर वो सिर पकड़कर रोने बैठ गई। मम्मी बिल्कुल निरूपा रॉय टाइप हर बात में इमोशनल होकर सबसे पहला काम रोने का ही करती, तभी पापा कॉलेज से आ गए।

उन्होंने पूछा कि चोट कैसे लगी, तो इस बार उसने सच-सच बता दिया।

पापा उसके हाफ पैंट, शर्ट पहनने और लड़के जैसे रहने पर कभी नाराज नहीं होते थे, लेकिन मम्मी को यह सब पसंद नहीं था। मम्मी कुछ भी नहीं जानती कि लड़कियों को लड़के अपने साथ नहीं खिलाते हैं। अनु क्योंकि लड़कों जैसी मजबूत है इसलिए तो गैंग का हिस्सा है। लड़कियों के घर-घर खेलने और गुड़िया पकड़कर एक जगह बैठकर खेलने में क्या कोई मजा आता है?

बहरहाल, इस बार चोट बड़ी थी तो पापा के साथ मम्मी भी अस्पताल गई। घाव देखकर डॉक्टर ने बता दिया कि टाँके लगेंगे। टाँके की बात सुनते ही मम्मी जिनके अभी जाकर आँसू सूखे थे फिर आँखें भर गई, आँखों में आँसू भरकर डॉक्टर के पास पहुँच गई, "डॉक्टर साहब! सुन्न करके ही टाँके लगाइएगा, बहुत छोटी है, सह नहीं पाएगी।"

मम्मी तो बिना बात के भी रो लेती थी बेटी शादी कर के अपने घर चली जाएगी ये बोलते हुए या सुनते हुए भी उनकी आँखें भर आती। वो ज्यादातर बातों पर अपना दुख एक ही तरह से प्रकट करती।

डॉक्टर ने मम्मी की गुहार सुनने के बाद सबसे पहला काम किया कि उसको रूम से बाहर भेज दिया। उसके बाद पापा ने पैर पकड़े और टेढ़ी वाली सुई और मजबूत धागे से डॉक्टर ने घाव को सिल दिया। पूरी प्रक्रिया में सिर्फ मम्मी रोई। जब सब हो गया और पट्टी बँध गई तो डॉक्टर ने मम्मी से कहा, "सात टाके लगे है, आपकी बेटी बिल्कुल भी नहीं रोई, बहुत बहादुर है और आप रोए जा रही हैं।"

हर बात में उनकी आँखों में आँसू पहले आता वो बोलती बाद में, सो डॉक्टर की बात सुनते ही गंगा-जमुना की धाराएँ पुनः प्रवाहित होने लगीं, उनके कुछ बोलने के पहले, डॉक्टर मुस्कुराकर चला गया।

घर आने के बाद आस-पास के फ्लैट के लोग उसको देखने आए, सबने एक ही बात पूछी- चोट कैसे लगी? सबको हर बार पापा वही पूरी घटना पूरे विस्तार से सुनाते। यह सब देख-सुनकर उसको लगा कि दर्द में नहीं रोना बहुत बड़ी बात है, शायद इतनी कि सबको यह बात पापा खुद तारीफ करते हुए बता रहे है।

उस जमाने में ज्यादातर लोगों के दो या दो से ज्यादा बच्चे होते, बच्चे अपने में व्यस्त रहते, उनको लेकर अति संवेदनशीलता नहीं दिखाई जाती। 'जियो और जीने दो' का पालन किया जाता। बच्चे खुलकर साँस लेते, खूब खेलते-कूदते।

मोबाइल और वीडियोगेम जैसी कोई चीज ही नहीं थी। सिर्फ एक दूरदर्शन था जिसमें ब्रेकिंग न्यूज नहीं आती, साधारण खबरें ही रहती। हर एक खबर को सामान्य तरीके से बताया जाता। सारे समाचार वाचक और एंकर का

नाम सबको याद रहता। सलमा सुल्तान के गुलाब को भी नोटिस किया जाता था... रेणुका शहाणे की हँसी को भी। ऐसा जमाना था... जब रुकावट पर खेद जताया जाता। इंटरनेट नहीं था और दूरदर्शन पर सिर्फ एक फिल्म रविवार को आती। तब सबके घरों में टीवी नहीं हुआ करती थी। एशियार्ड 82 के समय उसके घर में टीवी आई। जैसे एक किताब से कई लोग पढ़ लेते थे, वैसे ही एक टीवी में कई घरों के लोग एक साथ बैठकर देख लेते। कोई अच्छी फिल्म आने वाली होती, तो सबको पता होता कि आज टीवी के सामने भीड़ बढ़ने वाली है, सो मेजबान पहले से ही दरी और कुर्सियाँ लगा लेते, आज की तरह लोग कमरे में अकेले बैठकर टीवी नहीं देखते थे। फ्रिज भी सामने के कमरे में रखा जाता था और वह डेकोरेटिव पीस की तरह सजा हुआ खुद पर इतराता उसे रोज पोंछा जाता था। टीवी और फ्रिज जरूरत से ज्यादा स्टेटस वाली चीजें थीं।

अनुमिता के पापा मारुति से सेंट्रो तक ही पहुँचे, लेकिन सिद्धांत के पापा वसंत विहार से निकलकर जुहू जा रहे थे। अनुमिता ने सिद्धांत से पूछा, "जुहू में तो अमिता बच्चन भी रहता है, तू तो अब उसको भी देख सकता है।"

"वहाँ ऐसे खेलने को थोड़ी ना मिलेगा। मैंने देखा है, वहाँ बच्चे एक-दूसरे के घर खेलने नहीं जाते। वहाँ जाकर मैं बिल्कुल अकेला हो जाऊँगा... और सुन अमिता बच्चन ऐसे सबको नहीं दिखता, पागल।"

ये बचपन की उनकी आखिरी मुलाकात थी।

कुछ दिनों के बाद सोमदत्त और प्रभादेवी जो काफी समय से अपने आपको सिर्फ जुहू का ही निवासी समझ रहे थे, अंततः जुहू पहुँच ही गए।

उसका पड़ोस खाली हो गया। सिद्धांत के घर तो फोन था, लेकिन उसके घर में नहीं था, फोन पर भी कभी दोनों की बातें नहीं हो पाईं। सिद्धांत के जाने के बाद जैसे बच्चों का पूरा गैंग ही टूट गया। अब बच्चों की मंडली कई भागों में बँट गई, पुरानी बात खत्म हो गई।

सिद्धांत याद से उसके हर जन्मदिन पर बर्थडे कार्ड जरूर भेजता। हर साल आने वाले कार्ड देखकर अंदाजा लगाया जा सकता था कि कार्ड भेजने वाले का बचपन धीरे-धीरे खत्म हो रहा है। कार्ड की सामग्री बचपन वाली नहीं रह गई, अब दिल के आकार के कार्ड अनुमिता के पास पहुँचते थे। शुरू-शुरू

में सिद्धांत कार्ड के साथ लंबी चिट्ठी भी भेजता, जो धीरे-धीरे छोटी होती गई और अब कार्ड पर दोनों के नाम के अलावा और कुछ लिखा नहीं होता।

साल में एक बार आने वाला ये ग्रीटिंग कार्ड किसी परीक्षा के रिजल्ट की तरह पास फेल की जगह भूलना या याद रहना बता देता हमेशा उसे लगता कि वो उसका जन्मदिन भूल गया होगा लेकिन वो कार्ड भेजना कभी नहीं भूला, उसका जन्मदिन उसे सदा याद रहा।

जब कोई बहुत समय तक साथ रहे और एक दिन अचानक चला जाए तो उसे आसानी से नहीं भुलाया जा सकता है। कई दिनों तक उसकी यादें बनी रहती हैं। जाने वाला नई जगह, नए माहौल में खुद को ढालने में व्यस्त हो जाता है, लेकिन जो पीछे छूट जाते हैं, उनके लिए बहुत दिनों तक सब कुछ ठहर-सा जाता है, वहाँ की हर चीज में जाने वाले की यादे बसी होती है हर उस चीज को देखकर उसकी याद आती, जहा उसके साथ समय गुजरा था।

अनुमिता और कार्तिक रोज सिद्धांत और उसके भाइयों को याद करते लेकिन करते भी क्या, मुंबई में सब कुछ इतना पास भी तो नहीं था कि मिल आए।

फासले जब लंबे होते हैं तो मुलाकातें मुश्किल हो जाती हैं... और मुलाकातें नहीं होने से यादों पर धूल की परत जमने लगती है... जिनके नीचे यादें धुँधली होकर दबने लगती, लेकिन वो खतम नहीं होती।

वो दोनों भी अपने रोजमर्रा के जीवन में, स्कूल, ट्यूशन और पढ़ाई में व्यस्त होने लगे, खेलकूद से ज्यादा पढ़ाई में समय बीतने लगा।

वक्त अपनी रफ्तार से आगे बढ़ता रहा। धीरे-धीरे समय के साथ उन परिस्थितियों के हिसाब से हर कोई ढलने लगा। सब अपने-अपने माहौल के अनुसार खुद में बदलाव लाने में जुट गए। रोज की दिनचर्या में व्यस्त होकर भी चेतना में वो रह गया था, शिद्दत से पाने की चाहत हालात से सुलह कर धीरे-धीरे शिथिल पड़ने लगी। वक्त से चाहतों और जिद ने कुछ समझौते कर लिए। शुरुआत में कोई भी दुख ज्यादा लगता है।

अनु और सिद्धांत भी पुरानी यादों को समेटकर आगे बढ़ने लगे।

समय धुंध की तरह यादों को धूमिल जरूर कर देता है... पर यादें मिटती नहीं हैं, धुँधली भले हो जाती हैं... जैसे ही धुंध हटती है फिर से सब साफ होकर आँखों के सामने आ जाता हैं।

7

लड़की हैं, खईहैं पीहैं, चार दिन मा ताड़ी जैसी बढ़ जइहैं।

हर गुजरते साल और महीने उसका थोड़ा-सा बचपन लेकर उसे थोड़ा और बड़ा कर जाते।

लोगों की नजरें यह एहसास करा देती कि वो बड़ी हो गई हैं। लंबी लड़कियाँ तो वैसे भी जल्दी बड़ी दिखने लगती, उम्र के साथ पुरुष की नजरों को पहचानने का हुनर भी हर स्त्री में अनायास ही आ जाता, गंदी नजरों से किसी का देखना भी समझ आने लगता है। वह दृष्टि पुरुष की नजर पहचानकर अक्सर सचेत कर देती है।

लोगों की नजरें जिस तरह उस पर पड़ती थीं, वह खुद में सिमट जाती, संकुचित हो जाती। किसी का घूरना उसे असहनीय लगता, कई बार वो उस घूरने वाले की आँखों में तब तक देखती जब तक की वो नजरे न झुका ले।

घर के बड़े बच्चों को छोटे भाई-बहन समय से पहले बड़ा और समझदार बना देते हैं। अपने से छोटों के लिए समर्पण और उनका ध्यान रखना वो कम उम्र से ही सीख लेते। वो कार्तिक से बड़ी थी और वो ये बात उस पर जताती भी रहती उसके पढ़ने-लिखने से लेकर वो किनसे मिल रहा, कहा जा रहा सब वो उससे पूछ कर करता, छोटे भाई पर उसकी पूरी नजर होती, माँ से ज्यादा वो कार्तिक को समझती थी, कई बाते माँ को भी नहीं पता होती भाई बहिन के बीच रहती।

कच्ची उम्र के जोश और उत्साह को नियंत्रण में रख, फालतू की हरकतों को बचकानी समझ पाए इतनी समझदारी उसमें आ गई थी। जो उस उम्र में सब कर रहे हैं इसलिए हमें भी करना है, जैसे नियम उसने खुद के लिए नहीं बनाए थे।

लड़कियाँ, लड़कों से ज्यादा समझदार होती हैं। लड़कों की बनिस्बत उनमे जल्दी समझदारी आती है और वे जल्दी बड़ी हो जाती हैं। यह बात

मृत्युंजय अक्सर उसकी तुलना कार्तिक से करते हुए बोल जाते। कार्तिक हमेशा छोटा ही बना रहा। इसको लेकर वो सदैव चिंतित रहते, "तुम्हारी उम्र में मीता ये कर लेती थी।" लेकिन कार्तिक सबसे छोटा था इसलिए ज्यादा लाडला भी था। गलतिया करने की जो आजादी भाई को मिली उतनी मीता को उन्होंने नहीं दी।

परवरिश एक साथ होती है, लेकिन जाने कैसे कोई अन्य की तुलना में ज्यादा समझदार हो जाता है। समझदारी ऐसी चीजें हैं कि जिनके अंदर आ जाती हैं कम उम्र में ही आ जाती हैं और जिनके अंदर नहीं आतीं उम्र गुजरने के बाद भी नहीं आ पातीं।

छोटे कटे हुए बॉयकट बालों वाली, लंबी, छरहरी अनुमिता जब अपने नीले ट्यूनिक और सफेद शर्ट के साथ लाल टाई वाली स्कूल ड्रेस में स्कूटी से निकलती, तो लड़के तो उसे देखते ही थे, लड़कियाँ भी उसे एक बार पलटकर देख लेती। यौवन का उभार, सुंदर कद-काठी, उस पर उसका भोला-मासूम चेहरा... जाने कैसा अजीब आकर्षण था, जो लोगों को उसकी तरफ खींच लेता।

गर्ल्स स्कूल में अन्य लड़कियों से तारीफ पाना इतना भी आसान नहीं होता। ज्यादातर लड़कियों की आदत होती है, जल्दी कभी किसी दूसरी लड़की की तारीफ नहीं करतीं। और जो करती भी हैं, तो कभी सामने नहीं करतीं। ऐसे में अगर किसी लड़की को रोज उसकी स्कूल की छोटी क्लास की बच्चियाँ मासूमियत से बता जाएँ कि दीदी आप बहुत अच्छी लगती हो, तो मान लीजिए कि उन बच्चियों ने अपने आस-पास की बड़ी लड़कियों से तारीफ जरूर सुनी होगी। उसको अक्सर स्कूल में छोटी क्लास की कोई ना कोई बच्ची आकर फूल दे जाती और बाकी सारी लड़कियों के बीच विशेष बना जाती।

उसका ऐसा विशेष दर्जा बहुतों के लिए जलन का विषय बन जाता। जलन स्वाभाविक भाव है जो हर इंसान में होता है, कोई उसे छुपा लेता है, कोई छुपाने में असमर्थ होता है। पर अक्सर जलन की भावना वहाँ पनपती है जहाँ हम खुद को अगले के बराबर समझते हैं या उससे बेहतर। तो जहाँ कुछ लड़कियाँ उसे पसंद करती थीं, वहीं कुछ उससे प्रतिस्पर्धा भी रखती थी।

उसके घर जब नया-नया फोन लगा तो उसने सबसे पहले सिद्धांत को

फोन किया लेकिन वो कभी घर पर नहीं मिला। दो बार फोन करने के बाद उसने फिर कभी भी उसे फोन नहीं किया। उसके घर के नौकर-चाकर ही फोन उठाते वो कभी स्विमिंग गया होता, कभी हॉर्स राइडिंग... पता नहीं वे लोग कभी बताते भी थे या नहीं कि उसने फोन किया। सिद्धांत ने कभी पलटकर उसे फोन नहीं किया, इतने सालों से सिर्फ साल में एक बार कार्ड भेजकर वह अपनी दोस्ती जता देता।

कॉलेज से घर लौटने के बाद रोज मम्मी चाय देते हुए पापा के पास बैठती तो दोनों दिन भर की बातें एक-दूसरे को बताते, मम्मी बच्चों की शिकायतें और पापा कॉलेज की खबरे। आज वाली खबर पर मम्मी की प्रतिक्रिया तेज दिखी क्योंकि पापा ने बताया कि आज अचानक ऑफिस में सोम आया था।

"अचानक क्या हुआ, इतने दिनों बाद उनको आपकी याद कैसे आ गई?" मम्मी ने आश्चर्य से पूछा। सबको पता था कि अंकल बिना किसी काम के पापा से मिलने की जहमत नहीं उठाएँगे।

"एक ऑफर लेकर आया था। उसने नया स्कूल खोला है, चाहता है कि उसमें मैं प्रिंसिपल बन जाऊँ। उसका बिजनेस अच्छा चल गया है, खूब पैसे कमा लिए हैं, आजकल गनमैन लेकर चलता है।"

परचितों को हम अपनी सफलताएँ बढ़-चढ़कर बताना और दिखाना चाहते हैं। सोमदत्त आज अपने पुराने दोस्त से मिलने पूरे रौब और रुतबे के साथ पहुँचे, वह दोस्त जिसने आज तक कभी उनके सामने ऐसा कुछ न जताया, तब भी जब वो कुछ नहीं थे, लेकिन आज जब वो कुछ बन गए तो वो अपने पुराने दोस्त को अपना स्टेटस दिखा देना चाहते थे। गनमैन सिर्फ उनके रुतबे को बढ़ाने के लिए था, क्योंकि उनकी जान को दूर-दूर तक कोई खतरा नहीं था। वो जंका-मंका बनाकर, अपनी छवि, अपने संबंधों का इस्तेमाल करने को गलत नहीं समझते थे उनको लगता था लोगों को कुछ मत दो लेकिन इतना प्रभावित कर दो कि जब आप उनसे कुछ चाहे तो वो इनकार न कर सके।

गोल्डन फ्रेम का चश्मा, अमीरों वाले सारे शौक अपनाते हुए अब सिगार भी पीने लगे थे। सिगार केस भी गोल्डन था, जो उन्होंने स्पेशल ऑर्डर देकर

बनवाया था। उनके जूते ऐसे चमक रहे थे कि कोई उसमें अपनी शक्ल देख ले। उनको हर चीज सोने जैसी चमकती हुई ही पसंद थी। उनकी कार से लेकर कपड़े तक बाकी चीजें सफेद रंग की थीं। उनके लिए सुनहरा रंग ताकत और सफेद रंग सुख, समृद्धि से मिलने वाले सुकून का प्रतीक था या शायद उनके काले काम के कारण उज्ज्वल चीज उनको आकर्षित करती थी और उनके दोस्त मृत्युंजय भी ऐसे ही थे जिनकों वो भूले नहीं थे, दूर जरूर हो गए थे।

वह एक छोटे-से गाँव से निकलकर मुंबई जैसे बड़े शहर में एक सफल उद्योगपति बन चुके थे। उनकी सफलता की कहानी को बहुत-सी मैगजीन ने छापा था। कई लोग उनके इंटरव्यू लेने को लालायित रहते थे। उन्होंने काफी मेहनत से ऐसी छवि बनाई थी। बड़े-बड़े नेताओं और मंत्रियों से उसकी जान-पहचान थी, पैसा खूब कमा लिया था अब अपनी इस बिजनेसमैन वाली छवि से हटकर इज्जत कमानी थी, जो आगे जाकर इलेक्शन में उनकी मदद करती। उनकी सोच और सपने दोनों बहुत बड़े थे।

वो लगातार आगे बढ़ते रहना चाहते थे और ठहराव को खारिज कर रोज नई सफलता की सीढ़ी वो बिना रुके बिना सुस्ताए चढ़ रहे थे।

लेकिन सब वैसे सपने नहीं देखते मृत्युंजय ठहराव-पसंद व्यक्ति थे। कॉलेज के पास ही उनका घर था। अपनी शांत-सहज दिनचर्या से उनको लगाव था। वह बहुत आगे के सपने भी नहीं देखते थे बस वो अपना वर्तमान जी रहे थे। उनकी ख्वाहिशें और इच्छाएँ असीमित नहीं थीं। वह अपने सीमित संसाधनों में संतुष्ट थे। बच्चे दोनों अच्छा पढ़ रहे थे। सिर पर छत थी, तनख्वाह से आराम से गुजारा हो रहा था इससे ज्यादा की दरकार उन्हें नहीं थी।

मम्मी ने उनके प्रस्ताव के बारे में सुनकर तुरंत ऐतराज जताया, "सब ठीक तो चल रहा है। क्या जरूरत है अपना काम छोड़कर उनका एहसान लेने की?" उनकी आवाज में चिंता का भाव था।

"मैं क्या करूँ, मेरे पीछे पड़ा है कि मैं वहाँ प्रिंसिपल बन जाऊँ। यहाँ से ज्यादा तनख्वाह होगी और पूरी जिम्मेदारी मेरी होगी। उसको मुझ पर बहुत विश्वास है। अब तक तीन प्रिंसिपल बदल चुका है। एहसान किस बात का? अगर मैं यह नौकरी छोड़कर उसके स्कूल को ज्वॉइन कर लेता हूँ, तो जोखिम तो मैं ले रहा, मेरी तो लगी लगाई नौकरी है। वैसे भी, उसने इस स्कूल पर

बहुत पैसा लगा दिया है जरूरत उसकी है मेरी नहीं।" उनकी आवाज में झल्लाहट थी।

"इस उम्र में रिस्क लेने की क्या जरूरत है ? आपने क्या जवाब दिया ?" अधीर होकर उन्होंने पूछा।

"मैंने कोई जवाब नहीं दिया सोचकर बताऊँगा बोल दिया है।"

"जरूरत मुझे बिल्कुल नहीं है, लेकिन उसे इस वक्त मेरी बहुत ज्यादा जरूरत है। पैसे तो खूब कमा लिए हैं उसने, पर आस-पास भरोसे के लोग नहीं हैं। बड़े दिनों बाद उसने मुझसे इतने विनयपूर्वक बात की, उसकी आवाज में याचना थी। आज उसके स्वर बदले हुए थे।"

"वह सब तो ठीक है, लेकिन मुझे जाने क्यों आपका उनके यहाँ नौकरी करना ठीक नहीं लग रहा... उनके नौकर मत बन जाना।"

मृत्युंजय ने चिढ़कर कहा, "अरे सुशीला! नौकर क्यों बन जाऊँगा, पुराना दोस्त है वह मेरा..."

तभी बात को बीच में काटकर वो चट से बोल गई, "कैसे दोस्त हैं, एक बार भी आपसे मिलने तो कभी आए नहीं आज तक... आज काम है तो झट से आ गए। मुझे अंकल बिल्कुल स्वार्थी लगते हैं।"

बड़ों के बीच में उसका बोलना पापा को बिल्कुल अच्छा नहीं लगा। उन्होंने उसकी ओर थोड़े गुस्से से देखा। वह उठकर चली गई, लेकिन मन-ही-मन बड़बड़ा रही थी कि मुझे तो लगता है सिद्धांत और उसके पापा दोनों एक-से ही होंगे। वो एक कार्ड भेज देता है दोस्ती जताने, उसके पापा दोस्ती का हवाला देकर अपने काम निकलवा लेते हैं।

वो भावुक होकर सोम की मदद को तैयार हो भी जाते लेकिन घर में सबकी राय जानने के बाद उन्होंने मन बदल लिया।

माँ और बेटी की बातों का असर तुरंत नहीं लेकिन कुछ समय बाद हुआ जब ठंडे दिमाग से सोचा तो पत्नी की बात सही लगी, अगले दिन उन्होंने फोन करके सोम को मना कर दिया।

वो कॉलेज में बच्चों के बीच लोकप्रिय प्रोफेसर थे, बच्चे उनको पसंद करते थे। कई कोचिंग से ऑफर आने के बाद भी उन्होंने कभी किसी ऑफर को नहीं स्वीकारा, ट्यूशन या कोचिंग में पढ़ाने को वो सही नहीं समझते थे।

शिक्षा को व्यापार बनाने से उन्हें परहेज था। बच्चों को कोई समस्या होने पर वहीं कॉलेज में ही खाली समय में उन्हें समझा दिया करते क्लास के बाद भी सदा बच्चों से घिरे ही रहते। पढ़ाने का उनका तरीका इतना रोचक था कि उनके क्लास में अटेंडेंस हमेशा पूरी होती। उनकी ऐसी छवि को ध्यान में रखकर ही सोम उनसे पास आए थे वो पक्के बिजनेसमैन थे कोई भी घाटे का व्यापारिक सौदा वो कभी नहीं करते।

घर में सभी पापा के इस निर्णय से संतुष्ट थे। वैसे भी सोम अंकल के नाम से घर में तनाव बढ़ गया था।

"सोमदत्त अपने बच्चों तक से तो ताने देकर बात करते थे, वह किसी पर भी व्यंग्य कर सकते हैं। अच्छा किया जो तुमने उनके स्कूल में प्रिंसिपल बनने से मना कर दिया।" मम्मी ने राहत की साँस लेते हुए अगले दिन पापा से कहा।

लेकिन उनको नहीं पता था कि हर बार बदलने वाले उस दोस्त में अब और कितना बदलाव आ चुका है। सोम हर बार उन्हें पिछली बार से ज्यादा चकित करते थे। पड़ोस से गए काफी समय हो चुका था और वह हर दिन के हिसाब से बदल रहे थे। अब उनका यह स्वभाव बन गया था कि वह जो चाहते उसे पाकर ही रहते हैं। शायद अपने इसी रुख के कारण वह बिजनेस में इतने सफल भी रहे थे। इतने दिनों में वह अपने हर संबंध का और बेहतर तरीके से उपयोग करना सीख चुके थे।

जल्द ही पापा पर चारों तरफ से दबाव बनाया जाना शुरू कर दिया गया। कभी कोई प्रोफेसर, तो कभी कोई विधायक या नेता उनको सलाह देने चला आता था। हर कोई मुफ्त की सलाह देकर जा रहा था, इतने अच्छे ऑफर को उनको नहीं ठुकराना चाहिए।

पर उस दिन तो हद हो गई जब उनके कॉलेज प्रबंधन ने ही उनसे अनुरोध किया कि वह सोमदत्त के स्कूल में प्रिंसिपल बनने का प्रस्ताव स्वीकार कर लें क्योंकि प्रबंधन पर चौतरफा दबाव बनाया जा रहा था इसलिए वो नहीं चाहते थे कि मृत्युंजय उस कॉलेज में नौकरी जारी रखें। प्रबंधन के लोगों ने हाथ जोड़कर उनसे विनती की कि वह उनके लिए मुसीबत ना बनें और कहीं जाकर नौकरी कर ले, प्रबंधन मजबूर है। उनकी बात सुनकर मृत्युंजय के पैरों तले से जमीन खिसक गई जिस नौकरी का उनकों गुमान था वही से उनकों

ठोकर मिली थी।

इस अप्रत्याशित बात की उनको बिल्कुल उम्मीद नहीं थी अपने स्कूल में एक छोटे-से प्रिंसिपल पद के लिए सोमदत्त इस हद चले जाएँगे। अनुमिता और कार्तिक बड़े हो रहे थे, घर का लोन था, अचानक इस तरह नौकरी पर बात आ जाने पर वो चिंतित हो उठे। वो कुछ और सोच पाते कि अगले दिन सोम तीन-चार लोगों के साथ घर आ गए। उन्हें बधाई देते हुए, माला, श्रीफल और शाल से उनका स्वागत किया और अपने साथ अपने स्कूल ले गए।

प्रिंसिपल की कुर्सी पर उनके बड़े से केबिन में बिठाते हुए कहा, "यह पूरा स्कूल तुम्हारा है, जैसा चाहो वैसा चलाओ। हर निर्णय तुम्हारा होगा। मेरी कोई दखलंदाजी नहीं होगी। मैं जानता हूँ, तुमको लग रहा होगा कि मैंने तुम्हारे साथ जबरदस्ती की है, लेकिन जल्दी तुम्हें एहसास होगा कि यह हम सबकी बेहतरी के लिए था। तुम्हारा पुराना दोस्त हूँ, तुम्हें दोस्ती का वास्ता, इसे ठुकराना मत।"

दिन-रात घर में रहने वाली घरेलू पत्नी भी कई बार वो देख लेती है जो पति बाहर इतने लोगों से मिलने-जुलने के बाद भी नहीं समझ पाता। लेकिन अक्सर लोग अपनी पत्नी की सलाह को खूँटी पर टाँग देते हैं। मृत्युंजय ने भी पत्नी की बात नहीं मानी और दोस्त को इनकार नहीं कर पाए। शुरुआत में उन्होंने सोचा कि कुछ दिन काम करेंगे, फिर जब स्कूल ठीक से चलने लगेगा तो छोड़ देंगे।

स्कूल छोड़ने का वह दिन आया तो सही, परंतु उनकी मर्जी से नहीं।

हर कोई अपने काम को पूरा सौ प्रतिशत तभी देता है जब उस काम से उसे प्यार हो, उसे करते हुए उसे खुशी महसूस हो और उसे करते हुए मजा आए। कोई काम मन से करने पर उसका परिणाम भी सुखद ही आता है। पापा नए स्कूल में अपने काम को लेकर खुश थे, क्योंकि वह काम उन्हें पसंद आ रहा था। स्कूल से संबंधित हर निर्णय लेने का अधिकार उनको मिला हुआ था। जो इज्जत और नाम उनको प्रोफेसर बनकर मिला, उससे कहीं ज्यादा उन्हें स्कूल में प्रिंसिपल बनकर मिल रहा था। बड़े-बड़े लोगों के बच्चे उनके स्कूल में पढ़ रहे थे। वह पूरी तरह अपने काम में डूब गए थे।

जल्दी ही उनकी लगन की बदौलत वह स्कूल मुंबई के टॉप स्कूलों में

गिना जाने लगा। वो इन सबमें इतना खो गए कि भूल ही गए कि कभी इस स्कूल को छोड़ना भी चाहते थे। वहाँ पूरी तरह रम गए जैसे वह स्कूल उनका अपना ही हो। उन्होंने सुविधाजनक समझौता कर लिया था, दोनों की भागीदारी सहज रूप ले चुकी थी जिसमें किसी को एक-दूसरे से कोई दिक्कत नहीं थी।

विज्ञापन से ज्यादा असर लोगों की आपसी बातचीत का होता है। जब एक व्यक्ति दूसरे को आगे बढ़कर किसी चीज का भरोसा दिलाता है, तो प्रभाव ज्यादा पड़ता है। स्कूल को ऐसी ही प्रशंसा लोगों से मिल रही थी। स्कूल अब बेहतरीन प्रसिद्धि हासिल कर चुका था, जहाँ हर अभिभावक अपने बच्चे को पढ़ाने के लिए लालायित रहता। बच्चे का एडमिशन कराने के लिए माता पिता सब कुछ करने को तैयार रहते। उस बड़े स्कूल में अपने बच्चों का एडमिशन करवाना प्रतिष्ठा का विषय बन गया था। लोगों में अजीब-सी प्रतिस्पर्धा वाली भावना थी जैसे उस एक स्कूल में एडमिशन लेने मात्र से उनके बच्चे का भविष्य सँवर जाएगा।

एडमिशन के समय ऐसी भीड़ होती कि पुलिस की मदद लेनी पड़ती। गाली-गलौज, धक्का-मुक्की तक हो जाती। फोन घर से लेकर उनके ऑफिस तक का लगातार घघनाता रहता। जब सिलेक्शन लिस्ट निकलती थी तो कुछ लोग खुश होते थे, वहीं कई लोग नाराज भी हो जाते। सिफारिश से लेकर हर तरह का जुगत पहली क्लास में एडमिशन के लिए लोग लगाते। कई बार धमकी भी मिलती कि फला के बच्चे का एडमिशन नहीं हुआ तो बुरा होगा लेकिन पापा के पीछे सोम अंकल का हाथ था वो निडर होकर इनकार करते। अपने उसूल पर वो अडिग रहते।

शहर के सबसे अच्छे स्कूलों में अब उस स्कूल की गिनती होती। स्कूल के साथ-साथ पापा को भी हर कोई जानने लगा था।

गरीब बच्चों के लिए स्कॉलरशिप की व्यवस्था, किसी भी कक्षा में 35 से ज्यादा बच्चों को ना रखना, स्कूल के किसी भी टीचर के द्वारा ट्यूशन नहीं करने की अनिवार्य शर्त के साथ अत्याधुनिक सर्वसुविधायुक्त स्कूल में ज्यादातर टॉपर बच्चे निकल रहे थे।

स्कूल की प्रसिद्धि बढ़ते ही, सोमदत्त अंकल ने शहर में कई अन्य स्कूल भी खोल लिए। सारे स्कूल की बिल्डिंग पहले वाले स्कूल की तरह ही थी,

लेकिन पुराना स्कूल ही अब भी सबसे ज्यादा मशहूर था।

मृत्युंजय के लिए भले ही वो स्कूल शिक्षा का मंदिर था, लेकिन सोमदत्त के लिए शुद्ध बिजनेस ही था। उसका इस्तेमाल अपनी पोजीशन को राजनीति में बेहतर करने से लेकर समाजसेवक की छवि बनाने तक में उनके द्वारा किया जा रहा था- आर्थिक, सामाजिक और राजनीतिक, तीनों लाभों के लिए वो स्कूल उन्होंने खोला था।

8

स्कूल सिर्फ लड़कों का था। सिद्धांत और उसके दोनों भाई भी उसी स्कूल में पढ़ रहे थे। सिद्धांत स्कूल टॉपर तो था ही, साथ ही हेडब्वॉय भी था। वो सोमदत्त का बेटा होने के कारण नहीं, बल्कि अपनी पढ़ाई और खेलकूद में आगे रहने के कारण भी स्कूल में लोकप्रिय था। कई यार-दोस्त उसके अगल-बगल हमेशा खड़े दिखते थे। उसके पैसे, उसकी पोजीशन के चुंबकीय प्रभाव से लोग उसकी तरफ आते। उसके स्वभाव में पैसों का घमंड नहीं दिखता लेकिन उसके करीबी दोस्त बहुत कम थे। जो थे वो यह बात बहुत अच्छे से जानते थे कि उसकी अपने पिता से बिल्कुल नहीं पटती। कई-कई दिनों तक पिता-पुत्र एक-दूसरे से बात नहीं करते।

पिता हर वक्त सबको यह जताते थे कि वह शून्य से शुरू करके यहाँ तक पहुँचे हैं, लेकिन सिद्धांत जानता था किस तरह वह लोगों का इस्तेमाल करके और क्या-क्या तरीके अपनाकर इस ऊँचाई तक पहुँचे हैं और यहाँ पर पहुँचने के बाद भी वो सदा घबराए क्यों रहते हैं, क्यों निश्चिंत होकर नहीं रह पाते? उनका यह डर, जैसे उनसे यह सब छीन ना लिया जाए, उनकी असुरक्षा की भावना और सब कुछ पा लेने का घमंड, उनको कितना अजीब बना चुका था, यह शायद वह नहीं जानते थे। पिता और पुत्र में सदैव छत्तीस का आँकड़ा बना रहा, यह रिश्ता कभी सहज रहा ही नहीं।

बचपन से ही विद्रोह की चिंगारी तानाशाही के खिलाफ सुलगने लगी थी, जो सिर्फ अनुकूल परिस्थिति के इंतजार में थी। स्पष्ट था कि जिस दिन वैसी परिस्थितियाँ बनेंगी, आग अपने आप भड़क जाएगी। फिलहाल तो शांति थी।

सिद्धांत को पिता के विपरीत स्वभाव के मृत्युंजय अंकल बेहद प्रिय थे। जब वह उस स्कूल में प्रिंसिपल बनाए गए तब सबसे ज्यादा खुश वही हुआ था। वह सातवीं पास करके आठवीं कक्षा में पहुँचा था। बहुत दिनों के बाद जब वह अंकल से मिला तो वह उसे बचपन वाले ही लगे, उससे बिल्कुल

वैसे ही मिले जैसे बचपन में मिलते थे। उसे आज भी याद है, जब पहले दिन अंकल उसे स्कूल में मिले तो उसके माथे पर गिरे बालों को ऊपर की ओर ठीक करते हुए उन्होंने उससे पूछा था कि तुम्हारे बाल तुम्हारा कहना नहीं मानते क्या?

सिद्धांत को उनका इस तरह उसके बालों पर हाथ फेरना बहुत अच्छा लगता। उसके पिता ने उसके साथ हमेशा एक दूरी बनाकर रखी, लेकिन अंकल उससे हमेशा अपनेपन के साथ ही मिले। जब भी मिलते हमेशा उसके बालों पर हाथ जरूर फेरते। कभी बालों को माथे से हटाकर पीछे करते हुए सलाह देते थे कि इनको आँखों पर मत आने दिया करो वरना मेरी तरह मोटा चश्मा तुमको भी लग जाएगा।

अंकल कितने प्यार से बात करते थे, अपने पापा उसे हमेशा हिटलर ही लगे जिनके लिए उन के बच्चे उनकी सेना थे और वह सेनाध्यक्ष। सेनाध्यक्ष जो समय आने पर बलिदान देने के लिए बच्चों को तैयार कर रहा था कि वो उसके लिए लड़ें और शहीद हो जाएँ। अपने स्वार्थ के लिए लोगों का इस्तेमाल करना उनकी आदत बन चुकी थी। रमेश अंकल जो पापा के बेहद करीबी थे, शुरू से वह पापा के साथ थे। पापा ने उनके साथ क्या किया था? अपने अकाउंट में हेरफेर की जिम्मेदारी उन पर डालकर उन्हें आश्वासन देकर कि उन्हें जल्द ही जेल से छुड़ा लेंगे, बाद में वो सब भूल गए। उनके लिए कुछ भी नहीं किया और न ही उनके परिवार का ख्याल रखा। रमेश अंकल के जेल जाने के बाद वो इस तरह पेश आए जैसे अंकल को जानते ही नहीं। बाद में अखबार में पढ़ा कि उन्होंने जेल में आत्महत्या कर ली।

वो छोटा था, उनके लिए कुछ नहीं कर पाया जिसका मलाल उसे आज भी है, अंकल बहुत दिनों तक उसकी आँखों के सामने आते रहे वो नीद से जाग जाता, फिर देर तक जागता रहता, डर के मारे सो नहीं पाता था, पापा से बात करना चाहता था लेकिन उनका नाम सुनते ही बिना पूरी बात सुने पापा ने कह दिया वो बहुत व्यस्त है, कई जरूरी काम है उन्हें, फालतू की बातें सुनने का उनके पास वक्त नहीं है। रोज की अखबार में आने वाली खबरें वह पढ़ता और सुनता। अपने आस-पास मौजूद नौकर-चाकरों की बातें भी उसके कानों तक पहुँचती ऐसा नहीं था कि इतना सब देखकर भी वह कुछ नहीं समझ पा

रहा था। यह पहली घटना थी जिसके बाद उसे अपने पिता से नफरत हो गई।

सिद्धांत से छोटे दोनों भाई पिता से बहुत डरते थे। उनके अनुशासन को मानना ही मानो उनके जीवन का एकमात्र उद्‌देश्य हो। वे खुद को पिता के अधीन कर चुके थे, जैसे कोई कैदी जेल में जाने के बाद जेलर का आधिपत्य स्वीकार कर लेता है, उसे चुनौती नहीं देता। दोनों भाई पिता की सुविधाजनक कैद में उनके हर हुक्म की सिर्फ तामीली करते थे, बिना कोई सवाल पूछे।

जैसे वटवृक्ष के नीचे दूसरे पौधे नहीं पनपते, सिद्धांत के सामने दोनों भाइयों का व्यक्तित्व बिल्कुल दबा हुआ था। वे थे जरूर लेकिन हमेशा छुपे से रहते कभी, कहीं, भी आगे होकर नजर नहीं आते। जैसे हीरे के सामने काँच की चमक फीकी पड़ जाती है, वैसे सिद्धांत के सामने वे दोनों थे, घर के बाहर भी और स्कूल में भी ज्यादातर लोग सिद्धांत को जानते थे लेकिन सोमदत्त के बेटे होने जैसा कोई गुरूर उन दोनों में भी नहीं था। उनका पूरा व्यक्तित्व अत्यधिक अनुशासन के कारण सदा भयभीत-सा ही रहा, मानो वो खुल कर जीना भूल चुके थे।

सिद्धांत के सामने रहते उसके भाइयों पर किसी का ध्यान ही नहीं जाता, वे दोनों स्कूल में भी कुछ खास अच्छा नहीं कर पा रहे थे, हमेशा डरे-सहमे से ही दिखते। वे दोनों पिता के आज्ञाकारी बेटे थे और सिद्धांत विद्रोही।

जैसे रात और दिन के बीच समझौता रहता है कि दोनों एक-दूसरे के इलाके में नहीं जाएँगे। उनका समय तय होता है ऐसे ही उसके और पिता के बीच का हाल था। कोई किसी के इलाके में प्रवेश नहीं करता।

साधन और सुविधा के अलावा भी एक बेटे को पिता से कुछ उम्मीदें थी। गले ना भी लगाते कभी तो मिठास से बातें कर लेते। हमेशा एक रेखा खिंची रही। बाप बेटों के बीच एक निश्चित दूरी हमेशा बनी रही जो कभी नहीं हट पाई।

बहुत जरूरी होता है पैसा लेकिन प्यार के बिना जीवन में बहुत खोखलापन भर देता है। प्यार दुलार की अहमियत पैसे से खत्म नहीं होती। जो चीज पास में होती है अक्सर उसकी अहमियत कम हो जाती है, जो नहीं होती वो ज्यादा कीमती लगती है। जीवन में जो कमिया होता है उसको भरने की शिद्‌दत से दरकार हर किसी के अंदर होती है।

अपनेपन के साथ, पास बैठकर उन्होंने उससे कभी बात ही नहीं की। हमेशा आदेश देने वाले लहजे में ही अपनी बात कहकर निकल जाते। उनकी बातें पत्थर की लकीर थी जिसको मानना सबके लिए अनिवार्य था।

बाप का मतलब जैसे शासक और संतान उनकी प्रजा, जो शासक से सवाल पूछे बिना उसकी हर आज्ञा का बस पालन करे, अपने कर्तव्यों का पालन करती रहे, अधिकार की बात न करे।

पुराने से पुराने लोग जो कभी शुरुआती दौर में सोमदत्त के साथ थे, समय के साथ सबने उनका साथ छोड़ दिया। उन्होंने लोगों का उपयोग सिर्फ खुद को एक पायदान और आगे बढ़ाने में किया। मृत्युंजय अंकल को भी एक प्रकार से उन्होंने जबरदस्ती अपने स्कूल में शामिल किया था वरना वह भी उनसे दूर ही रहना चाहते थे। दोस्ती, यारी, प्यार जैसे शब्दों की उनकी नजरों में कभी कोई अहमियत रही ही नहीं।

सिद्धांत हमेशा चाहता था कि अंकल का साथ उसके पापा कभी नहीं छोड़ें। उनके साथ कुछ भी गलत न हो। उनके प्यार और अपनेपन से वह हमेशा भीगा रहना चाहता था। वो पूरे दिल से चाहता था कि अंकल उसके पिता के दोस्त हमेशा बने रहें।

इस साल स्कूल में उसका अंतिम साल था। किशोरावस्था के उन चार-पाँच सालों में, जब उसे सबसे ज्यादा सहारे की जरूरत थी, तब उसे अचानक ही दुबारा उनका साथ मिल गया। अपनी बातें, अपने तनाव, अपनी उलझन, पापा से लड़ाई, उनके ताने, सब कुछ उनके पास बैठकर, उनसे कहकर वो अपना मन हल्का कर लेता। वो जिस तरह उसे समझाते, उससे बहुत सुकून मिलता। उसके गुस्से और क्षोभ पर उनकी बातें ठंडे मरहम की तरह होती। उनका साथ हमेशा एक भावनात्मक सहारा देता था। अंकल बचपन से ही उसकी सारी बातें पूरे ध्यान से सुनते आ रहे थे, कई बार उनके पास जवाब होता था और कई बार नहीं भी होता था, लेकिन उनका सिर्फ सुन लेना ही उसे तृप्त कर देता।

उनका समझाना कि अपने गुस्से को सही दिशा दो। हर काम समय पर किया जाता है, इस वक्त तुमको अपनी पढ़ाई पर ध्यान देना चाहिए। तुम क्या बनना चाहते हो, आगे जीवन में जो भी करना चाहते हो उसके लिए जरूरी

है, आत्मनिर्भर बनना। अपने पर भरोसा करो, अपनी राह खुद चुनो, मत चुनो वो रास्ता, जिस पर तुम नहीं चलना चाहते। उन्होंने उसे रास्ता दिखा दिया था।

मम्मी और अनुमिता सिर्फ उसके बारे में सुन-सुनकर ही सिद्धांत को समझने लगे थे। कार्तिक भी पापा के स्कूल में ही जाने लगा था। पापा और कार्तिक सिद्धांत के बारे में अक्सर ही बातें करते रहते, उन लोगों के जाने के बाद से आज तक वह उससे कभी मिली नहीं थी लेकिन उसको भूल भी कैसे पाती, पापा के स्कूल में पढ़ता था। पापा और कार्तिक रात-दिन उसकी तारीफ करते रहते थे। उसे कोई भी प्रॉब्लम होती थी, तो वह पापा को ही सबसे पहले बताता था। उसके बारे में सिर्फ सुन सुनकर ही लगता जैसे उसके बारे में वो सब कुछ जानती है।

कार्तिक अपने दोस्तों के सामने सिद्धांत से जान-पहचान होने का रोब मार लेता। वो जिस साल स्कूल पहुँचा सिद्धांत का उस स्कूल में अंतिम साल था। सिद्धांत उससे बहुत बड़ा था, लेकिन उम्र के इस अंतर के बावजूद वो कार्तिक से इस तरह मिलता कि उसे ये अहसास नहीं होने देता कि वो उससे बहुत छोटा है। कार्तिक, सिद्धांत से कुछ ज्यादा ही प्रभावित था यह तो समझ आता है, लेकिन पापा भी उससे जबरदस्त प्रभावित दिखते। उसकी ईमानदारी उन्हें प्रभावित करती। उसका उनके सामने दिल खोलकर सब बोल लेना, हर एक विषय पर चर्चा करना, सही-गलत के आकलन को लेकर उसकी सोच, जीवन के प्रति उसका नजरिया, सब कुछ अलग था। वो चाहे कितने भी व्यस्त हों, सिद्धांत के लिए समय निकाल लेते, क्योंकि उसे उस वक्त सिर्फ एक सुनने वाले की जरूरत थी, जो उसके मन की बात सुन ले, उसके साथ बैठे और वह अपनी बातें बोल सके। पापा ने इससे ज्यादा उसके लिए कभी कुछ नहीं किया, उसे सिर्फ समय देने की जरूरत थी, जो उन्होंने उसे दिया। मृत्युंजय सिद्धांत के उस आक्रोश को जो पिता के लिए उसके मन में पनप रहा था, उसे देख पा रहे थे। वह नहीं चाहते थे कि इस आक्रोश के कारण वो अपना भविष्य बिगाड़ ले।

उनकी नजरों में पिता का लगातार काम में व्यस्त रहना और बेपरवाह होना इतनी बड़ी गलती नहीं थी जिसके लिए कोई बेटा अपने पिता को माफ न कर सके। शायद वो माफ कर भी देता लेकिन उनके सामने मृत्युंजय के रूप

में हमेशा ऐसे आदर्शवादी व्यक्ति का मौजूद होना जिसके अंदर वो कमियाँ नहीं थीं, उसके पिता की कमियों को ज्यादा दिखा रही थी। उसका उन खूबियों की तरफ आकर्षित होकर तुलना करना स्वाभाविक था। उनका घर पर अपने परिवार के साथ समय बिताना और उसके पिता का कभी घर पर उपलब्ध न होना अनजाने ही सिद्धांत के मन में पिता के प्रति दुर्भाव भर रहा था।

बेटा अपने पिता से कितना दूर हो गया है, इस बात का एहसास उनको उस दिन हुआ जब वह प्रिंसिपल बने। उस वक्त उसके मन में पिता को लेकर जाने कितनी सारी शिकायतें थीं, उसकी इस भावना को पिता हर बार क्रोध से दबाने की कोशिश करते। वह उसे बच्चा ही समझते रहे और उसकी शिकायतों को नजरअंदाज करते रहे। उसे सिर्फ समझने की जरूरत थी। मृत्युंजय चाहते थे कि उसके अंदर भरी हुई बातें निकल जाएँ और वह अपने जीवन को सही दिशा में लगाए। इस बात के लिए उन्होंने हमेशा जो बेहतर कर सकते थे, कोशिश की। उस वक्त उनको सिद्धांत का साथ देना था सोम की किसी भी तरह की तरफदारी से बचना था वर्ना वो उसका विश्वास खो देते। सोम दत्त के दोस्त होने के बाद भी वो दोस्ती सिद्धांत से निभाते रहे।

इसके इतर सोम अपने बेटे से भी तुलना करने में पीछे न रहते। अक्सर कहते, "मैं जहाँ तक पहुँचा सिद्धांत जैसे के लिए वहाँ तक पहुँच पाना संभव नहीं, क्योंकि उसने कोई संघर्ष नहीं किया है, वह जानता ही नहीं कि संघर्ष होता क्या है। पिता ने उसके लिए सब तैयार रखा है, यहाँ तक कि बिजनेस भी... लगातार यह सब सुनकर वह मन-ही-मन ठान चुका था कि वो पापा का बिजनेस कभी नहीं सँभालेगा, उसके दोनों छोटे भाई ही वह सब देखेंगे और सँभालेंगे। वह जो करेगा अपने दम पर करेगा, ताकि उसे आगे पूरी जिंदगी यह बात ना सुनना पड़े।"

पापा की बातें उसे हमेशा चैलेंज की तरह लगती थीं और यही कारण था कि वह बचपन से उनके सामने खुद को साबित करने में जुटा रहा। लेकिन पिता की बड़ी-बड़ी सफलताओं के सामने उसकी छोटी-छोटी सफलताएँ नगण्य ही रहीं, जिन्हें पिता ने कभी तवज्जो ही नहीं दी।

लगातार तानों से वह थक चुका था और अब पिता को जवाब देने लगा था। जैसे ही वह अपनी तारीफें करते वैसे ही वह उनकी कमियाँ बताने लगाता।

अपनों से नाराज होने पर जाने-अनजाने उनकी गलतियाँ निकालकर उन पर दोषारोपण करके और कमिया गिनाकर अपना गुस्सा हम दूसरों का दोष बताकर ठंडा करने की कोशिश करते हैं। लेकिन अगर दूसरा भी हमारी कमियाँ बताना शुरू कर दे तो एक-दूसरे से नफरत शुरू होती है। रिश्ते को निभाने के लिए यह बहुत जरूरी होता है कि व्यक्ति में सही का प्रतिशत ज्यादा और गलत का प्रतिशत कम हो और यह बात उसके साथ रहने वाले लोगों को महसूस हो और दिखे। सिद्धांत की नजरों में पिता की गलतियों का प्रतिशत बहुत ज्यादा था, इतना कि वह उनकी कोई अच्छाई देख ही नहीं पा रहा था।

पिता ने उसे कभी समय नहीं दिया, वह यह बात उन्हें जताता रहता, हमेशा उनसे खिंचा-खिंचा ही रहता लेकिन उसकी हर शिकायत पर उसे एक ही जवाब सुनने को मिलता था कि सब कुछ पाने के लिए बहुत मेहनत करनी पड़ती है और उसको शिकायतों के अलावा कुछ आता ही नहीं है, क्योंकि उसे सब आसानी से मिला है। पिता-पुत्र का मिलना मतलब बहस होना अनिवार्य था। दोनों की अकड़ समय के साथ बढ़ती ही जा रही थी, कोई झुकने को तैयार नहीं था।

सिद्धांत की किसी बात का पिता पर कोई खास असर नहीं दिखता, उन्होंने कभी उसकी नाराजगी दूर करने की कोशिश भी नहीं की। उनके पास खाने तक का समय नहीं होता था। उनकी व्यस्तता उन्हें कुछ और सोचने भी नहीं देती थी या शायद वो खुद ही अपने काम में डूबकर सब कुछ भूल जाना चाहते थे। उनकी पलायनवादी मानसिकता ने शिकायतों को कभी कम नहीं होने दिया, वो समय के साथ बढ़ती ही चली गईं।

पूरे परिवार ने शायद ही कभी साथ बैठकर खाना खाया होगा। घर में विशालकाय डाइनिंग टेबल थी, लेकिन घर के सदस्यों से वह कभी भी पूर्ण नहीं होती थी। ज्यादातर बाहर वाले लोगों की खातिरदारी में ही परिवार एकजुट होकर सबके सामने एक साथ बैठा दिखाई पड़ता। घर में जितने सदस्य थे सब अपने में व्यस्त थे, किसी को किसी से कोई मतलब ही नहीं था। सब एक छत के नीचे अनजानों की तरह रह रहे थे जो सिर्फ एक-दूसरे से परिचित थे लेकिन एक-दूसरे के बारे में शायद ही कोई जानकारी किसी को रहती थी। जब वो छोटा था तभी एक बार माँ ने उसे समझाया था, हाई सोसायटी में ऐसे

ही रहा जाता है और इसे एक-दूसरे को स्पेस देना कहते हैं।

माँ कभी अपनी किटी पार्टी में व्यस्त रहती थी, कभी समाजसेवा के किसी कार्यक्रम की चीफ गेस्ट होती और कभी उसको अखबार में दिखना होता था। उनकी व्यस्तता लगातार बढती ही जा रही थी। माँ ने भी शायद ही कभी बाप-बेटे के बीच सुलह करवाने की कोई भी कोशिश की होगी, ज्यादातर तो उनको पता ही नहीं होता था कि घर में बहस जैसी कोई चीज भी हुई थी।

अज्ञानता बहुत सारी चिंताओं से मुक्त कर देती है। अज्ञानता में सुख है और ज्ञान में बेचैनी। हम जितना कम जानते हैं, उतना ज्यादा खुश रह पाते हैं। ज्ञान के साथ जानकारी और सोच का दायरा जितना ज्यादा बढ़ता जाता है उतना ही इंसान खुद के सवालों में उलझता जाता है। कभी भी पूरे उत्तर नहीं मिलते। कुछ के उत्तर मिल भी जाते हैं, तो नए प्रश्न आकर सामने खड़े हो जाते हैं। सिद्धांत अपने प्रश्नों में उलझा था और प्रभादेवी अपनी अज्ञानता में खुश थी।

कहते हैं कि जब पिता की कमीज बेटे को आने लगे तो पिता को बेटे का दोस्त बन जाना चाहिए। सोमदत्त हमेशा पिता ही रहे। पैसे की चकाचौंध, जान-पहचान और लोगों की भीड़ के बीच भी सिद्धांत खुद को अकेला ही महसूस करता रहा। अनुभवी और उम्र में अपने से बहुत बड़े होकर भी एक दोस्त की तरह सहारा मृत्युंजय अंकल से मिला। उसके हर खालीपन को भरने में उन्होंने उसका साथ दिया।

मृत्युंजय अंकल उसके आदर्श थे। वह अपने पिता जैसा नहीं उनके जैसा बनना चाहता था... वैसा ही ईमानदार और पारिवारिक।

9

उस दिन किसी काम से पापा के साथ वो बाजार निकली। अचानक पापा को स्कूल का कोई काम याद आ गया और उन्होंने गाड़ी स्कूल की तरफ घुमा दी। तब पहली बार उसने पापा का स्कूल देखा। उसकी भव्यता देखकर वह दंग रह गई। स्कूल के सामने आलीशान बड़ा-सा गेट, उस गेट के दोनों तरफ गार्ड्स का कमरा। जैसे ही गाड़ी गेट के पास पहुँची, दोनों गार्ड्स गेट खोलकर सैल्यूट करते दिखे। गाड़ी के गेट से अंदर पहुँचते ही, वहाँ का भव्य नजारा देखकर कुछ पल के लिए उसको विश्वास नहीं हुआ कि ऐसा खूबसूरत स्कूल भी होता है, वह बिल्डिंग किसी बड़े होटल की तरह शानदार लग रही थी।

सामने कंधे पर स्कूल बैग टागे दौड़ने की मुद्रा में कुछ छात्रों का सफेद स्टेचू बना हुआ था, उनके सामने एक किताब थी जिस पर बड़े-बड़े अक्षरों में लिखा था- *विद्या ददाति विनयं विनयाद् याति पात्रताम्।*

स्टैचू के चारों तरफ रंग-बिरंगे विदेशी फूलों की क्यारियाँ थीं, ऐसे-ऐसे फूल थे जिन्हें अपने जीवन में वह पहली बार देख रही थी। उसके बाद सफेद गुलाब के फूलों का गार्डन था, जिसके चारों ओर पीली हेज का बॉर्डर उसकी सुंदरता बढ़ा रहा था। रंग-बिरंगे फूलों के चारों तरफ अलग-अलग तरह के बॉर्डर थे, जो फूल और क्यारी की विविधता को और बढ़ा रहे थे।

घुसते ही एक के बाद एक तीन बड़े गार्डन थे। एक तरफ गाड़ी रखने का स्टैंड दूसरी तरफ बसें खड़ी हुई थीं। आगे बढ़ने पर सीढ़ियाँ चढ़कर वो और पापा स्कूल के एक खुले हाल नुमा कमरे के सामने पहुँचे, पापा प्रिंसिपल रूम की तरफ चले गए और वो चारों तरफ घूमकर स्कूल देखने लगी।

आउटडोर स्पोर्ट्स के लिए अलग ग्राउंड था, इनडोर के लिए अलग। स्विमिंग पूल भी था, छोटे बच्चों का अलग और बड़े बच्चों के लिए ज्यादा गहरा और बड़ा। स्कूल की वो सफेद बिल्डिंग चमकती हुई पूरे रुतबे के साथ खड़ी थी। जिसे देख उसे अपने स्कूल की याद आ गई।

उसका स्कूल पढ़ाई की आवश्यकता जरूर पूरी करता था, लेकिन देखने और दिखाने लायक उसमें कोई खूबसूरती नहीं थी। बहुत पहले एक बार उसके पापा की छोटी-सी मारुति 800 के बगल में किसी ने फैशनेबल लंबी और बड़ी गाड़ी खड़ी कर दी, तब उसे अपनी कार बहुत छोटी लगी, कुछ वैसा ही उसे इस वक्त अपने स्कूल के लिए महसूस हो रहा था।

लेकिन समय के साथ वह जान गई थी कि गंतव्य तक पहुँचा देने की क्षमता उसकी छोटी गाडी और बिना पोताई वाले उसके स्कूल दोनों में ही थी। उसे अपनी मारुति 800 हमेशा अच्छी लगी और अपना स्कूल भी।

स्कूल को देखकर उसको पहली बार लगा कि उसके पापा इतनी बड़ी जगह पर काम करते हैं।

इतने दिनों के बाद भी पापा उसी स्कूल में बने हुए थे। बातों ही बातों में मम्मी ने उनसे पूछा भी था तो उन्होंने यही कहा था कि नौकरी में ऐसी कौन-सी जगह है जहाँ समझौते करने नहीं पड़ते हैं। पापा के व्यवहार में अंतर साफ नजर आने लगा था। वह अपने काम में पूरी तरह डूबे हुए थे, मम्मी की बातें उन्हें गैरजरूरी लगने लगी थीं।

अब पापा खुद उस स्कूल को छोड़ना नहीं चाहते थे, क्योंकि उन्होंने उसे छोटे-से इतना बड़ा बनाया था। लेकिन मम्मी हमेशा चाहती थी कि पापा उसे छोड़ दें।

भले ही पापा के स्कूल जैसा उसका स्कूल नहीं था लेकिन मुंबई के सबसे पुराने और अच्छे स्कूल में उसकी गिनती होती थी। गर्ल्स स्कूल का वातावरण और वहाँ के किस्से ही अलग तरह के होते। आठवीं-नौवीं तक पहुँचने पर होने वाले शारीरिक परिवर्तन के किस्से बेहद शर्म और संकोच के साथ बयाँ किए जाते। उस समय के उस दर्द को भी ज्यादातर लड़कियाँ खुलकर बता नहीं पाती थीं। क्लास में कोई लड़की सिर झुकाकर चुपचाप एक कोने में बैठ जाती तो बाकी लड़कियाँ उसके बिना बोले भी उसके दर्द को महसूस कर लेती।

स्कूल में ज्यादातर लेडी टीचर ही थीं, जेंट्स टीचर बहुत कम थे। कोई टीचर आई है कि नहीं, आज कौन-से रंग की साड़ी पहनकर आई है, से ही सूचित होता। अच्छा पढ़ाने वाली टीचर को पढ़ंतू लोग हमेशा पसंद करते हैं।

कुछ लड़कियाँ खूबसूरत टीचर्स की दीवानी होतीं। किस टीचर की साड़ियाँ सबसे अच्छी होती हैं और कौन दिखती सबसे सुंदर है जैसे विषयों से लेकर, किस लड़की ने स्कूल में टॉप किया और किस लड़की का कहाँ अफेयर चल रहा है, तक हर विषय पर स्कूल में चर्चाएँ होती।

गर्ल्स स्कूल में कोई लड़का आ जाए तो कई लड़कियाँ उसे अजूबे की तरह देखतीं, मानो स्कूल के बाहर कभी किसी लड़के को देखा ही न हो। कोई लड़का कभी किसी काम से भी आता तो कुछ लड़कियाँ उसे हूट करने में पीछे नहीं रहतीं। वो घबराया हुआ-सा दिखता और सर झुका कर अपना काम जल्द खत्म करके भागने की कोशिश उसकी ज्यादा होती। बहुमत हमेशा उच्छृंखलता की ओर लेकर जाता है। सड़कों पर या घर के बाहर जहाँ भी लड़कों की संख्या ज्यादा होती है वो लड़कियों से छेड़खानी का अवसर कभी नहीं छोड़ते, मानो भेड़ियों के झुंड के सामने कोई असहाय मेमना आ गया हो। लेकिन जब लड़के अकेले किसी ऐसी जगह पहुँचें जहाँ लड़कियों की तादाद ज्यादा हो तो उनकी हालात देखने लायक होती है।

उसके पापा खुद प्रिंसिपल थे तो ज्यादातर टीचर्स उन्हें अच्छे से जानते थे। कोई और मस्ती कर ले तो चल जाता था, लेकिन उस पर टीचर ध्यान रखते थे। आपको कोई ना जाने इसका सुख ही अलग होता है आप भीड़ में गुम हो जाओ नजर न आओ। लेकिन स्कूल में इतने बच्चों की भीड़ में भी वो कभी छिप नहीं सकी। लोगों का आपको जानना और आपसे उम्मीद लगाना, आपकी स्वच्छंदता का दायरा सीमित कर अनजाने में ही आप पर सामाजिक जिम्मेदारियों का दबाव बनाता है। आस-पास के सभी को उससे कुछ बेहतर की उम्मीद थी।

स्कूल कैप्टन की मीटिंग में हर कैप्टन को जाना होता था। अक्सर क्लास की सबसे होशियार लड़की कैप्टन बनने से इनकार कर देती थी। पढ़ाकुओं को पढ़ने-लिखने से फुर्सत कहाँ होती? वे कभी इस अतिरिक्त बोझ को स्वीकार नहीं करती। क्लास में उसका नंबर दस के अंदर होता था। पढ़ने में ठीक-ठाक ही थी और एक्टिव भी थी, तो सारे लोग कैप्टन के लिए उसका ही नाम आगे कर देते थे। लेकिन हकीकत यह थी कि सबकी तरह वह भी कैप्टन बनना नहीं चाहती थी। छोटी क्लास में बच्चे जितना कैप्टन बनने को लालायित

रहते, बड़ी क्लास में हर कोई बचने में लगा रहता।

कैप्टन होने के फायदे कम नुकसान ज्यादा थे। हर महीने क्लास कैप्टंस की मीटिंग होती, जिसमें अपनी क्लास छोड़कर जाना पड़ता था। अचानक से प्रिंसिपल मैम ने स्कूल में हेयर बैंड के बदले रेड रिबन लगाना अनिवार्य कर दिया बहुत-सी लड़कियों की तरह उसका भी मानना था कि रिबन देहाती और हेयर बैंड शहराती होता है। स्मार्टनेस में कोई कमी ना हो इसलिए वह रिबन नहीं लगाती। हेयर बैंड क्यों नहीं लगा सकते और रिबन लगा लेने से क्या बदलना था, यह बात किसी को भी समझ नहीं आई, लेकिन नियम बनाने वाले ऐसे ही महत्त्वपूर्ण नियम बनाते रहते हैं। मीटिंग में प्रिंसिपल मैम ने जैसे ही उसको देखा, तुरंत टोक दिया।

"हेयर बैंड क्यों लगाया है, रिबन कहाँ है?"

डर के मारे उसके दोनों गाल लाल हो गए, उसे समझ नहीं आया कि वह क्या जवाब दे।

उसके कुछ बोलने के पहले ही मालिनी मैम (जिनकी अभी तक शादी नहीं हुई थी और जो पूरे स्कूल में सबसे फैशनेबल टीचर थीं) ने बात सँभालते हुए कहा कि उसके इतने छोटे बालों में रिबन फिसल जाता हैं, और उसे देखकर मुस्कुराते हुए पूछा, "क्यों यही कारण है ना?" उसने तुरंत 'हाँ' में सिर हिला दिया।

कैप्टन का एक और सड़ा-सा काम था, स्कूल प्रेयर खत्म होने के बाद कभी सबके जूते और तो कभी कपड़े चेक करने होते जूते पॉलिश हैं कि नहीं और यूनिफॉर्म सही से पहनी गई है कि नहीं। कुछ लड़कियाँ यह काम इतनी बारीकी से करती थीं मानो इसके लिए उन्हें अवॉर्ड दिया जाएगा। सामने के ब्लैक बोर्ड पर अनमोल वचन लिखना यही सब काम होते।

थोड़ी बहुत मौज-मस्ती जो वह कर सकती थी, करती थी जिसके कारण उसे कभी डाँट भी नहीं पड़ी। मस्ती भी ऐसी कि कभी प्रेयर में नहीं गए, तो सिलाई की क्लास में नहीं गए। सिलाई-कढ़ाई उससे होती नहीं थी, तो किसी का बनाया हुआ उठाकर मैम को दिखा दिए और नंबर ले लिया। कोई टीचर नहीं आई तो खूब जोर-जोर से अंताक्षरी खेल लिए, बस गर्ल्स स्कूल में रहते हुए इतनी ही मस्ती कर पाने की उसे छूट मिली।

ज्यादातर लड़कियों को, क्लास में ज्यादा बात करने के कारण ही डाँट पड़ती थी और ऐसी डाँट उसे भी अक्सर पड़ती रहती। इससे ज्यादा उसके साथ कुछ ऐसा स्कूल में नहीं हुआ, जो बहुत डरावना रहा हो। वहाँ का वातावरण हमेशा सामान्य ही रहा। स्कूल फिल्मी स्कूलों जैसा बिल्कुल नहीं था। किसी भी तरह के नैन-मटक्का की दूर-दूर तक कोई गुंजाइश ही नहीं थी।

मालिनी मैम और एनसीसी की भसीन मैम उसे सबसे ज्यादा पसंद करती थीं। जब वह एनसीसी यूनिफॉर्म पहन के परेड को कमांड करती, वो प्रशंसा भरी नजरों से उसे देखती। उसके ऊँचे कद पर खाकी वर्दी बेहद फबती थी। भसीन मैम चाहती थीं कि वह आर्मी या पुलिस फोर्स जैसी नौकरी के लिए ही जाए। लेकिन दसवीं के बाद उसने एनसीसी छोड़ दी। वह समझ गई थी कि ये सब नौकरियाँ उससे नहीं हो पाएँगी। सिद्धांत और उसके भाइयों के चले जाने के बाद खेलना तो बंद ही हो गया था, आठवीं तक पहुँचते-पहुँचते हर महीने होने वाले दर्द ने एहसास करा दिया कि लड़की होने का अर्थ यह भी है। पेट की मरोड़, उल्टी, दर्द से उसका पूरा एक दिन बर्बाद होता, और सारे जरूरी काम उसी एक दिन ही होते। सारी ताकत जोड़कर वह जैसे-तैसे स्कूल जाती थी। अब एक ही दर्द उसे भारी लगने लगा था, जिसके लिए वह 25 दिनों तक खुद को तैयार करती। वह दर्द बिल्कुल भी सहज नहीं था, लेकिन जिसको होता है, वही समझ सकेगा बाकी को तो नाटक लगता। वह कभी हार नहीं मानती थी, लड़की है इसलिए किसी से कम है, यह बात बचपन से वह एक चैलेंज की तरह लेती रही थी, जैसे उसे सबको साबित करना था कि लड़कियाँ लड़कों के बराबर होती हैं।

लेकिन बड़े होने पर... उसे पहली बार लगा था कि इस दर्द के साथ वह कभी भी लड़कों का मुकाबला नहीं कर सकती। और उसके बाद से ही जैसे खुद को लड़कों के बराबर समझने से उसने इनकार कर दिया। उसने मान लिया था कि संरचना अलग होने के कारण दोनों के संघर्ष अलग तरह के हैं, दोनों की तुलना नहीं हो सकती। लड़की होने का ये अलग अर्थ उसे आठवीं-नौवीं में ही पता चला था।

इंग्लिश की फैशनेबल मालिनी मैम की साड़ी से लेकर चप्पल तक की चर्चा लड़कियाँ करतीं। उन्होंने किस दिन कौन-सी साड़ी पहनी यह तक

लड़कियों को याद रहता। मैम की दीवानी लड़कियों का कहना था कि एक बार जो साड़ी वो पहन लेतीं, दोबारा जल्दी उसका नंबर नहीं आता था। मैम जल्दी किसी बात पर गुस्सा नहीं होती थीं। लेकिन हर कोई उनसे डरता था। उनका आँखें दिखाकर नो कहने का हिकारत भरा अंदाज ही काफी था। किसी लड़की को डाँटती-फटकारती भी कभी नजर नहीं आती। देखने में भी खूबसूरत थीं, इसलिए ज्यादातर लड़कियों की फेवरेट टीचर थीं। उनकी दूसरी विशेषता उनका जूड़ा था जिस पर हमेशा एक फूल जरूर लगा होता था। जेंट्स टीचर गिने-चुने ही थे, मालिनी मैम अगर किसी से मुस्कुराकर बात कर लेतीं तो सर लोगों की मुस्कान देखते बनती। वो थोड़े सकुचा-से जाते। उनकी हल्की मुस्कुराहट बताती थी कि वो मैम से बात करके ही खुद को धन्य समझ रहे हैं। सारी महिला टीचर गुरूर से भरी हुई दिखती थीं, उनकी तुलना में जेंट्स टीचर आर्थिक रूप से कम संपन्न और हालात के सताए हुए ज्यादा नजर आते।

उस को अक्सर मालिनी मैम के साथ ही भाषण, वाद-विवाद, कविता, अनुवाचन आदि प्रतियोगिताओं में जाना होता था। भाषण याद करने के लिए वो उसे कुछ समय देतीं और फिर हफ्ते-दस दिन के बाद अपनी क्लास में बुला लेती थीं। मैम खुद कॉपी चेक करती रहतीं और वो उनके बगल में खड़े होकर सारे बच्चों के सामने जोर-जोर से भाषण या कविता बोलती। कुछ लड़कियाँ उसकी तरफ देखकर हँसती रहतीं, कुछ पढ़ने में व्यस्त रहतीं, तो कुछ बातें करती रहती। वो सबको नजरअंदाज कर अपना भाषण जारी रखती। बीच-बीच में मैम समझाती भी रहतीं कि इस बात को इस तरीके से कहना है।

इससे उसके अंदर से भीड़ में बोलने को लेकर झिझक बिल्कुल खत्म हो गई। स्कूल की शुरुआत प्रार्थना से होती थी, उसके बाद टीचर या प्रिंसिपल इनाम मिलने की घोषणा करती थीं। प्रार्थना के समय सारी लड़कियाँ उपस्थित होतीं और उनके सामने दूसरे स्कूलों से प्रतियोगिता जीतकर आने वाली प्रतिभागियों की घोषणा होती। इस तरह ज्यादातर लड़कियाँ अनुमिता शर्मा को जानती थीं, क्योंकि वह अक्सर जीतकर आती थी।

हर जगह की तरह गर्ल्स स्कूल में भी खूबसूरती के मायने थे। स्कूल की लड़कियों के बीच वह खुद को बेहतर तो समझती ही थी, उसे यह भी पता था

कि उसने अपना एक नाम स्कूल में बना लिया है। कुछ लड़कियों का मानना था कि उसके अंदर इस बात का गुरूर है। वास्तव में कुछ होने का गुरूर तो नहीं, लेकिन उसके अंदर आत्मविश्वास जरूर था। और तब से था, जब वह कुछ भी नहीं थी, क्योंकि बचपन से उसने कभी खुद को किसी से कम आँका ही नहीं था। और यही बात उसके चेहरे से झलकती थी। कुछ लोग उसका चेहरा देखकर ही तय कर लेते थे कि वह बेहद घमंडी है। लेकिन अजिता स्मिता अल्पना जिनके साथ वो रहती थी, वे उसे अच्छे से समझती थी, जानती थीं कि कम बोलती है, हर किसी से जल्दी घुलती-मिलती नहीं है, इसलिए उसे घमंडी मान लिया जाता है पर असल में वह बेहद सीधी है। उन दोस्तों के बीच वो घोचू कहलाती क्युकी कई बार लडकियों की वैसी सब बाते उसे समझ नहीं आती, उसे चार बार में मिलकर सब समझाते द्विअर्थी बातों को उसे इतना समझाना पड़ता कि वो लोग बोल देते 'रहने दे तुझे बाद में समझाएँगे', या 'तू तो रहने दे जान कर क्या करेगी, वैसे भी तुझे कुछ समझ आना नहीं है।' उसका बहुत सी बातों से अबोध होना चेहरे पर नजर आता।

स्कूल की आधी लड़कियाँ उसकी सुंदरता से प्रभावित थीं, तो आधी उसको मिलने वाले पुरस्कारों और उसके आत्मविश्वास या कहें कि गुरूर से भरे हुए व्यक्तित्व से। गर्ल्स स्कूल में आप दिखने में बहुत अच्छे हों और फेल हो जाएँ, तो आपकी सुंदरता के कोई मायने नहीं हैं। आप पढ़ने में साधारण हो सकते हैं या फिर बेहतरीन, लेकिन फेल होने वाले लोगों को कभी कहीं कोई पसंद नहीं करता। इस दौड़ में साधारण से लेकर बेहतरीन तक का आकलन किया जाता, लेकिन फेल होने वाले को एक किनारे छोड़ दिया जाता। फेल होने वाला हमेशा समाज में अस्वीकार्य ही रहा है, स्कूलों में तो सबसे ज्यादा। पहला आकलन आपकी पढ़ाई का ही होता है बाकी हर चीज उसके बाद।

एक बार अनुमिता की मैथ टीचर की मालिनी मैम के साथ स्टाफ रूम में बहस हो गई थी, क्योंकि वह अनुमिता को कभी भी भाषण की प्रक्टिस के लिए बुला लेती थीं। एक-दो बार उनके बुलाने पर मैथ टीचर ने उसे जाने से मना कर दिया था। मालिनी मैम के लिए भाषण और कविताएँ ज्यादा अहमियत रखती थीं, तो विजयलक्ष्मी मैम के लिए उनकी मैथ्स की पढ़ाई। इसलिए उन्होंने मालिनी मैम से साफ कह दिया कि जब वह पढ़ा रही होती हैं,

तो उनकी क्लास से किसी बच्चे को बुलाया नहीं जाए।

मैथ वाली विजयलक्ष्मी मैम चाहती थीं कि वो पढ़ाई पर ज्यादा ध्यान दे वो और भी बेहतर कर सकती है। उसका क्लास से अनुपस्थित रहना उनको बिल्कुल पसंद नहीं था। गणित की क्लास छोड़ने पर सवालों को दुबारा समझाया जाना कठिन होता, इसलिए वह कभी नहीं चाहती थीं कि अनुमिता उनकी एक भी क्लास मिस करे। यह बात उन्होंने उसे डाटने के लहजे में समझा दी थी कि आगे से उनकी कोई क्लास छूटनी नहीं चाहिए। उससे कह दिया था कि उसे आगे क्या करना है, ये अभी तय करना होगा। उनके लिए भाषण और कविताओं की कोई अहमियत नहीं थी। वह इसे समय की बर्बादी मानती, जो आगे जाकर कहीं काम नहीं आने वाले।

पढ़ाई का दबाव बढ़ने लगा था। उसने सोच लिया कि अब आगे वह किसी भी प्रतियोगिता में भाग नहीं लेगी। लेकिन अंतिम बार मालिनी मैम के साथ उसको अपने पापा के स्कूल में वाद-विवाद प्रतियोगिता में जाना था। वह लड़कों का स्कूल था, जहाँ भूलने या अटकने पर लड़के बहुत बुरा मजाक बनाते थे, तत्काल हूटिंग शुरू हो जाती थी। उन स्कूलों में जहाँ सिर्फ लड़कियाँ हों या सिर्फ लड़के हों, वहाँ सब कुछ एकदम नॉर्मल नहीं रहता है।

वाद-विवाद प्रतियोगिता का विषय भी ऐसा था, जिस पर बात करने से ही वातावरण गर्म हो जाए। विषय था- 'नारीवाद का अर्थ क्या है, वर्तमान समय में नारीवाद कितना उपयोगी है ? इसके पक्ष और विपक्ष में अपने विचार प्रस्तुत कीजिए'।

नारीवाद जैसे विषय के पक्ष में लड़कों के स्कूल में उनके सामने खड़े होकर बोलना आसान नहीं था। वहाँ के मुखर लड़कों के कारण पहले से ही वह बहुत ज्यादा घबराहट महसूस कर रही थी। किसी को ऊटपटाँग बोलने और उसका मजाक उड़ाने से वो नहीं चूकते थे। ऐसे लड़के जो किसी को भी नर्वस कर दें। और उस स्कूल के लड़के इस मामले में कुछ ज्यादा ही कुख्यात थे।

दूसरे, वह उसके पापा का स्कूल था। और तीसरा बड़ा कारण वाद-विवाद प्रतियोगिता के खत्म होने के बाद वहाँ बेस्ट स्टूडेंट और कुछ अन्य पुरस्कार वितरित होने वाले थे। सिद्धांत तो स्कूल छोड़कर जा चुका था,

लेकिन अनुमान था कि वह भी उपस्थित रह सकता है। सिद्धांत के पापा और शहर के कुछ गणमान्य लोग भी वहाँ उपस्थित रहने वाले थे। यह सब उसे फोन पर पापा की चर्चाओं से पता चल गया था। पापा के स्कूल की खबरें अगले दिन अखबारों में छपती थीं। बड़े-बड़े मंत्री उनके यहाँ के कार्यक्रमों में उपस्थित होते, पहली बार वह इतनी ज्यादा घबराहट महसूस कर रही थी। ये सारी चीजें उसके मन में डर पैदा कर रही थीं।

यदि स्टेज पर भूल गए, अटक गए, सुन्न पड़ गए तो? अच्छे-अच्छे दिग्गजों के साथ ऐसा हो जाता है। वह भूल गई, तो उसके लिए यह काफी शर्मिंदगी वाली बात हो जाएगी। वैसे तो आज तक स्टेज पर कभी भूली नहीं थी, लेकिन उस स्कूल का डर उसके अंदर थोड़ा ज्यादा था।

एक तो वह वैसे ही डरी हुई थी, ऊपर से उस दिन स्कूल से लौटते हुए पानी से भरे गड्ढे में जिसकी गहराई का अंदाजा नहीं हो पाया स्कूटी फँसी और वो सड़क पर गिर पड़ी। पक्की सड़क थी, इसलिए उसे चोट भी ज्यादा लगी। उसके दोनों घुटने बुरी तरह छिल गए। हथेली, कोहनी पर भी चोट थी। दो-तीन लोग दौड़कर आए और उसे उठाया।

एक दिन के बाद ही प्रतियोगिता भी थी, अब नाम वापस नहीं लिया जा सकता था। गिरती तो वह बचपन में भी थी, किंतु आज बड़े होने के बाद गिरने पर पहली बार वह रुआँसी हो गई। बचपन की हर चोट का मुकाबला शायद इसलिए भी ज्यादा दिलेरी से करती थी कि तब बाकी दोस्तों के बीच उसे अपना प्रभाव बनाना होता था लेकिन आज जब वह गिरी, पहली बार बिल्कुल अकेली थी, आस-पास उसका कोई दोस्त नहीं था। इतनी बार गिरने पर कभी भी उसे अफसोस नहीं हुआ, लेकिन इस बार गिरने पर पहली बार उसके अंदर हताशा भर गई थी।

आज स्कूटी से गिरते ही उसे अपना बचपन और बचपन में लगी सारी चोटें एक बार फिर से याद आ गईं। उसे इससे ज्यादा बड़ी चोटें लग चुकी थीं। इस बार की चोट मम्मी के लिए बहुत मामूली थी, इतनी बड़ी नहीं कि उनके आँसू निकलते, इसलिए वो सामान्य ही रही। हाथ-पैर छिलने के कारण दोनों घुटनों और एक हाथ की कोहनी पर पट्टी लगाकर जब अगले दिन वह स्कूल पहुँची, तो सबसे पहले मैम ने पूछा, "तुम बोल पाओगी इस हालत में?

अगर ज्यादा तकलीफ है तो अभी बता दो।"

मालिनी मैम उसकी हालत देखकर पता नहीं उसे ढाढ़स बँधा रही थीं या खुद को। उनका चेहरा अजब ही किस्सा बयाँ कर रहा था।

"मैम, हाथ-पैर में थोड़ी चोट है, लेकिन सब अच्छे से याद कर लिया है।" पिछले कुछ दिनों से जो बोल रही थी सब उसका उल्टा हो रहा था इसलिए हाँ बोल पाऊँगी उसने नहीं कहा।

वो अब तक जब भी किसी प्रतियोगिता में भाग लेने जाती, तो कपड़े में पानी लगा-लगाकर कड़क इस्त्री करती। उसकी क्रीज इधर से उधर न हो और जूते अच्छे से पॉलिश किए हुए रहते, इस बात का वो विशेष ध्यान रखती। कपड़े भी व्यक्तित्व को निखारते हैं, यह बात उसे मालिनी मैम ने समझाई थी।

बहरहाल, आज उसे नारीवाद को उचित ठहराने भाषण देना था। हालाँकि नारीवाद क्या है, अब तक खुद उसे ठीक से नहीं समझ आया था। भाषण मालिनी मैम की दोस्त ने लिखा था जो दिल्ली यूनिवर्सिटी में प्रोफेसर थीं, उसे यह पता था कि भाषण बहुत अच्छा लिखा गया है। उसने उसे अच्छी तरह रट लिया था। भाषण पढ़कर उसे इतना जरूर समझ आ गया था कि जब हम खुद को दूसरों से कमतर मानते हैं, तभी हम हारते हैं। और ऐसा उसने आज तक खुद को महसूस होने नहीं दिया था। बस उसे नारीवाद का इतना ही अर्थ समझ आया था।

ऑटो में वह अपना पैर मोड़ नहीं पा रही थी, क्योंकि घुटने में चोट थी। एक दिन पहले की लगी चोट अगले दिन ज्यादा तकलीफ दे रही थी। उसने कोशिश की तो मैम ने मना कर दिया। मैम खुद सामने की सीट से उठकर उसके बगल की सीट पर आकर बैठ गई थीं। उसके हाव-भाव शायद उसके डर और पीड़ा दोनों को बयाँ कर रहे थे। मैम के बगल में आकर बैठ जाने से उसका डर थोड़ा-सा कम हो गया।

इस बीच उसका ध्यान मैम की तरफ गया। मैम ने पिंक फ्लोरल प्रिंट की खूबसूरत साड़ी पहनी हुई थी और बालों में एक लाल गुलाब लगाया हुआ था। उनके दमकते रंग पर उस लाल गुलाब ने उनकी खूबसूरती बढ़ाने में अपना भरपूर योगदान दिया था। वह आज बहुत सुंदर लग रही थीं। स्कूल यूनिफॉर्म से लेकर जूते तक बिल्कुल चमकते हुए होने चाहिए। यह बात मैम हर बार

बिना भूले दोहराती और भाषण में जाने से पहले उसे उपर से नीचे तक ध्यान से देखती। छोटे भाई कार्तिक ने उसके जूते पॉलिश कर दिए और दिखाया कि देखो, इसमें चेहरा भी दिख रहा है। कार्तिक उसके बहुत-से काम कर देता था। जब भाषण याद करती थी, तो कागज उसे पकड़ाकर उसके सामने ही बार-बार रिहर्सल करती, कार्तिक हर बार पूरे जोश के साथ उसकी कमियाँ और गलतियाँ बताता था। चूँकि घर में सबसे ज्यादा वही कार्तिक को सुधारने में लगी रहती थी, तो कार्तिक इस समय उसकी गलती निकालने का ऐसा सुनहरा मौका बिलकुल नहीं छोड़ता था।

छोटे भाई हमेशा अपनी बहनों के लाड़ले होते हैं। कार्तिक डाँट भी खा लेता और हमेशा उसे छेड़ता भी रहता। दीदी अपने आप को बहुत लगाती है, स्कूटी ऐसे चलाती है नीचे तो देखती ही नही और उस दिन स्कूटी से गड्ढे में गिर कर उसने उसकी बात सही साबित भी कर दी थी, उसे एक और मौका मिल गया था उसकी खिचाई का।

स्कूल यूनिफॉर्म ही नहीं, आज अंदर पहनने की समीज तक उसने इस्त्री की थी। उसने रुमाल सलीके से लाल बेल्ट पर लटका लिया था। लाल हेयर बैंड को भी सर्फ पानी में डुबो-डुबोकर चमकाया था। कुछ विशेष दिनों में उस हेयर बैंड पर कृपा बरसती, वैसे भी वह बालों में तेल लगाकर स्कूल नहीं जाती थी, उसे चिपके नहीं उड़ते हुए बाल पसंद थे, सो आज तो तेल लगाने का सवाल ही नहीं था। सब कुछ चकाचक था सिवाय उसकी चोटों के।

मैम और वह इतनी बार एक-दूसरे के साथ गए थे, लेकिन इस बार मालिनी मैम भी शायद समझ गई थीं कि वह कुछ ज्यादा घबरा रही है। कुछ कहा नहीं, लेकिन स्कूल पहुँचते ही बस इतना जरूर पूछा था, "तुम ठीक हो ? हो जाएगा ना ?"

उसने सिर्फ सिर हिला दिया था। मैम ने ढाढ़स बँधाते हुए उसकी आँखों में आँखें डालकर कहा था, "बिल्कुल घबराने की जरूरत नहीं है। सब अच्छा होगा।"

स्कूल में घुसते ही मैम बाकी टीचर्स की तरफ चली गईं और वह एक कोने में अकेले खड़ी रह गई। उसने देखा, कुछ प्रतिभागी सामने कुर्सी पर बैठे हैं। कोई- कुछ नोट कर रहा था। वही सारे जाने-पहचाने चेहरे दिख रहे

थे, वही लोग हर बार आते, हर स्कूल में डांस करने वाली लड़कियाँ अलग होती, भाषण देने वाली अलग, खेलकूद वाली अलग। हर बार प्रतियोगिता में वही बच्चे दिखते, जब तक कि स्कूल नहीं छोड़ देते। जब वो चले जाते हैं, तब दूसरे बच्चे तैयार किए जाते हैं, उसके पहले नहीं। वो उनके बीच जाकर बैठ गई। उसे सुनाई दे रहा था, दो लड़कियाँ उसे लेकर बात कर रही थीं।

एक ने पूछा कि वह किस स्कूल से है। हर स्कूल का अपना प्रभाव था। स्कूल के रुतबे का प्रभाव स्टूडेंट में भी साफ दिखता। यह कमी, या वृद्धि स्कूल के साथ-साथ बच्चे के अंदर भी दिखती थी। आधा आत्मविश्वास तो किसी अच्छे स्कूल का स्टूडेंट होने से ही बढ़ जाता।

उसके स्कूल की साख बनी हुई थी, तो दूसरी लड़की ने इज्जत के साथ उसके स्कूल का नाम लिया। साथ ही उसके बारे में फुसफुसाते हुए कहा, "अनुमिता शर्मा है, वसंत विहार स्कूल से, अक्सर जीतती है। थोड़ी प्राउडी है, किसी से कभी बात नहीं करती। ऐसे ही अकेले बैठती है और तीन में से कोई एक प्राइज अपने नाम करके जाती है।"

उसका कम बोलना हर बार उसके घमंड के साथ जोड़ दिया जाता। उसे कभी समझ नहीं आया कि कम बोलना घमंडी होना कैसे मान लिया जाता है या शायद उसका चेहरा ही घमंडी होगा। सबको देखकर ये उपमा नहीं मिलती, उसके जैसे लोगों के लिए ही ये कहा जाता, तो कुछ तो जरूर होगा।

तभी मालिनी मैम ने उसे अपने पास बुलाया। वह मुश्किल से अपने पैरों को सीधा करके लँगड़ाते हुए मैम के पास पहुँची। मैम ने बड़े गर्व से उसका परिचय सारे टीचर्स से करवाया, "शर्मा सर की बेटी है।" साथ ही सबके सामने मैम ने दावा भी ठोक दिया, "आज एक इनाम ये जरूर जीतेगी वर्मा जी, देख लीजिएगा।" उनके ऐसा बोलते ही वर्मा सर ने तुरंत कहा, "देखते हैं आपकी स्टूडेंट आगे निकलती है कि हमारी शुभदा, बोलने में वो भी कम नहीं" उनकी बातें सुनते ही घबराहट के मारे उसका चेहरा लाल हो उठा। अगर नहीं जीत पाई तो ? सबसे पहले यही बात उसके दिमाग में आई। मैम को क्या जरूरत थी पापा का नाम बताने की, वैसे ही डर के मारे पेट में गुड़-गुड़ हो रही और यहाँ ये लोग एक-दूसरे को चैलेंज लिए दिए जा रहे।

तभी पीछे से पापा आ गए। मालिनी मैम ने उनको हैलो किया। पापा ने

पूछा कि क्या बातें चल रही हैं, और उसकी तरफ देखकर मुस्कुरा दिए। स्कूल में बिल्कुल बदले हुए लग रहे थे। उन्होंने किसी को नहीं बताया कि यह मेरी बेटी है। वह व्यस्त थे, तुरंत वहाँ से चले गए और आगे जाकर आवाज दी, "सिद्धांत! सबको हॉल में ले चलो।"

सिद्धांत का नाम सुनते ही उसने पलटकर देखा। पहली बार इतने दिनों के बाद वह सिद्धांत को देख रही थी। वह उसकी तरफ ही आ रहा था। उसे देखते ही जाने क्यों उसके दिल की धड़कनें बढ़ गईं। ऐसा नहीं था कि वह उससे डर रही थी... बिल्कुल भी नहीं, लेकिन पता नहीं क्यों... दिल जोर-जोर से धड़क रहा था इतना तेज की उसे अपनी धड़कन सुनाई दे रही थी।

इतने सालों बाद उसे देखकर ऐसा लगा जैसे वह बचपन वाला ही सिद्धांत हो, जिसके हाथों में हाथ डालकर वह दिन-रात घूमती थी। उसे देखकर अनजाने ही उसके चेहरे पर मुस्कुराहट आ गई।

ऊँचा कद, साँवला रंग और ठुड्डी पर वही प्यारा-सा डिंपल... सिद्धांत को देखकर उसने तुरंत पहचान लिया। उसके चेहरे की तरफ देखते हुए थोड़ी देर के लिए वह सब कुछ भूल गई... वह कहाँ है, उसे चोट लगी है, भाषण को लेकर डर लग रहा है... सब कुछ... कुछ पल को जैसे सब ठहर गया हो। सिर्फ उसका होना उसे याद रहा और उसके वहाँ होने भर से ही उसके मन में सुकून का भाव आ गया, कुछ समय के लिए सारे डर खत्म हो गए।

मालिनी मैम जब से आई थीं, टीचर्स के साथ बात चीत में ही व्यस्त थीं। स्टूडेंट सारे अलग बैठे थे। टीचर तो सारे एक-दूसरे से खूब जोर-जोर से बातें कर रहे थे, ठहाके लगा रहे थे, लेकिन बच्चे उनकी तुलना में शांत और ज्यादा अनुशासित नजर आ रहे थे।

सिद्धांत उसके बिल्कुल बगल में आकर खड़ा हो गया। सबसे पहले उसे ही चलने को क़हा, लेकिन वह नहीं जानती थी कि हॉल किधर है, किस तरफ जाना है। हॉल की तरफ ले जाने के लिए सिद्धांत के साथ दो लड़के और थे, जो सबसे आगे की तरफ थे। वह चोट के कारण लड़खड़ाकर चल रही थी और सबसे पीछे थी। सिद्धांत उसके साथ-साथ ही चलने लगा। अचानक उसने अनुमिता के कान के पास फुसफुसाकर पूछा, "तुमको अभी भी चोट लगती रहती है, गिरना-पड़ना अब तक जारी है?"

उसने सोचा था कि सिर्फ वो सिद्धांत को पहचान रही है, लेकिन सिद्धांत उसे नहीं पहचान पाएगा। उसे आश्चर्य हुआ कि इतने समय बाद मिल रहा है, उसने कैसे उसे एक बार में ही पहचान लिया। वह कुछ कहती, इससे पहले सिद्धांत ने ही पूछ लिया, "तुमने मुझे कैसे पहचाना ?"

कितने लोगों की ठुड्डी पर विनोद खन्ना की तरह का डिंपल होता है, वह बचपन में जैसा था वैसा ही अभी भी दिखता था। उसकी बड़ी गहरी आँखें ऐसे लगती थीं जैसे किसी ने काजल लगाया हो। उसे वह कैसे नहीं पहचानती। उसने तो कई बार धुँधली कल्पनाएँ भी की थीं कि शायद ऐसा दिखता होगा वह।

"पापा ने तुम्हारा नाम पुकारा था इसलिए तुम्हें पहचान लिया।" सुनकर सिद्धांत सिर झुकाकर मुस्कुरा दिया। इच्छा तो उसकी भी थी कि वह भी पूछे कि आखिर तुमने मुझे कैसे पहचाना, लेकिन बार-बार मन में आने के बाद भी उसने यह सवाल उससे नहीं किया। बचपन में उससे बात करने में वह कभी झिझकती नहीं थी, पर आज इतनी मामूली-सी बात पूछने में भी उसे जाने क्यों संकोच हो रहा था। भाषण को लेकर तनाव अलग था। एक बार उसकी बारी आ जाए, वह भाषण दे चुके, तभी इत्मीनान से बैठ पाएगी। इस वक्त आधा ध्यान वहीं अटका हुआ था।

सब हॉल में पहुँच चुके थे। सिद्धांत वहाँ से हटकर हॉल के दूसरी तरफ बाकी लड़कों के साथ बैठ गया।

मालिनी मैम इतनी देर के बाद अब जाकर दिखी थीं। अनुमिता को देखते ही उसके पास आकर उन्होंने बताया कि दूसरा नंबर तुम्हारा है, तैयार रहना।

उसे पैर मोड़ने में दिक्कत आ रही थी, सामने की सारी सीटें भर गई थीं। पीछे की लाइन में एक किनारे की जगह खाली थी, इसलिए वो वहीं अपने पैरों को लंबा करके बैठ गई कि सिकोड़ना ना पड़े।

सबसे पीछे तक पहुँचने में उसे काफी समय लगा। बैठने के बाद उसे लगा कि एक बार पूरा भाषण दोहरा लिया जाए। पेपर में लिखे अपने भाषण को वह एक बार फिर से पढ़ ही रही थी, तभी उसका नाम पुकार लिया गया। तुरंत फिर से उसे आगे स्टेज की तरफ जाना था।

वह पीछे बैठी थी, तो स्टेज तक पहुँचने में उसे थोड़ा वक्त लग गया।

इतनी-सी देर में लोगों की कानाफूसी सुनाई देने लगी थीं। एक लड़के ने बोला, "ये लँगड़ी अपने प्रिंसिपल की बेटी है।" कहीं और से आवाज आई, "अबे! प्रिंसिपल तो 'इज' (अँग्रेजी भाषा का शब्द) को 'इज्ज्ज' बोलता है, देखते हैं, बेटी कैसा बोलती है।"

उन फुसफुसाहटों को अनसुना करते हुए वह आगे स्टेज की तरफ बढ़ी। स्टेज थोड़ी ऊँचाई पर था, सीढ़ियाँ चढ़ते हुए, अचानक अंतिम सीढ़ी पर उसका पैर कालीन में फँसा और वह लड़खड़ाकर जमीन पर गिरते-गिरते बची।

इतने में सारे बच्चे जोर से हँस पड़े। उसका पूरा चेहरा लाल हो गया, घबराहट में हमेशा उसके साथ ऐसा ही होता है। वह जब भी डरती है तो जाने क्यों उसके गाल और कान इतने ज्यादा गरम हो जाते हैं। डर के मारे उसका गला सूख गया ऐसा लगा मानो जीभ तालू से चिपक चुकी है। स्टेज के बीच में पहुँचने तक उसका आत्मविश्वास डगमगा चुका था। उसके पैर काँप रहे थे, वह दो मिनट खड़ी रही। सब उसकी तरफ देख रहे थे, यह वह जानती थी, लेकिन उसने किसी की भी आँखों की तरफ नहीं देखा। एक गहरी साँस ली और फिर पूरे हॉल में बैठे हुए श्रोताओं पर एक सरसरी नजर डाली और बोलना शुरू किया।

एक बार बोलना शुरू करते ही उसकी घबराहट खत्म हो गई। बोलते हुए वह भूल गई कि वह कहाँ खड़ी है। पापा का स्कूल है, सारे लड़के अभी उस पर हँसे थे, उसे कुछ याद नहीं रहा। वह धारा-प्रवाह बोलती गई। ऐसे जैसे वह नींद में, हो उसे किसी का खयाल नहीं रह गया हो और जैसे हॉल में कोई ना हो। आगे की लाइन उसके दिमाग में आती जा रही थी और वह अपनी बातों को पूरी दमदारी के साथ रखती जा रही थी।

"नारीवाद का अर्थ क्या है? वह नहीं जो लोग समझते हैं। नारीवाद से तात्पर्य पुरुषों से नारी की तुलना बिल्कुल नहीं है। यह पुरुष बनाम महिला नहीं है। नारीवाद हर नारी के अधिकारों की बात है, नारी को सम्मान से जीने के लिए हर स्तर पर आवश्यक है, आर्थिक, सामाजिक और राजनीतिक, हर क्षेत्र में उसे दबाया गया है कुछ अधिकार मिले है लेकिन उसे अपने अधिकारों के लिए अब भी लंबी लड़ाई लड़नी है। पितृसत्ता का प्रभाव हर तरफ देखने

को मिलता है, यह एक प्रवृत्ति है जो पूर्व से लेकर पश्चिम के देशों तक फैली हुई है।"

अपने भाषण में उसने सिमोन की किताब 'सेकंड सेक्स' का भी जिक्र किया, जो नारीवाद पर लिखी किताबों में सबसे उत्कृष्ट और लोकप्रिय है। सिमोन का प्रसिद्ध कथन है, 'स्त्री जन्म नहीं लेती'। हर नारी को उसके जीवन में अपनी पसंद, नापसंद के अनुसार रहने की आजादी और काम करने की आजादी होनी चाहिए, यह तय करने का अधिकार उसका होना चाहिए, किसी पुरुष का नहीं। 'हर स्त्री के पास खुद का एक कमरा होना चाहिए जो उसका हो और कुछ पैसे', वर्जिनिया वुल्फ के इस कथन को भी उसने कोट किया।

उसने अपनी बात इन शब्दों में समाप्त की, "अंत में बस इतना कहना चाहूँगी कि वर्तमान समय में नारीवाद को बढ़ावा दिया जाना चाहिए या नहीं, यह नारी को ही तय करने दीजिए, क्योंकि यह उसके हक की बात है, कोई तुलना नहीं है। यह आधी आबादी के जीवन जीने के अधिकार को बेहतर करने का प्रयास मात्र है। धन्यवाद!"

जब पूरा बोल चुकी तब उसे याद आया कि वह कहाँ खड़ी है। तालियों की गड़गड़ाहट बता रही थी कि उसने बहुत अच्छा बोला जिस तरफ से सीढ़ी चढ़ते समय उसे लँगड़ी कहा गया था, लौटते हुए उसने वैसे ही फुसफुसाकर जवाब देते हुए कहा, "लोग पैरों से नहीं, सोच से लँगड़े होते हैं।" और यह कहते हुए वह आगे बढ़ गई।

मालिनी मैम दौड़कर आईं और उसे गले लगा लिया, "आज तो तुमने कमाल ही कर दिया अनुमिता! किस आत्मविश्वास के साथ तुमने अपनी बात रखी है। बहुत खूब बेटा!"

मैम ने उसकी पीठ थपथपाई। इतनी प्रतियोगिताओं में भाग लेने के बाद भी उन्होंने आज तक कभी उसे गले नहीं लगाया था, आज उनके चेहरे की खुशी अलग ही थी उसे विशवास हो गया कि वह बहुत अच्छा बोली है।

वैसे ही धीरे-धीरे चलकर वह वापस पीछे जाकर बैठ गई। तभी सिद्धांत दौड़कर उसके पास आया और कहा, "तुमने बहुत अच्छा बोला। मुझे नहीं पता था कि भाषण देने की कला में तुमने महारत हासिल कर ली है। मैं तो बस इतना जानता था कि तुम खेल-कूद में ही आगे हो। मेरे वहाँ से जाने के

बाद तुम्हारे अंदर नई खूबियाँ कौन कौन-सी आ गई हैं, हमें तो कोई अंदाजा ही नहीं था।"

"जब से गए, तुम कभी मिले ही नहीं। मिलते तो अंदाजा भी हो जाता।" उसने मुस्कुराकर कहा।

इतना सुनते ही सिद्धांत ने मुस्कुराकर बड़े प्यार से उसकी तरफ देखा, "मिलना तो चाहता था हमेशा से, कार्तिक सिर्फ तुम्हारी ही बातें तो करता है।"

"तब तो वो मेरी खूब बुराई बताया होगा, मम्मी से रोज मेरी शिकायत करता है।"

"अरे बिलकुल भी नहीं। दीदी ये करती है, वो करती है, ऐसे भाषण रटती है, ऐसे स्कूटी चलाती है, अच्छा-खासा प्रभावित रहता है तुमसे।"

"मुझसे ज्यादा तुमसे प्रभावित है। घर पर रात-दिन तुम्हारी बातें ही करता रहता है।"

"क्या उन लड़कों ने तुमको कुछ कहा था?"

उसने इनकार कर दिया, वहाँ ज्यादा तेज आवाज में बात नहीं की जा सकती थी तो दोनों अगले प्रतियोगी का भाषण सुनने लगे।

सिद्धांत के बगल में बैठना उसे बहुत अच्छा लग रहा था। भाषण प्रतियोगिता के बीच में उन दोनों की बातचीत करने की गुंजाइश बहुत कम थी, ना के बराबर। तब भी सिद्धांत कुछ ना कुछ बोल ही रहा था, हालाँकि उसे यह भी लग रहा था अभी कोई आकर उन दोनों को डाँटेगा कि आप लोग शांत रहिए।

वो सिर्फ हाँ और ना में ही उत्तर दे रही थी लेकिन सिद्धांत लगातार कुछ ना कुछ बोलता ही रहा। फुसफुसाकर बात करना उसको नहीं आता था। भाषण देते-देते, धीरे से बात करने की उसकी आदत ही मानो खत्म हो गई थी।

भीड़-भाड़, हो-हल्ले के बीच भी वे दोनों एक-दूसरे से मिलकर खुश थे, भले ही उस माहौल में ज्यादा बात नहीं कर पा रहे थे। लेकिन उतनी देर में भी सिद्धांत उससे लगातार कुछ ना कुछ सवाल पूछता ही रहा। कौन-सा सब्जेक्ट लिया है, आगे क्या करना है, से लेकर क्या पसंद है तक, उसने सब पूछ डाला। अनुमिता अपनी बारी का इंतजार ही करती रह गई कि वह भी सिद्धांत से कुछ पूछ ले।

प्रतियोगिता समाप्त होने के बाद कई लोग उसके पास आकर उसके भाषण की तारीफ कर रहे थे। लोगों की तारीफ यह बता रही थी कि उसने आज बहुत अच्छा बोला है और उम्मीद जगा रही थी कि शायद पहले पुरस्कार पर उसने अपना अधिकार जमा लिया है। दो-तीन और लोगों ने बहुत अच्छा बोला, लेकिन पापा के स्कूल के लड़के ने बिल्कुल भी अच्छा नहीं बोला था। उसे आश्चर्य हुआ कि प्रतियोगिता उनके स्कूल में थी और उस लड़के की तैयारी नहीं की।

अंत में परिणाम की घोषणा का समय आ गया। सोमदत्त अंकल और कुछ अन्य गणमान्य व्यक्ति प्रतियोगिता के जज थे। वे सब मंच पर पधार चुके थे। पहला स्थान उन लोगों ने अपने ही स्कूल के लड़के को दिया, जो सबसे ज्यादा आश्चर्य की बात थी। बीच में एक जगह में थोड़ी देर के लिए वो अटक भी गया था, उसके जीतने की उम्मीद किसी को भी नहीं थी।

परिणाम घोषित होने के समय मैम उसके बगल में ही बैठी थीं। सुनते ही उन्होंने सिद्धांत के सामने ही गुस्से से कह दिया, "जो तीसरे पुरस्कार के लायक भी नहीं उसे ये पहला पुरस्कार दे रहे हैं। बिना किसी प्रतियोगिता के ही उस लड़के को पुरस्कार दे देना चाहिए था, ये सब नाटक की क्या जरूरत थी।"

सिद्धांत बगल में ही बैठा हुआ था। थोड़ी देर पहले उसकी जो हँसी थी, अब वह गायब हो चुकी थी। मैम की बात सुनकर वह उठकर वहाँ से चला गया। उसका इस तरह से उठकर जाना उसे खल गया।

उसके बाद द्वितीय पुरस्कार की घोषणा में अनुमिता शर्मा और उसके स्कूल का नाम लिया गया। लेकिन मैम उसके दूसरे स्थान पर आने से बिल्कुल खुश नहीं थीं या शायद प्रथम पुरस्कार जिस लड़के को दिया गया था, उस बात से ज्यादा नाराज थीं। ऐसा नहीं था कि आज तक उसने सिर्फ प्रथम पुरस्कार ही जीते हों, लेकिन इस तरह एकपक्षीय फैसला कभी नहीं हुआ था।

मंच पर सोमदत्त अंकल और शहर की जानी-मानी हस्तियाँ विराजमान हो चुकी थीं। स्कूल के एक लड़के ने पूरा मंच सँभाला हुआ था वो बहुत अच्छे से संचालन कर रहा था। जीते हुए लोगों को, पुरस्कार और प्रशस्ति पत्र वितरित

किया जा रहा था। सब बारी-बारी से स्टेज पर आकर पुरस्कार ले रहे थे।

पापा नीचे अपने स्कूल के टीचर्स के साथ, बैठे हुए थे। विजेताओं को प्रशस्ति पत्र, ट्राफी के साथ सोमदत्त और उनके साथ मंच पर मौजूद लोगों द्वारा दिया जा रहा था।

तभी उसका नाम पुकारा गया- 'और दूसरे स्थान पर हैं वसंत विहार स्कूल की अनुमिता शर्मा...'

अनुमिता जब स्टेज पर पहुँची तब सिद्धांत भी वहाँ पहुँच चुका था। माइक लेते हुए उसने कहा, "मैं मंच पर प्रिंसिपल सर मृत्युंजय शर्मा जी को आमंत्रित करता हूँ, वह यहाँ आएँ और प्रतिभागी को पुरस्कृत करें।"

सोमदत्त अंकल को सिद्धांत की इस हरकत पर गुस्सा जरूर आया होगा, किंतु वह उसे दिखाए बिना ताली बजाते हुए शांत बने रहे।

अनुमिता के पापा मंच पर आए। उनके वहाँ पहुँचते ही स्कूल के सारे बच्चों ने जोर से ताली बजाई। पिता-पुत्री एक-दूसरे के सामने खड़े थे। सोमदत्त अंकल ने ट्रॉफी और प्रशस्तिपत्र पापा को सौंप दिया। पापा ने मुस्कुराते हुए अनुमिता की पीठ थपथपाई और उसे दे दिया।

फोटोग्राफर ने उस पल को अपने कैमरे में कैद कर लिया। उसको साथ लेकर जब पापा स्टेज से नीचे उतर रहे थे, लोग दोनों को बधाई दे रहे थे।

लौटते हुए अनुमिता की सिद्धांत से मुलाकात नहीं हुई, क्योंकि कार्यक्रम खत्म हो गया था और वे लोग वापस आ गए थे। उसके बाद पापा के स्कूल में कुछ अन्य कार्यक्रम थे, जिसमें बेस्ट स्टूडेंट के लिए सिद्धांत को भी पुरस्कार मिलना था, लेकिन यह सब देखने के लिए वह वहाँ रुक नहीं सकती थी।

मालिनी मैम ऑटो में भी नाराज ही दिखीं। उनका कहना था कि स्कूल चलाने का काम प्रिंसिपल का है, मैनेजमेंट वाले लोगों का नहीं, इन लोगों के पास पैसा होता है और राजनीतिक पावर, शिक्षा को भी ये व्यापार बनाने में लगे हुए हैं। सब बर्बाद करके छोड़ेंगे एक दिन। वो रास्ते भर कुछ न कुछ बड़बड़ाती रहीं, लेकिन वो तो किसी और ही दुनिया में थी, जहाँ उसे उनकी बातें बहुत ज्यादा सुनाई नहीं दे रही थीं। उसे सेकंड आने का भी कोई गम नहीं था।

घर आने के बाद वह देर तक दिनभर के सारे पलों को याद करती रही।

सिद्धांत का प्रशंसापूर्ण नजरों से देखना उसको अपने खास होने का एहसास दिला रहा था। आज जिस तरह उसकी नजरें बार-बार उसे ढूँढ रही थीं और ढूँढकर उस पर ठहर रही थीं... दोनों की निगाहें बार-बार टकरा रही थीं, ये सब एहसास उसके लिए नए थे। पूरे दिन उसे महसूस होता रहा कि सिद्धांत लगातार उसे ही देख रहा है। नजर पहचानने की कला कुदरती होती है, मुग्ध नजरों को वह पहचानती थी, आँखें जज्बात बयान करती हैं। उसे अपने जीवन में पहली बार किसी का इस तरह उसे देखना अच्छा लग रहा था। सिद्धांत के लगातार देखने से असहज होने के बदले उसे आज अपने पर थोड़ा गुरूर महसूस हो रहा था।

न्यूज देखते हुए पापा की खाना खाने की आदत थी पौने नौ बजे का न्यूज और खाना साथ में चलता और वही समय होता जब मम्मी की पापा से दिन भर की चर्चा होती। पापा के घर पहुँचने के बाद रात में न्यूज देखते समय खाने की टेबल पर आज दिन भर की बातों को जानने के लिए मम्मी से पूछा, "कैसा रहा सब कुछ?" वो घर पहुँचकर खुश होकर सारी घटना पहले ही मम्मी को सुना चुकी थी, लेकिन पापा ने अब तक कुछ नहीं कहा था। पापा थोड़ी देर चुप रहे, फिर गंभीर आवाज में बोले, "सोमदत्त पावर और पैसे के लिए कुछ भी कर सकता है। बेटे को भी वह अपने हिसाब से ही चलाना चाहता है, पर सिद्धांत अलग है। बाप और बेटे के बीच की दूरी आज सबको दिख गई। लेकिन सिद्धांत को वह शायद ही कुछ अलग होकर सोचने दे। बेटा भी बाप जैसा ही दुस्साहसी है। सिद्धांत अच्छा लड़का है, परंतु शायद अंत में उसे अपने पिता की तरह होना या बनना पड़ेगा।"

खाते-खाते उसने पूछ लिया, "क्यों पापा, उसे अपने पिता की तरह क्यों बनना पड़ेगा?"

पापा ने नजरें गड़ाकर उसको देखा तो वह थोड़ा सकपका गई, शायद उसने कुछ गलत पूछ लिया था। दिन भर की खुमारी अब तक उसके दिमाग से उतरी नहीं थी और उसी झोंक में पापा के सामने वो बोल गई थी।

उन्होंने बस इतना कहा, "बेटा, वो पैसे वाले लोग हैं। पैसा कमाने के लिए वैसा ही बनना पड़ता है और सिद्धांत भी आगे अपने पिता का ही बिजनेस देखेगा। शायद इंजीनियरिंग खत्म होते ही फाइनेंस में एमबीए वगैरह कुछ करने

सोम उसे विदेश भेज रहा है। सिद्धांत कितने दिन खुद को इन सबसे अलग रख पाएगा?"

पापा की बातों ने एहसास करा दिया था कि सिद्धांत और उसके परिवार का दूर-दूर तक कोई भी मेलजोल नहीं हो सकता। बचपन की बात अलग थी, तब दोनों परिवारों की हैसियत में ज्यादा फर्क नहीं था, पर आज अंतर बहुत ज्यादा है।

पापा की बातों ने उस पर छाए नशे को थोड़ा कम कर दिया था। उसे हसीन दुनिया से निकलकर हकीकत की दुनिया में आने पर मजबूर होना पड़ा। उस दिन के बाद सिद्धांत से मिलने का दूर-दूर तक कोई कारण नहीं था और ना ही फिर कभी दोनों की मुलाकात हुई।

उसने भी मैथ्स लिया था। उसका टारगेट पीईटी एग्जाम पास कर किसी अच्छे कॉलेज में एडमिशन पाना था। उसने खुद को स्थिर किया और अपने मन को भी समझाया कि वह वैसे सपने ना देखे जो कभी पूरे नहीं हो सकते। जिस जगह जाना नहीं वहाँ का रास्ता पूछने से क्या फायदा! उसे सबसे पहले अपनी पढ़ाई पर ही ध्यान देना है। 11वीं और 12वीं के दो साल वह पूरी तरह अपनी पढ़ाई पर ही केंद्रित करना चाहती थी। फिर भी बीच-बीच में कभी-कभी सिद्धांत उसे याद आ ही जाता। लेकिन वो दिमाग में इतना नहीं छाया हुआ था कि उसके कारण उसकी पढ़ाई में कोई बाधा आती। लेकिन चुपके से उसका खयालों में आना-जाना बना रहा।

10

इस साल अनुमिता का सोलहवाँ जन्मदिन था। हमेशा की तरह इस बार भी सिद्धांत ने उसके लिए कार्ड भेजा था। हर बार की तरह अंदर डियर अनुमिता और अंत में तुम्हारा सिद्धार्थ ही लिखा था। ये वह बचपन से आज तक लिख रहा था, लेकिन इस बर्थडे पर पहली बार बहुत दिनों बाद उसने उसके लिए कुछ और भी लिखा था-

मैं जब भी तुमको याद करता हूँ
प्यार से खेलते हुए इन बच्चों को
इत्मीनान से दो घड़ी, बैठकर देख लेता हूँ
उनको देखकर हर बार लगता है
जैसे हम हैं, तुम और मैं...
तुम्हारा
सिद्धांत।

अब तक के भेजे सारे काड्र्स से ज्यादा अच्छा उसे ये कार्ड लगा। बचपन से आज तक सिद्धांत के भेजे हर कार्ड को उसने सँभालकर रखा था, इसे भी उसने वही रख दिया सबके साथ। लेकिन अभी तक मिले सभी में ये सबसे खास था। उसने कई बार खोल-खोलकर पढ़ा, हर बार पढ़कर उसे उतना ही अच्छा लगा जैसे उसने पहली बार पढ़ा हो। सबसे नीचे लिखा हुआ 'तुम्हारा सिद्धांत' उसने ना जाने कितनी बार देखा और पढ़ा उसे खुद याद नहीं। इस कार्ड को पाकर वो बहुत खुश थी।

माँ के पास त्रिपाठी आंटी अक्सर ही सबकी समस्याएँ लेकर आ बैठती। अपनी दोनों बेटियों को छोड़कर उसको पूरी दुनिया की चिंता थी। वह सबका कच्चा चिट्ठा लेकर उस पर नमक-मिर्ची लगाकर सुनाती, आंटी को खुद के घर से ज्यादा यह पता होता था कि दूसरे के घर में क्या हो रहा है।

आंटी लखनऊ की थी उत्तर प्रदेश की होने के कारण मम्मी से यूपी कनेक्शन जोड़ लिया था। बाकी दोनों के स्वभाव में दूर-दूर तक कोई समानता नहीं थी वो लगातार आधे घंटे तक बिना रुके बोलती तब जाकर मम्मी की उस पर बड़ी मुश्किल से कोई दो चार शब्दों की टिप्पणी निकलती। शायद मम्मी आंटी की बड़बड़ चुप रहकर सुन लेती थी, ज्यादा प्रतिक्रिया नहीं देती थी, इसलिए वो मम्मी के पास आती थी। ये ऐसी दोस्ती थी जिसमें एक बोलता था दूसरा सिर्फ सुनता था।

आंटी की बेटियों के किस्से आस-पास के लोग जानते थे, लेकिन किसी की हिम्मत नहीं थी कि लड़ाकू तेज-तर्रार आंटी की बेटियों के बारे में कोई कुछ बोल सके। उनके बारे में बात हमेशा दबी जबान में होती, हमेशा डरते हुए, क्योंकि अगर त्रिपाठी आंटी को पता चल जाता कि किसी ने उसकी बेटी के चरित्र पर कोई टीका-टिप्पणी की है तो वो उसके घर लड़ने पहुँच जाती थी। लेकिन सबकी लड़कियों का आकलन करने की जिम्मेदारी आंटी ने अपने कंधे पर ले रखी थी और वह इसके लिए बदनाम थी।

आंटी की ये आदत किसी को पसंद नहीं थी। वो भी अक्सर माँ पर नाराज हो जाया करती थी।

"ये पंचायती आंटी जब देखो तब पंचायत करने आ जाती है, माँ एक तुम ही हो जो इनको झेलती हो, पूरे फ्लैट में कोई इन से बात भी नहीं करता।"

लेकिन सब सुनने के बाद भी न मम्मी बदली न आंटी। आंटी की बेटी का क्या किस्सा था यह जानने की उत्सुकता उसे नहीं थी, लेकिन फ्लैट के लोग रिंकू दी के बारे में कुछ गलत जानते जरूर थे, और रिंकू दी को लेकर उनकी कानाफूसी लगातार चलती रहती लेकिन मम्मी ने कभी उनकी बेटियों के बारे में कुछ नहीं कहा। फ्लैट में ज्यादातर लोग आंटी से बात नहीं करते थे।

वैसे, वो इतना जरूर जानती थी, कि लड़कियों के साथ एक ही गलत बात का प्रपंच बनाया जाता है। समाज सिर्फ लड़की को गलत मानता है और उसकी ही बदनामी होती है। लड़के के बारे में कोई कुछ नहीं बोलता, न लड़के ऐसी सब बातों के लिए जल्दी बदनाम होते हैं। उनके अफेयर्स के किस्से तो उनकी मम्मियाँ खुश होकर दुनिया को सुनाती हैं, गर्व से ढिंढोरा पीटा जाता है। फलाँ लड़की रोज हमारे सोनू को फोन करती है लेकिन क्या

कोई इतने अच्छे से अपनी बेटी के बारे में बोल पाएगा कि कोई लड़का रोज उसे फोन करता है?

समाज में इज्जत सहेजना पूरी तरह लड़कियों की जिम्मेदारी है। इज्जत जाती सिर्फ लड़कियों के कारण है। पुरुष गाली भी देते हैं तो माँ और बहन के नाम की, यहाँ भी इज्जत उतारने के लिए महिलाओं का ही सहारा लेना होता है, एक-दूसरे को ऐसी गाली देकर पुरुष वर्ग सिर्फ अपना क्रोध शांत करता है।

त्रिपाठी आंटी को अब तक उसके बारे में बात करने का कोई मौका नहीं मिला था, लेकिन वह किसी को छोड़ती नहीं थी, हमेशा सुराग ढूँढती रहती थी। अपनी बेटियों की खुद ही तारीफ करती, पर मम्मी की आदत नहीं थी कि वह आंटी की तरह बेवजह दूसरों के सामने अपने बच्चों की तारीफ करे। मम्मी चुप होकर सबका सुनती ज्यादा थी, बोलती कम। वो जल्दी किसी के बारे में कोई राय नहीं बनाती थी। न ही यह मानती थी कि कोई व्यक्ति सबके लिए गलत हो सकता है। वो शांति से सबकी राय सुन लेती, जल्दी किसी बात पर कोई प्रतिक्रिया नहीं देती थी।

एक दिन आंटी के ही सामने पोस्टमैन कार्ड देकर चला गया। दूसरे के घर में क्या चल रहा है यह पूछने में लोग झिझकते हैं, लेकिन कुछ लोग बिना झिझक सब पूछ डालते हैं। आंटी ने तुरंत पूछा और मम्मी ने भी बता दिया क्योंकि उनको नहीं लगा छिपाने जैसा कुछ है।

बस आंटी के लिए यह काफी अच्छा मैटर था जिसे वह नमक-मिर्च लगा कर चटपटा बनाकर दूसरो को परोस सकती थी। और वह परोस भी आई। हालाँकि फिर भी धुआँ नहीं हुआ, कुछ सुलगा भी नहीं, तो दुबारा सुलगाने वह मम्मी के पास पहुँच गई।

"भाभी जी, कहीं सिद्धांत अपनी मिता को पसंद तो नहीं करता?" उन्होंने अगले ही दिन तलवार से जैसे सीधे वार किया।

अपना नाम सुनते ही उसके कान खड़े हुए। बगल के कमरे में ही बैठी वो पढ़ रही थी। दो दिन से आंटी जिस तरह खोद-खोदकर बातें निकाल रही थी, वह बैठी सब देख-सुन और समझ रही थी। उसे आंटी की बातें बिल्कुल पसंद नहीं आ रही थीं। जिस तरह आंटी ने पूछा, मम्मी हड़बड़ा गई। तुरंत सफाई देते हुए कहा, "अरे आप कैसी बातें कर रही हैं, जमीन और आसमान कभी

मिलते हैं क्या ? यह तो कभी संभव हो ही नहीं सकता। सोमदत्त शुक्ला का बेटा सिद्धांत शेखर शुक्ला... इतना बड़ा नाम और कहाँ हम लोग।"

आंटी ने तुरंत दूसरा पासा फेंका, "अरे भाभी जी, अपनी मिता भी तो लाखों में एक है। हर कोई उसकी तारीफ करता है, दिखने में सुंदर है, क्या कमी है अपनी बिटिया में!"

आंटी का मम्मी से इस तरह बातें निकालना देख वो गुस्से से भर गई, कब तक सुनती दनदनाती हुई सामने के कमरे में गई।

"आंटी, रानी के सप्लीमेंट्री का रिजल्ट आ गया, वह पास हो गई ?" आंटी को उम्मीद नहीं थी कि वो इस वक्त घर पर होगी।

अपनी तरफ तीर आता देख वो तुरंत सफाई देती हुई, घर निकल गई, "अरे बेटा, अभी कहाँ रिजल्ट आया। चलो मैं चलती हूँ, घर में भी बहुत सारा काम पड़ा है।" फिर वो एक मिनट भी नहीं रुकी उठी और सीधे चली गई।

आंटी के जाते ही उसने दरवाजा बंद कर दिया। मम्मी भी उठकर जाने लगी। मम्मी जानती थी इन सब पंचायत से उसे चिढ़ है वो नाराज होगी।

यहाँ क्या करने आती हैं ? इनको अपने घर में कोई काम नहीं होता क्या ? जब देखो तब कभी स्वेटर बुनते हुए तो कभी मटर लेकर छिलवाने चली आती हैं, दूसरों के घरों में ताका-झाँकी करने। यह कहते हुए उसकी आवाज तेज हो गई।

"बैठने आई थी। अब क्या तेरे से पूछकर लोग घर आएँगे ?" उसके गुस्से की परवाह किए बिना वो बोली, "तुमसे बड़ी हैं, बड़ों के लिए ऐसी बातें नहीं की जातीं।" मम्मी ने बिल्कुल शांत भाव से जवाब दिया।

"मम्मी, बड़े हो भर जाने से किसी के लिए इज्जत नहीं हो जाती। बड़ों को भी वैसे काम करने चाहिए न कि छोटों की नजर में उनकी इज्जत बनी रहे। वह हमेशा आकर बकवास करती रहती हैं और आप बैठकर सुनती रहती हैं।"

"बेटा, वह आकर कभी-कभार बैठ जाती हैं तो क्या हुआ, तुझे क्यों इतनी तकलीफ है उनसे ?"

"अपनी बेटियों की मनमानी को वह रोक नहीं सकतीं, लेकिन कोई आंटी की बेटियों की कमियाँ ना बताए इसलिए वह सबकी कमियाँ निकालती बैठी रहती हैं।" उसने गुस्से से कहा।

"हाँ बैठती हैं आकर, लेकिन मुझसे वह दूसरों की बेटियों की बात नहीं करतीं।" मम्मी ने उसे लगभग डाँटते हुए चुप करा दिया।

"वह मुझसे मेरी बेटी के बारे में बात कर रही थीं। और ऐसा भी उन्होंने कुछ नहीं कह दिया जिस पर इतना तुम हल्ला कर रही हो।"

"हाँ माँ, वह दूसरों की बेटियों के बारे में बात नहीं कर रही थीं, वह तुम्हारे सामने तुम्हारी बेटी की बात कर रही थीं और तुम सुन रही थी।"

"हाँ सुन रही हूँ। आखिर किस चीज का तुमको इतना बुरा लग रहा? कोई घर आए उसे भगा थोड़ी ना दूँगी, तुमसे पूछ कर लोगों से मिलूँगी क्या?" माँ के लिए आश्चर्य की बात थी इतनी छोटी-सी बात के लिए इस तरह की प्रतिक्रिया मेरी तरफ से क्यों आ रही, उनको नहीं समझ आया।

बिना बात को और बढ़ाए, वो उठकर चली गई।

आंटी ने जो प्रश्न मम्मी से पूछ लिया था, वो खुद से इतने दिनों से नहीं पूछ पाई थी। उस प्रश्न का वह सामना करना ही नहीं चाहती थी। उसने खुद से कभी यह प्रश्न नहीं पूछा था कि सिद्धांत उसे पसंद करता है कि नहीं, लेकिन आज मम्मी के मुँह से यह सुनकर कि जमीन और आसमान कभी एक नहीं हो सकते हैं, वो बड़े लोग है, उसे आंटी पर गुस्सा आ रहा था या माँ पर, वह खुद ठीक से समझ नहीं पा रही थी। जाने किस बात पर उसका मन रुआँसा हुआ जा रहा था। देर तक सिद्धांत के भेजे सारे कार्ड को देखती रही। क्या कहीं कोई इशारा उसकी तरफ से किया गया है, जिसमें दोस्ती से बढ़कर कुछ और नजर आ रहा हो! उन कार्ड्स में कुछ ऐसा नहीं था जिसे वह दोस्ती से ज्यादा समझे। लेकिन अगले ही पल उसका मन उसे नकार देता था।

वह खुद को समझा लेती थी। फिर खुद से सवाल करती कि वो नजरें क्या थीं? जिस तरह से वह उसे देखता था उसकी नजरों में सिर्फ प्यार ही प्यार उसे दिखता था। प्रेम की कोई परिभाषा होती है क्या? हर कोई प्रेम को अपने तरीके से जानता-समझता और अनुभव करता है। वह नहीं जानती थी, यह प्रेम है कि नहीं लेकिन उसे इतना जरूर पता था कि यह आकर्षण से कुछ ज्यादा है।

कभी उसे लगता, शायद वही सिद्धांत के प्रति आकर्षित है, और सिद्धांत ने कोई ऐसी बात नहीं की है जिससे ऐसी कोई उम्मीद उससे रखी जाए। मम्मी ठीक ही कह रही थी, क्या गलत कहा उन्होंने? जमीन और आसमान कभी

एक नहीं हो सकते और उसे भी यह बात समझ जानी चाहिए। अपनी सीमाएँ पता होनी चाहिए। बेवजह के किताबी रोमांस जो हकीकत में कभी संभव नहीं है, से निकलकर हकीकत की दुनिया का अंतर, उसे समझना होगा।

11

पापा के स्कूल में पता नहीं क्या चल रहा था, लगातार काफी समय से वो तनावग्रस्त थे। घर पर उनका हँसना-बोलना बहुत कम हो गया था, अपने में ही खोए-से दिखते थे। इतना जरूर पता था कि सोमदत्त अंकल की दखलअंदाजी स्कूल में बहुत बढ़ गई थी।

इन दो सालों में पापा ज्यादातर परेशान ही दिखे। मम्मी के बार-बार पूछने पर भी उन्होंने कभी कुछ पूरे विस्तार से नहीं बताया, हमेशा यही बोलते थे कि सब ठीक ही चल रहा है। लेकिन पापा के ऑफिस में शायद सब ठीक नहीं था। ऑफिस का माहौल बदलने लगा था और घर में उनका व्यवहार भी। पहले वो हर बात मम्मी के साथ बैठकर साझा करते थे, लेकिन अब वो बातें अपने मन में ही रखने लगे थे। मम्मी नहीं चाहती थी कि वह सोमदत्त अंकल के स्कूल में काम करें, इसलिए स्कूल की बातें और वहाँ के तनाव को वह उनसे बताना बंद कर दिए, ज्यादातर बातें वो अपने तक ही रखने लगे थे। अचानक से छोटी-छोटी बातों पर चिड़चिड़ाने लगे थे, जिससे घर में तनाव-सा बना रहता। कभी थोड़ा नमक कम होने पर भी जरूरत से ज्यादा ही नाराज हो जाना और पूरा घर सिर पर उठा लेना, तो कभी सब्जी में नमक नहीं होने पर भी उनको एहसास ही ना होना।

पापा के व्यवहार में बदलाव सभी महसूस कर रहे थे। कुछ है जो वो बता नहीं रहे थे लेकिन परेशान थे।

उनके घर में घुसते ही टीवी-रेडियो बंद कर दिए जाते। जब तक वो घर में रहते कोई भी एक-दूसरे से ज्यादा बात नहीं करता था, सिर्फ काम की बात का संक्षिप्त उत्तर दिया जाता। जब तक रहते अनुशासन रहता। उनके जाने के बाद ही वातावरण हल्का हो पाता।

मृत्युंजय को काम करने में दिक्कत होने लगी थी, उनके हर काम में बाधाएँ खड़ी की जा रही थीं। ये सब बातें वो घर में किसी को नहीं बता रहे

थे, पहले दिन से घर में कोई नहीं चाहता था कि वो वहाँ काम करे, उनको कई मौके भी मिले कई लोगों ने अपने स्कूल में प्रिंसिपल के पद का ऑफर भी दिया लेकिन सोम क्या सोचेंगे कि चिंता में वो रह गए, तब सब ठीक चल रहा था तो उनको स्कूल छोड़ने का विचार कभी आया ही नहीं।

सोमदत्त ने जब स्कूल खोला था, एक प्रकार से उनसे निवेदन ही किया था कि स्कूल में प्रिंसिपल बन जाएँ, लेकिन समय और पैसे के साथ उनके तेवर अब बदल चुके थे। स्कूल उन्होंने सम्मान और प्रतिष्ठा पाने के लिए खोला था, वैसी प्रतिष्ठा वह रियल एस्टेट के धंधे में कभी नहीं पा सकते थे। उस स्कूल को खोलने के बाद उनकी छवि में नि:संदेह परिवर्तन भी आया था। अब वह खुद को बिजनेसमैन से ज्यादा समाज सेवक के रूप में पेश करना पसंद करते वो हर जगह यह बात बताना वो नहीं भूलते थे कि उनके स्कूल ने कितने गरीब बच्चों का जीवन सँवारा है। सिर्फ उस स्कूल के कारण ही उनके राजनीति की राह के कंटक साफ हुए थे। स्कूल के कारण जान-पहचान का दायरा बढ़ने का लाभ उनको राजनीति में भी खूब मिला था।

तमाम बड़े लोगों के बच्चे उनके स्कूल में एडमिशन को लालायित रहते थे। मैनेजमेंट कोटा की सीटों के कारण उन को यह हक था कि अपने काम आने वाले लोगों को उपकृत करने के लिए उन सीटें पर वह जिसे चाहे एडमिशन दें। शुरू-शुरू में मैनेजमेंट कोटे के बराबर ही एडमिशन होते थे, लेकिन जैसे-जैसे स्कूल की प्रसिद्धि बढ़ती गई उनकी दखलअंदाजी भी बढ़ती गई। मैनेजमेंट कोटा से आगे निकलकर राजनीतिक लाभ लेने के लिए वो किसी को भी उपकृत करने के लिए उसके बच्चे का एडमिशन स्कूल में करवा देते। कोटा फिक्स था, पर वह सब कुछ मृत्युंजय पर डाल देते।

"कोई रास्ता निकाल लो यार, बहुत प्रेशर है, बहुत दबाव है, करना बेहद जरूरी है।" इस तरह का तर्क देकर हर बार अपनी बात मानने के लिए उन्हें मजबूर कर देते थे।

हर कक्षा में बच्चों की संख्या सीमित थी। 35 से ज्यादा बच्चे किसी भी कक्षा में नहीं रखे जाने थे, लेकिन उनके कारण अब 40 से 45 बच्चे दसवीं से बारहवीं की कक्षाओं में हो चुके थे।

गरीब कोटे में भी उनका अतिक्रमण शुरू हो गया था। शुरुआती दिनों में

गरीब बच्चों को एडमिशन देकर उन्होंने अपना नाम बना लिया था, लेकिन अब वह और गरीब बच्चों के अपने स्कूल में एडमिशन करवाने के पक्ष में नहीं थे। उनकी जगह वो रसूखदार, अमीर परिवार के बच्चों को दूसरे दरवाजे से घुसाने में लगे थे।

मृत्युंजय कई बार, कई तरह से इस सबका विरोध कर चुके थे। शुरू में सोमदत्त स्कूल के कामों में बिल्कुल भी ध्यान नहीं देते थे, लेकिन अब तो अपने बिजनेस से ज्यादा स्कूल पर समय देने लगे थे।

यह खींचतान कब तक चलती! जल्दी ही इसके परिणाम भी दिखने लगे। एक दिन पता चला कि गरीब बच्चों को जो स्कॉलरशिप दी जा रही थी, वह अचानक बंद कर दी गई है। जब से स्कूल खुला था तब से आज तक स्कॉलरशिप चलती आई थी। तब तो सिर्फ एक ही स्कूल था, अब तो पूरी मुंबई में 'संस्कार पब्लिक स्कूल' की लंबी श्रृंखला थी। यह अलग बात थी कि आज भी सबसे पुराना स्कूल सबसे ज्यादा प्रसिद्ध था इसलिए उनकी सबसे ज्यादा दखलअंदाजी भी उसी स्कूल में ही चल रही थी।

बाकी स्कूलों के प्रिंसिपल उनकी चापलूसी करते रहते। इसके इतर मृत्युंजय शुरू से सिर्फ स्कूल की बेहतरी पर ध्यान देते आए थे। वह बस अपने काम से मतलब रखते। इतने दिन उस स्कूल में काम करने के बाद भी वो अपने दोस्त के घर इस बीच एक बार भी नहीं गए। पहले जैसे घरेलू संबंध फिर कभी भी बनाने मे दोनों ही इच्छुक नहीं दिखे, स्कूल के संबंध तक ही दोनों सीमित रहे। शुरुआती दिनों में स्कूल के बच्चों की बेहतरी के लिए नए प्रयोग वो सुझाते तो उन प्रयोगों की सराहना सोमदत्त भी करते, लेकिन अब उनकी प्रयोगवादी सोच उन्हें बुरी लगने लगी थी।

पहले उनकी कही हर बात पसंद की जाती थी लेकिन जब उद्‌देश्य स्वार्थ सिद्ध करना हो, तो उद्‌देश्य पूरा होते ही इंसान अनुपयोगी लगने लगता है। मदद हमेशा निःस्वार्थ भाव से होनी चाहिए। स्वार्थ सिद्ध करते हुए किसी की मदद नहीं की जाती।

स्पोर्ट डे के समय साल में एक बार बच्चों और टीचर्स के बीच फुटबॉल मैच होता था। बच्चे सबसे ज्यादा फुटबॉल मैच में रुचि दिखाते और अपनी पसंद के टीचर्स का उत्साह बढ़ाने के लिए उन्हें खूब चियर करते। सबको

साथ लेकर चलने वाले अपने प्रिंसिपल को, टीचर्स से लेकर बच्चे तक सभी पसंद करते थे।

सोमदत्त उस दिन अचानक मैच देखने पहुँच गए, तो उनको उस दौरान बच्चों के बीच मृत्युंजय की बढ़ती लोकप्रियता पता चली। सबसे ज्यादा बच्चे मृत्युंजय के लिए खड़े दिखे। वो जहाँ खड़े होते, छात्रों से घिरे रहते। स्कूल के बच्चों की नजर में प्रिंसिपल का सम्मान अलग ही था। हर किसी की नजर में अपने लिए सम्मान देखने के लिए उनको बहुत मेहनत करनी पड़ी थी, तब जाकर आज वो सम्मान उनको मिला था लेकिन एक प्रिंसिपल होकर मृत्युंजय को स्कूल के बाहर भी बहुत सम्मानित नजरों से देखा जाता। उनके साथ के राजनीतिक लोगों से लेकर बड़े बड़े बिजनेसमैन उनकी न के बाद उनसे बात करने की हिम्मत नहीं करते थे। उनकी ईमानदारी के सामने उनका मुह भी नहीं खुलता वो उनसे बात करने में भी डरते उनकी इज्जत करते, लेकिन तब वो दूसरे तरीके अपनाने सोमदत्त के पास पहुँचते, वो सीधे उनसे कहते, "वो तो मानेंगे नहीं आप ही कुछ कीजिए।" उद्देश्य साफ था कि सीधे तरीके से नहीं हो सकता इसलिए मदद कीजिए। आज का दृश्य देखकर उन्हें लगने लगा था कि स्कूल की प्रसिद्धि के साथ-साथ प्रिंसिपल की लोकप्रियता भी बहुत ज्यादा बढ़ गई है। उन्हें लगने लगा फिर दुबारा वो अपने दोस्त से पिछड़ने लगे।

ये सब देखने के बाद उनके व्यवहार में भी बदलाव नजर आने लगा और इस बात को मृत्युंजय भी महसूस कर रहे थे। लेकिन आज गरीब बच्चों की स्कॉलरशिप बंद करके जो खिलवाड़ उन्होंने बच्चों के जीवन के साथ किया था, उसके लिए वो कतई तैयार नहीं थे। वे बच्चे उनकी जिम्मेदारी थे, उनके प्रति अन्याय वो होने नहीं दे सकते थे।

सोमदत्त के आदेश को पढ़ते ही मृत्युंजय आपे से बाहर हो गए और सीधे उनके केबिन में पहुँच गए।

समस्याओं को बहुत दिनों तक नजरअंदाज करने से वो खत्म नहीं होतीं और बढ़ती जाती हैं। सोमदत्त की हर मनमानी के लिए समय पर उनको कभी रोका नहीं गया था। जब मृत्युंजय को जबरदस्ती कॉलेज का पद छोड़कर प्रिंसिपल बनने पर मजबूर किया गया था, अगर उस दिन वह विरोध करने की हिम्मत कर लेते तो आज इस बड़े भूचाल से बच जाते। लेकिन वह लगातार

चुप रहे और सोमदत्त जो चाहे वो करते रहे। आज जैसे इतने दिनों का भरा गुबार फूट पड़ा था। इस बार वो आर-पार के फैसले का मन बना चुके थे।

अक्सर चुप रहकर, अनदेखा करके मुसीबत को बढ़ा लिया जाता हैं, जब वो असहनीय हो जाती है तब मुँह खोलते हैं, लेकिन तब तक बहुत देर हो चुकी होती है।

12

पैसे का नशा सबसे तेजी से चढ़ता है। इस नशे में गिरफ्तार व्यक्ति को कम पैसे वाले लोग तुच्छ लगने लगते हैं। पैसे के दम पर आदमी खुद को इतना शक्तिशाली महसूस करने लगता है कि वो हर कुछ हासिल कर सकता है लेकिन पैसा कभी अकेला नहीं आता, अपने साथ बहुत सारी चीजें लेकर आता है, सबसे पहले अहंकार ही इंसान के सर पर बैठता हैं। सोम पैसे के नशे में सब कुछ भूले हुए थे। अब वह ना सुनने के आदी नहीं रहे थे। अपनी बात मनवाने की आदत अब जिद की हद से आगे जाकर जुनून का रूप ले चुकी थी।

मृत्युंजय का खद्दर कुर्ते वाला वह दोस्त अब अरमानी के सूट पहनता था। कभी जो मामूली दो चक्के की साइकिल से जमीन पर मंथर गति से चलता था, अब वो उड़ने लगा था। तब पैर जमीन से चिपके हुए थे, लेकिन अब तो पैर जमीन पर पड़ते ही नहीं थे। अब तो दूसरे के पैरों के नीचे से जमीन खींच लेने की ताकत वह खुद में महसूस करने लगे थे।

एक बार उन्होंने किसी प्रिंसिपल से कहा था कि उनके कहे को ब्रह्मा का वाक्य समझो। कह दिया मतलब वह चीज हर हाल में होनी ही है। वो खुद को ब्रह्मा समझने लगे थे, उन्हें अभिमान हो गया था कि वह लोगों की किस्मत बना और बिगाड़ सकते हैं।

मृत्युंजय अपने जिस दोस्त को कभी जानते थे, उसे तो अब सोमदत्त खुद भी नहीं पहचानते थे। वह खुद को असाधारण व्यक्ति मान चुके थे। और असाधारण लोग कब साधारण या आम लोगों का सोचते हैं ? आम लोग सिर्फ इस्तेमाल करने के लिए होते हैं, और उनकी नजर में मृत्युंजय भी ऐसे ही एक आम से व्यक्ति थे।

वो भूल गए कि इस लंबे अंतराल में सोमदत्त और कितना बदल चुके होंगे। बदलते समय के साथ सोमदत्त ने खुद में बहुत बदलाव किए थे, इतने कि वह कब क्या करेंगे खुद नहीं जानते थे। बदलाव ही उनकी पहचान थी।

समय के साथ खुद को बदल लेना उनकी फितरत थी।

लोग उनको पहचानते थे, लेकिन वह जिसको नहीं पहचानना चाहते उसे जानते हुए भी पहचानने से इनकार कर देते थे। वह सिर्फ काम के लोगों को ही याद रखते थे, बेकार और बिना काम के लोग उन्हें याद ही नहीं रहते थे।

आज जब मृत्युंजय बिना बुलाए उनके चेंबर में आए, तो सोमदत्त को उनकी यह धृष्टता बिल्कुल भी नहीं भायी। इसके बाद जो बात उन्होंने कही वह और बुरी लगी। सोमदत्त ने उनको दो टूक जवाब दे दिया, जिसका तात्पर्य था कि उनके लिए अच्छे बच्चों का मतलब अमीरों, नेताओं, मंत्रियों और नामी-गिरामी लोगों के बच्चों से हैं। पढ़ाई में अच्छे बच्चों से उनको कोई मतलब नहीं। इन अच्छे बच्चों के बीच में भिखारियों के बच्चों को पढ़ाना क्यों जरूरी लगता है ? ऐसे बच्चों के कारण माहौल खराब होता है। संपन्न घरों के बच्चों के लिए वह माहौल सही नहीं, गरीब बच्चों को देखकर उन्हें अजीब लगता है। कई बड़े लोगों ने उनसे इस बात को लेकर शिकायत भी की थी। बच्चे असहज महसूस करते हैं। ये अंतर उनको सामान्य नहीं रहने देता। अमीरी के बीच गरीबी को क्यों मिलाना है ?

सोमदत्त का तर्क था, "जिनके पास स्कूल की फीस के लिए भी पैसे नहीं हैं, जिनके पास किताब-कॉपी खरीदने के पैसे नहीं है, ऐसे बच्चे प्राइवेट स्कूल में क्यों पढ़ना चाहते हैं ? सरकारी स्कूल ऐसे ही बच्चों के लिए खोले गए हैं। वैसे भी कालीन पर टाट के पैबंद नहीं लगाए जाते। लोगों को अपनी औकात के हिसाब से सपने देखने चाहिए। जितनी समाज सेवा की जा सकती थी, वो कर चुके थे, अब उस सेवा के बदले कुछ फल पाने का समय आया है।"

सोम लगातार बोलते रहे और मृत्युंजय खड़े होकर चुपचाप सिर्फ सुनते रहे। सब सुनने के बाद, बिना बहस किए कुछ भी बोले, अपना इस्तीफा जो वह साथ लेकर गए थे, टेबल पर रख दिया और फुर्ती से बाहर निकल गए।

उनका इस्तीफा देखकर सोमदत्त को लगा जैसे किसी ने एक जोरदार थप्पड़ उनके गाल पर मारा हो। उनका सिर झन्ना गया। आज ये जो कुछ भी है, मैंने उसे बनाया है, उसकी औकात क्या है जो इस तरह इस्तीफा थमा जाए ? कोई उसे नहीं जानता था। एक कोने में पड़ा था और आज वह उस एहसान को भूलकर मेरे मुँह पर इस्तीफा फेंककर गया है।

दो मिनट को वह तिलमिलाकर रह गए लेकिन फिर उन्होंने खुद को शांत किया। वह जानते थे कि इस समय अगर मृत्युंजय स्कूल छोड़ते हैं तो वह पीड़ित नजर आएँगे और वो अत्याचारी। बच्चे भी उनका साथ हर बात में देते हैं। एक पूरी भीड़ उनका साथ देगी। इससे उनकी बदनामी तो होगी ही, स्कॉलरशिप वाली बात भी बाहर निकलेगी।

सोमदत्त के दिमाग में कई बातें आ रही थीं- 'इस वक्त इस बात का निकलना ठीक नहीं है। मृत्युंजय एक नया लीडर बनकर उभरेगा, विपक्षी इसका फायदा उठा लेंगे। कोई भी स्कूल उसे हाथों-हाथ ले लेगा। उसका नौकरी छोड़ना मेरी बदनामी का सबब बनेगा। लोगों को यह लगेगा कि मैंने अपने फायदे के लिए उसको निकाल दिया।'

अपनी छवि को लेकर वह बहुत ज्यादा सजग थे। पैसा, नाम, शोहरत से मिलने वाले पावर का स्वाद चख चुके थे, बरसो की मेहनत के बाद अब वह राजनीति में उतर रहे थे, इतने प्रयासों के बाद उनको टिकट मिली थी। उनकी एक गलती उनके लिए परेशानी का कारण बन सकती थी।

इसी पैसे और शोहरत का इस्तेमाल करके उनको राजनीति में आगे बढ़ना था। लेकिन मृत्युंजय अब जाने-माने व्यक्ति बन चुके थे। ईमानदार, स्पष्टभाषी और उसूलों के पक्के व्यक्ति के रूप में उसकी पहचान बन चुकी थी। उनकी यह पहचान उन्हें अपने कद को छोटा करती दिखी।

वैसे भी कुछ दिनों से उनका यह पुराना दोस्त उनके लिए चुभने वाला काँटा ही बना हुआ है। जितने का फायदा नहीं उससे ज्यादा नुकसानदायक साबित होने लगा है। उसकी मनमानी भी दिनों दिन बढ़ती जा रही है। हर दो दिन में नया ईमानदारी का भूत उस पर चढ़ता है, अब स्कूल भी अच्छा चल रहा है, एक बार चल जाने के बाद अब कोई भी उसे आराम से चला लेगा और जो कहा जाए वह सुनेगा भी। किसी नए आदमी के तेवर भी ऐसे नहीं रहेंगे।

उन्होंने रणनीति बनानी शुरू कर दी और सोच लिया कि मृत्युंजय की इज्जत खत्म करके ही उसको स्कूल से निकालेंगे। इस तरह निकालेंगे कि यहाँ से निकलने के बाद उन्हें कहीं और काम नहीं मिले। लेकिन अभी समय सही नहीं था, इस वक्त उनका चुप रहना ही उचित होगा।

इस्तीफा देकर गया है, वो नहीं जानता, वो क्या मुझे छोड़ेगा... अब मैं

उसे छोड़ूँगा और ऐसा छोड़ूँगा कि सीधे मुँह के बल नीचे गिरेगा और ऐसा गिरेगा कि उसका सँभालना मुश्किल हो जाएगा। एक अदने-से प्रिंसिपल के कारण मैं अपनी बनी-बनाई छवि से समझौता नहीं कर सकता। मैं उसे उसकी औकात जरूर बताऊँगा।

वह शतरंज के माहिर खिलाड़ी थे। शतरंज की चालों की तरह सोच-समझकर अपने निर्णय को अंजाम देते थे। कहाँ ढाई घर की छलांग लगानी है, कहाँ टेढ़ा चलना है और कहाँ सीधा, वो ये बात अच्छे से जानते थे। वह अच्छे से समझते थे कि शह और मात के लिए सही मोहरे कहाँ और कैसे बैठाने हैं, और चालें कैसी चलनी हैं।

अगले दिन वह सीधे मृत्युंजय के घर पहुँच गए।

अनुमिता ने आश्चर्य के साथ दरवाजा खोला। उसको देखकर वह कभी उससे ज्यादा बात नहीं करते थे। इस बार भी उन्होंने कुछ नहीं कहा और उस पर एक नजर डालते हुए सीधे जाकर अंदर बैठ गए। मृत्युंजय घर पर ही थे। उनको आश्चर्य हुआ कि इस वक्त सोम क्यों आया होगा?

सोमदत्त ने एक नजर घर पर दौड़ाई। फर्श और सब सामान ऐसे चमक रहे थे जैसे बिल्कुल नए हों। उनके घर इतने नौकर-चाकर होने पर भी वैसी सफाई कभी नजर क्यों नहीं आती, फर्श आईने जैसी चमक रही थी। पूरा घर अपने सलीकेदार होने का परिचय करा रहा था, एक कोने में मैडल और शील्ड सजे थे, जो उनकी बेटी जीती थी।

सागौन की लकड़ी का वही बरसों पुराना सोफा आज इतने सालो बाद भी वैसा ही चमक रहा था। क्या यह सचमुच ईमानदारी की चमक है? फिर खुद ही मंद-मंद मुस्कुरा दिए। ईमानदारी कब चमकी है भला? कमरे पर वो सरसरी नजर मार ही रहे थे तभी मृत्युंजय भी आ गए। उन्हें देखते ही अपनी आवाज को विनम्र करते हुए बड़ी शालीनता से वो बोले, "यार, उस दिन तुम सिर्फ मेरी सुनकर चले आए और तुम क्या चाहते थे यह ठीक से बताया भी नहीं, बिना बोले इस्तीफा देकर निकल आए। यह क्या तरीका हुआ दोस्त? आजकल काम के बोझ के कारण बहुत ज्यादा तनाव में रहता हूँ। सही निर्णय लेने की हालत में भी नहीं हूँ, लेकिन तुम तो पुराने दोस्त हो, मुझे सही-गलत बता सकते हो। जानते हो कितना राजनीतिक दबाव इस वक्त मैं झेल रहा हूँ, जो कुछ

चल रहा, मैं तो खुलकर किसी को बता भी नहीं सकता कोई नहीं है जिससे मैं अपनी परेशानियाँ साझा कर सकूँ। तुम्हारी तरफ से निश्चिंत था लेकिन तुमको भी पता नहीं क्या हो गया।" बोलते-बोलते उनकी आँखें भर आईं।

"मैं काम करते-करते थका चुका हूँ। अब यह सब छोड़कर आराम करना चाहता हूँ। भागते-भागते अब तो साँस फूलने लगी है यार अब और नहीं भागना चाहता। रुकना चाहता हूँ।"

वो कॉलेज के पुराने दिनों की याद दिलाने से भी नहीं चूके, "कैसे हम दोनों साथ घूमते थे, भाभी जी कितने प्यार से खाना खिलाती थीं।" पहली बार लगा कि वो कुछ भी पुराना नहीं भूले हैं।

अंत में उन्होंने फिर अपनी दोस्ती का हवाला दिया, वह दोस्ती जिसकी मय्यत उठे अरसा बीत चुका था और वह कब्र में कहाँ दफन थी, शायद ही दोनों में से कोई दोस्त वहाँ तक पहुँच पाता। लेकिन एक कुशल नेता वही होता है जिसकी लच्छेदार बातों में जनता आ जाए। वह जो पाँच साल में कुछ नहीं करता, फिर भी वादे बेहतरीन कर जाता हो, जिसके कारण फिर अगले पाँच साल के लिए उसे चुन लिया जाए- सिर्फ और सिर्फ अपनी बातों की वजह से।

सोमदत्त भी इतने ही माहिर नेता थे, भाषण कला में माहिर, रंग बदलने की कला में माहिर। अच्छे से जानते थे कि मृत्युंजय को प्यार से ही जीता जा सकता है, वह भावुक व्यक्ति हैं।

वो, समय और परिस्थिति के हिसाब से रूप धारण करना जानते थे। उन्होंने फिर अपना रूप बदल डाला।

उनको सोमदत्त में फिर से अपना पुराना दोस्त नजर आया, एक कुशल राजनीतिज्ञ बिजनेसमैन को वो भूल गए और यहीं वह चूक कर गए। सोमदत्त ने उन्हें मिठाई खिलाई और दोस्त के साथ मिलकर खिलखिलाते हुए इस्तीफा फाड़ दिया।

मृत्युंजय इसके बाद शायद हँसना भूलने वाले थे और सिर्फ सोमदत्त का अट्टहास गूँजने वाला था। सोमदत्त की हँसी कितनी घातक थी, यह बात वो समझ ही नहीं पाए... कि शायद आगे कभी, इसके बाद ऐसे ठहाके लगाने लायक वो बचेंगे भी या नहीं!

वो एक बार फिर भावुकता में बह गए।

13

पतझड़ के आते ही जमीन पर गिरते सूखे पीले पत्ते और तेज चलती खुश्क हवाएँ स्कूल की परीक्षाओं का समय नजदीक आने का संकेत हर साल की तरह इस साल भी लेकर आई थी।

आम में वृक्षों में लगे बौर को तेज आँधियाँ बीच-बीच में आकर जाँच लिया करतीं कि उनकी तैयारी कैसी है। जो मजबूत होंगे वो ही ठहरेंगे, कमजोर टूटकर खुद नीचे गिर जाएँगे।

बेहतरीन परिणाम कोयल की कूक की तरह गूँज जाते, जिन्हें हर कोई सुनने को लालायित दिखता और उसके बाद बारिश की फुहार नई कक्षा में जाने का संदेश लेकर आती।

यह समय स्कूल की गर्मी की छुट्टी का खत्म होकर वापस फिर से स्कूल शुरू हो जाने का वक्त होता।

इस साल कार्तिक ने नौंवी की परीक्षा दी थी। उसका पीईटी का रिजल्ट आ गया था, जिसमें वह सिलेक्ट हो गई थी। काफी समय के बाद पापा बहुत ज्यादा खुश नजर आ रहे थे। घर में खुशी का माहौल था। सब कुछ अच्छा होता दिख रहा था।

तब इतने प्राइवेट इंजीनियरिंग कॉलेज नहीं थे। पीईटी की परीक्षा पास करना बहुत बड़ी बात मानी जाती थी। उसके सिलेक्शन को लेकर उसके साथ-साथ बाकी सभी भी बेहद खुश थे।

दो महीने की लंबी छुट्टी के बाद स्कूल दोबारा शुरू हो रहे थे। आज स्कूल का पहला दिन था। पापा अभी तैयार ही हो रहे थे कि अचानक स्कूल से फोन आया। सुबह-सुबह पहली खबर मिली, स्कूल के किसी बच्चे का मर्डर हो गया है, उसकी लाश स्कूल के बाथरूम में पड़ी है। बच्चा गरीब परिवार से था और कार्तिक की क्लास में ही पढ़ता था। दोपहर होते तक यह बात पूरे शहर में आग की तरह फैल गई थी। हर कोई इसी की चर्चा कर रहा था। ये

बहुत बड़ी घटना थी। स्कूल का नाम ज्यादा था, इसलिए घटना के प्रति लोगों में रुचि भी ज्यादा थी।

इतने दिनों में स्कूल में आज पहली बार पुलिस आई थी। उनकी जाँच, पूछताछ शुरू हो गई। उन्होंने सबसे पहले पापा से पूछा, "आपको किसी पर शक है?" उनको ऐसा कुछ भी समझ में नहीं आया कि किस पर शक किया जाए। आज पहला दिन तो था। इतने दिनों से स्कूल बंद था, बच्चे आ ही नहीं रहे थे तो किस पर शक होता?

लेकिन बुरा समय जब आता है, तो सिर्फ एक घटना नहीं हर तरफ से बुरा ही सुनने वाली घटनाएँ होती जाती हैं। यह घटना अभी चल ही रही थी कि अगले ही दिन स्कूल बस का एक्सीडेंट भी हो गया। हालाँकि किसी बच्चे को ज्यादा चोट नहीं आई, लेकिन ये दोनों खबरें अगले दिन के अखबार में प्रमुखता से पहले पन्ने पर छपीं। खबरों में उनको लापरवाह और गैर जिम्मेदार प्रिंसिपल बताया गया। इन खबरों के छपते ही लोगों की सोच भी उनके प्रति अचानक बदल गई। जो लोग रात-दिन उनकी ईमानदारी की बातें करते थे, उनको भी अब उनके विरोध में बातें करते हुए सुना गया। कुछ लोग प्रिंसिपल के इस्तीफे की माँग करते सुनाई दिए, मानो हर कोई उनकी एक गलती के इंतजार में था।

मीडिया एक घटना से व्यक्ति का पूरा चरित्र छलनी कर सकता है। वो लोगों की सोच बदल सकता है, उसमें ये ताकत होती है। रोज उनके बारे में नकारात्मक खबरें छपनी शुरू हो गईं। ये बताया गया कि गरीब बच्चों की सीट उन्होंने बेचकर पैसे बनाए, स्कॉलरशिप का पैसा हड़प गए रोज एक नकारात्मक बात उनके बारे में छपती। ऐसा लगा कि स्कूल से ज्यादा जरूरी कोई दूसरी खबर ही नहीं है। उनकी जीवनभर की मेहनत को भूलकर लोग सिर्फ एक घटना से उनके पूरे चरित्र का आकलन करने लगे थे। जितने लोग उतनी तरह की बातें सुनने को मिल रही थीं।

जाँच अपने हिसाब से चल रही थी, किस दिशा में जा रही थी, कुछ समझ में नहीं आ रहा था। पुलिस अलग ही तरह से चल रही थी। ना जाने क्यों पुलिसवाले पापा के बारे में ही सबसे पूछताछ कर रहे थे। मानो उन्होंने ही उस बच्चे का खून किया हो। कुछ भी समझ में नहीं आ रहा था, एक के

बाद एक घटनाएँ घटती जा रही थीं। एक दिन पहले ही उसके रिजल्ट से जो घर में खुशी लौटी थी वह ज्यादा देर टिक नहीं सकी। पल भर की खुशी आई लेकिन उससे कही लंबा और बुरा वक्त सामने आकर खड़ा हो गया, जो जल्दी बीत ही नहीं रहा था। उसका स्कूल तो खत्म हो गया था, वो लगातार घर पर ही थी। अखबार में आलोचना रोज छप रही थी लेकिन उससे अगले दिन हद हो गई जब पापा के खिलाफ लोग सड़क पर उतर आए। नारेबाजी होने लगी, जुलूस निकाले जाने लगे। स्कूल के बाहर प्रदर्शन शुरू हो गया। इस पूरे प्रकरण में जिसकी अभी जाँच चल ही रही थी, लोग फैसला दे चुके थे। पापा को कसूरवार मानते हुए उनकी गिरफ्तारी की माँग भी करने लगे, क्योंकि उनकी स्कूल की बस का एक्सीडेंट हुआ था।

इसलिए वो कसूरवार थे, ये हर कोई मान चुका था, हर कोई जज की भूमिका में था। कोई भी सड़क दुर्घटना दो लोगों की गलती से होती है, जब दोनों तरफ से लापरवाही होती है। एक भी सावधान रहे तो शायद ऐसी घटना कभी ना हो। लेकिन इस घटना में किसकी गलती निकाली जाए? उस जानवर की जिसके चलने के लिए सड़क नहीं है फिर भी वो सड़क पर थी?

ड्राइवर ने सामने से आती हुई गाय को बचाने के लिए तेज चलती गाड़ी में ब्रेक लगाया था। लेकिन उस घटना को जिस तरह अखबारों में पेश किया गया वो अलग ही कहानी थी। किसी ने ड्राइवर को शराबी बताया, किसी ने क्रिमिनल। कई तरह की थ्योरी पेश की गई। दबी जुबान में लोग रोज नई साजिशों की बात आकर बता जाते थे। कुछ लोगों ने उन्हें खूनी मान लिया था।

इस सबके पीछे कोई था, जो उस आक्रोश को हवा दे रहा था और लोगों में गुस्सा पैदा कर रहा था। लोग बार-बार इन सबके पीछे सोमदत्त अंकल का होना बता रहे थे, लेकिन पापा इस बात पर भरोसा नहीं कर पा रहे थे। समझ ही नहीं आ रहा था कि कौन दुश्मन है और कौन दोस्त।

उनके अब तक के जीवन में ऐसी घटना घटी नहीं थी कि लोग उन पर उँगली उठा सकें। उनको बिल्कुल समझ नहीं आ रहा था कि इस समय वह क्या करें? वह हमेशा अपना काम पूरी ईमानदारी से करते आए थे, सोम अंकल के बारे में लगातार चलती अफवाहों और सुनी-सुनाई बातों पर उन्होंने कभी ध्यान नहीं दिया था।

वह ऐसे शांत हो गए थे, मानो अब उनके हाथ कुछ भी नहीं है। उन्होंने सब कुछ ईश्वर पर छोड़ दिया। मम्मी मंदिरों के चक्कर लगा रही थी, उसका पूजा-पाठ बढ़ गया था। कार्तिक स्कूल नहीं जाना चाहता था, वह स्कूल जाने से कतराने लगा था। उसने बताया कि स्कूल के बच्चे पापा के बारे में ऊटपटाँग बोलते हैं वो अब उस स्कूल में कभी भी नहीं पढ़ेगा।

कब क्या हो जाए, कोई सोच नहीं सकता। सब कुछ बहुत अस्थिर है। पल भर का पता नहीं होता और लोग भविष्य के सपने बुनते रहते हैं। मान को अपमान में बदलते, लोगों की नजरें बदलते समय नहीं लगता। बस एक घटना होते ही लोगों का नजरिया बदल जाता है।

लेकिन अभी तो और बुरा होना था... और उस दिन अचानक पुलिस उनके घर पहुँच गई। रविवार का दिन था, सब घर पर ही थे। वो गमले में पानी डाल रही थी, पापा अखबार पढ़ रहे थे। एक जीप आकर रुकी। तीन पुलिसवाले उस जीप से उतरे और दरवाजे के बाहर से ही पूछा, "कार्तिक शर्मा का घर यही है।"

उसने हाँ कहा। इतना सुनते ही वो तीनों अंदर आ गए, एक ने उसको ऊपर से नीचे तक देखा और पूछा, "आपका क्या लगता है वह?"

"भाई है मेरा।"

पापा अखबार छोड़कर पुलिसवाले के सामने आकर खड़े ही हुए थे, तभी कार्तिक दरवाजे से बाहर आया, यह देखने के लिए कि कौन आया है। उसको देखते ही तीनों पुलिसवाले उसकी तरफ लपके, "अरे ये आप क्या कर रहे हैं?"

"मृत्युंजय शर्मा, यही नाम है न आपका? यह आपका बेटा है न?"

पापा के हाँ कहते ही एक पुलिसवाले ने कार्तिक का हाथ पकड़ा और बोला, "हमारे साथ चलो, कुछ पूछताछ करनी है तुमसे।"

पापा ने पूछा, "कहाँ ले जा रहे हैं?"

"कुछ जरूरी पूछताछ करनी है इससे।" थाने का नाम बताते हुए कहा कि आप भी पीछे से आ जाइए।

पापा और उसको कुछ समझ ही नहीं आया, "आखिर कार्तिक से कौन-सी पूछताछ करनी है? क्या पूछना है किसलिए ले जा रहे हैं कुछ तो बताइए?"

पूछने पर भी उन्होंने इससे ज्यादा कुछ नहीं बताया।

पापा ने तुरंत सोमदत्त अंकल के घर पर फोन किया। अंकल घर पर नहीं थे, सिद्धांत ने फोन उठाया। सुनते ही वह तुरंत कार लेकर आ गया, बाहर ही खड़े पापा उसका इंतजार कर रहे थे, आते ही वो पापा को लेकर चला गया। सुबह के गए, शाम होने को आई थी। लेकिन कुछ भी पता नहीं था। कैसे पता चले कहाँ हैं? इतनी देर से गए हुए थे दोनों लेकिन किसी की कोई खबर नहीं थी।

घर पर मम्मी रोए जा रही थी और वो आँसू रोके सबका इंतजार करती बैठी थी। इतनी देर में कोई भी कम से कम एक फोन तो कर देता!

सात बजे के करीब अचानक फोन बजा। पापा के जाने के बाद से वो फोन के पास से हिली भी नहीं थी, उसने झट से फोन उठा लिया। उधर से सिद्धांत की आवाज आई। उसने हॉस्पिटल का नाम बताया और बोला, "अनु, तुम मम्मी को लेकर सीधे यहाँ आ जाओ।" उसकी आवाज से घबराहट साफ झलक रही थी। कुछ पूछती उससे पहले उसने फोन काट दिया।

वो तुरंत स्कूटी निकाली और मम्मी को लेकर अस्पताल की तरफ निकल गई। पूरे रास्ते दोनों ने कोई बात नहीं की, दोनों अपने-अपने अनजाने डर से जूझ रही थीं। क्या हुआ होगा? कार्तिक ठीक तो होगा? आखिर अस्पताल क्यों बुलाया है? सिद्धांत ने पूरी बात नहीं बताई थी, आधी बात सुनकर दोनों की चिंता और बढ़ गई थी।

अस्पताल के बाहर ही हैरान-परेशान-सा सिद्धांत मिल गया, उसे कुछ दवाइयाँ लाने नीचे भेजा गया था। देखते ही वो आया, "डॉक्टर अंकल का चेकअप कर रहे हैं।"

सुनते ही मम्मी बदहवास-सी हो गई। सिद्धांत को पकड़कर जोर से पूछा, "वह अभी कहाँ हैं? क्या हुआ उनको?"

"थाने में बेहोश हो गए थे।" बस सिद्धांत इतना ही बोल पाया।

अभी तक डॉक्टर ने कुछ बताया नहीं था, अभी भी चेकअप चल ही रहा था। मम्मी एक जगह डरी सहमी हुई बैठी थी। लगातार आँसू बह रहे थे, वह कुछ बोल नहीं पा रही थी बस आँसू झर-झर बह रहे थे जिसे वो चुपचाप पोछती जा रही थी।

कार्तिक मम्मी का लाडला था, इतना बड़ा होने पर भी कई बार मम्मी के हाथ से ही खाना खाता था। जब तक खा नहीं लेता था, मम्मी को चैन नहीं आता था। लेकिन जब से मम्मी ने पापा का सुना, वह कार्तिक को तो जैसे भूल ही गई थी। वो मम्मी के पास ही बैठ गई। तभी सिद्धांत ने धीरे से बताया कि पुलिसवाले कार्तिक को नहीं छोड़ रहे, उसे रिमांड में ले रहे। उस पर मर्डर का चार्ज लगाया है।

वह चौंक गई, "कार्तिक और मर्डर! वह तो बच्चा है, इतना सीधा-सादा, वह यह सब नहीं कर सकता।" वह लगभग चीखते हुए बोली।

सिद्धांत ने उसे शांत करवाते हुए धीरे से कहा, "जानता हूँ। अभी आंटी को ये मत बताओ। अंकल को लेकर ऐसे ही परेशान हैं।"

मम्मी की तरफ देखी तो वो आँख बंद किए जाप कर रही थीं। उन्होंने कुछ नहीं सुना। वो दोनों उनके पास से थोड़ा दूर हटकर बातें करने लगे।

"लेकिन मर्डर जैसा चार्ज उस पर कैसे लगा सकते हैं? उसने तो कुछ किया ही नहीं है, उसकी किसी से क्या दुश्मनी कि वह किसी का मर्डर कर देगा, कोई वजह तो होनी चाहिए?" सिद्धांत चुप हो गया, नहीं बताया कि उस हत्या की वजह पुलिस के अनुसार अनुमिता को बनाया गया है, कैसे बताता?

बात चल ही रही थी कि डॉक्टर मम्मी के पास आकर बोला, "पेशेंट अभी ठीक है। बहुत तनाव के कारण शायद ऐसा हुआ है। ईसीजी में कुछ गड़बड़ तो नहीं आई है। फिलहाल इनको एडमिट करके कुछ टेस्ट और करने पड़ेंगे। सभी रिपोर्ट आने के बाद ही कुछ पता चलेगा। कोई रिस्क लेना सही नहीं है। बीपी और शुगर बहुत बढ़ा हुआ है, उसे कंट्रोल करना भी जरूरी है। वैसे चिंता की कोई बात नहीं है।"

"पेशेंट को जल्दी ही रूम में शिफ्ट कर रहे हैं, थोड़ी देर में आप लोग उनसे मिल सकते हैं। सारे टेस्ट कल होंगे, सब ठीक-ठाक रहा तो एक-दो दिन में छुट्टी हो जाएगी।"

डॉक्टर की बात सुनकर सबको थोड़ी राहत तो मिल गई, लेकिन सारे टेस्ट कल होने थे।

सुबह से पापा और सिद्धांत निकले थे। किसी ने खाना खाया या नहीं यह तक पूछने वाला कोई नहीं था। सबके मुँह सूखे थे और चेहरे पर चिंताओं की

लकीरें दिख रही थीं। भूख-प्यास सबकी मर चुकी थी।

"मैं अभी वकील के पास जा रहा हूँ। तुम लोगों का इंतजार ही कर रहा था कि अंकल के पास कोई आ जाए तो मैं निकलूँ। बेल के लिए एप्लाई करना होगा। उसके लिए वकील अच्छा होना चाहिए।" उसने उसकी तरफ देखकर कहा, "मैं अभी निकलता हूँ, अब यहाँ तुम सब सँभाल लेना।"

बोलकर वो तेजी से चला गया।

थोड़ी देर के बाद पापा को कमरे में लाया गया। उनको देखकर थोड़ा सुकून मिला।

एक ही दिन में कितने दुबले लगने लगे थे। अचानक जैसे उनकी उम्र बढ़ गई हो। झुके कंधे और मुरझाया चेहरा... वो एकदम बूढ़े-से लगे। उसने कभी पापा को इतना हताश नहीं देखा था। सामने मम्मी और उसे खड़े देखकर उनकी आँखें डबडबा गईं। उन्होंने अपने आँसुओं को छिपाने के लिए चेहरा दूसरी तरफ कर लिया। एक ही दिन में सुबह से शाम तक के तनाव के कारण उनका चेहरा पीला-सा पड़ गया था। उसने मन-ही-मन इतनी देर में पहली बार भगवान को याद किया, "हे ईश्वर! इनको कुछ नहीं होना चाहिए।"

रात में अस्पताल से खाना आया। वो उनको खिलाने की कोशिश कर रही थी, लेकिन वह बिल्कुल भी नहीं खा रहे थे। बड़ी मुश्किल से एक-दो कौर खाकर उन्होंने और खाने से इनकार कर दिया।

उसे याद आया, कैसे वह बैठ जाती थी, पापा की थाली में उनके साथ खाना खाने। वो उसे बड़े प्यार से खिलाते थे। मम्मी उसके लिए अलग थाली लगाती भी तो पापा मना कर देते। आज वह लाचार पड़े थे और वो उनको थोड़ा-सा खिलाने का भरसक प्रयास कर रही थी। पापा का ये कहने पर कि-'पता नहीं तेरे भाई को सुबह से पानी भी मिला कि नहीं', उसके हाथ रुक गए, वह चाहकर भी खाने को लेकर कोई जबरदस्ती फिर नहीं कर सकी।

चमकता, गोरा चेहरा फीका-सा दिख रहा था। हाथों में सलाइन लगी हुई थी, गिरने के कारण माथे और हाथ पर जगह जगह काले-नीले से चोट के निशान और खरोंचें दिख रही थीं।

उसने प्यार से पापा का हाथ अपने हाथ में लिया और बोली, "पापा, सब ठीक हो जाएगा।"

पापा के सब्र का बाँध जैसे टूट गया। उसे पकड़ के फूट-फूटकर रोने लगे। कहने लगे, "तेरे भाई पर मर्डर का चार्ज लगा रहे हैं, उसको जेल हो जाएगी। वो बर्बाद हो जाएगा। इतना छोटा है कैसे जेल के अत्याचार सहेगा? शातिर बदमाश तो है नहीं। घर से अकेले तेरे बिना तो वो कहीं जाता भी नहीं था, अँधेरे से डरता था, कैसे रहेगा वहाँ पर! आज तक इज्जत के अलावा मेरे पास कुछ नहीं था, अब वह भी नहीं रही।"

उसने पापा को ऐसे रोते कभी नहीं देखा था, कैसे क्या बोलकर उनको शांत करे उसे समझ ही नहीं आ रहा था। मम्मी पास बैठी उनका सिर सहलाने लगी और वे दोनों काफी देर तक लगातार रोते रहे।

आखिरकार उसने अपने मन को कड़ा करके थोड़ा साहस बटोरकर कहा, "पापा, आप जानते हैं कार्तिक निर्दोष है। इज्जत-बेइज्जती क्या होती है? हौसला रखिए, हमको लड़ना है। आप ऐसे टूट जाएँगे तो कार्तिक का क्या होगा? उसे छुड़ाना भी है इसलिए आपको जल्दी ठीक होना है। इस तरह कमजोर मत बनिए। सब ठीक हो जाएगा। हम लोग मिलकर उसे छुड़ा लेंगे। ज्यादा दिन वो वहाँ नहीं रहेगा।"

जब परिस्थितियाँ हमारे विरोध में हों, कुछ भी हमारे हाथ में न रहे और कुछ समझ नहीं आए, जब हालात अपने हिसाब से बहा ले जा रहे हों, तो हम खुद को और दूसरे को सांत्वना देने के लिए हमेशा कुछ गिने-चुने शब्दों का ही सहारा लेते हैं। क्योंकि और कुछ बोलने को होता ही नहीं, तब शब्दों का अकाल पड़ जाता है, जब उनकी सबसे ज्यादा जरूरत होती है। मात्र यही बोलने को होता है कि सब ठीक हो जाएगा। यह बोलकर हम सबसे पहले शायद खुद को आश्वासन देते हैं। अपने को यकीन दिलाने की कोशिश करते हैं कि यह बुरा समय भी बीत जाएगा। समय हमेशा एक-सा नहीं होता, अच्छा समय भी हमेशा नहीं रहता, तो बुरा समय भी नहीं रहेगा। कुछ तय वाक्य ही सांत्वना का काम करते हैं। और वही शब्द हम बार-बार दोहराते हैं।

चूँकि अस्पताल में एक ही सदस्य रुक सकता था, तो मम्मी वहाँ रुकी और अनुमिता को अकेले घर जाना पड़ा। वो अकेले उस खाली घर में जाना नहीं चाहती थी। कार्तिक को सबसे ज्यादा वो ही डाँटती रहती थी और इस वक्त उसे भाई की सबसे ज्यादा याद आ रही थी।

लेकिन घर तो जाना ही था। नाश्ता और मम्मी के कपड़े, ब्रश-मंजन वगैरह लेकर सुबह अस्पताल पहुँचना था। उसने मम्मी को ढाढ़स बँधाया। मम्मी छोटे बच्चे की तरह डरी-सहमी हुई उसकी सब बातें सुन रही थी और मानती जा रही थी। कुछ बोल नहीं रही थी।

वो भारी मन से अस्पताल से निकली। घर पहुँची तो वहाँ अँधेरा पसरा था। अजीब-सी मनहूसियत चारों तरफ फैली हुई थी, उसका घर जो हमेशा हँसता-खेलता रहता था, आज सूना पड़ा हुआ था। बाहर से देखकर ही उसे घर के अंदर घुसने का मन ही नहीं हुआ। अंदर घुसते ही सारे खिड़की-दरवाजे उसने बंद कर लिए। सुबह का नाश्ता डाइनिंग टेबल पर वैसे का वैसे पड़ा था। रविवार के दिन अक्सर मम्मी कुछ खास नाश्ता सुबह-सुबह बनाया करती, क्योंकि छुट्टी के दिन सब घर में इत्मीनान से होते थे, किसी को कहीं जाने की जल्दी नहीं होती थी। लेकिन आज सुबह से जो कुछ हुआ, उसके बाद सबकी भूख ही मर गई थी।

घर में घुसते ही अजीब-सी उमस महसूस हो रही थी, वह पसीने-पसीने हो रही थी। अब तक तो उसने खुद को मजबूत बनाए रखा था, लेकिन अब उसे डर लग रहा था। वो बाथरूम में गई और दरवाजा बंद करके खूब जोर-जोर से चिल्लाकर रो ली। उसकी आवाज सुनने वाला आस-पास कोई नहीं था। सुबह से अपने आँसुओं को मम्मी-पापा के सामने निकलने नहीं दे रही थी। उनके सामने खुद को मजबूत दिखा रही थी। अपनों के सामने मजबूत बनते हुए अपने जज्बात को रोककर वह खुद से ही जूझ रही थी। उन भावनाओं को छलकने ना देकर, उनको रोकने के लिए जो ताकत उसने लगाई थी, कहीं ना कहीं वह अंदर से उसे तोड़ रही थी। जज्बात को छुपा लेने से बेहतर है उन्हें खुलकर दिखा देना। जाने क्यों यह बात उसे कभी समझ नहीं आई।

घर आकर वहाँ के सूनेपन और खालीपन का साथ पाकर उसने अपने आँसुओं को बहने दिया। उसका सिर दर्द से फटा जा रहा था। देर तक रोने के बाद वह नहाकर बाहर आई। टेबल साफ कर रही थी, तभी फोन की घंटी फिर बजी। रात के 11:45 बजे थे। इतनी रात में किसका फोन हो सकता है? दो मिनट को किसी अनिष्ट की आशंका से उसका मन घिर गया। उसने डरते हुए फोन उठाया।

फोन सिद्धांत का था। सबसे पहले उसने पूछा, "तुम ठीक से घर पहुँच गईं?" फिर उसने बताया, "अभी वकील के पास से निकला हूँ, बात हो गई है। पुलिस को तीन दिन की रिमांड मिली है। चार्जशीट पेश करेंगे तो हम बेल के लिए बात करेंगे।"

यह बताने के बाद उसने पूछा, "अंकल कैसे हैं?"

"ठीक हैं।"

दोनों के पास इससे ज्यादा बात करने को कुछ था भी नहीं, ना ही इससे ज्यादा बात करने का किसी का मन था। सिद्धांत ने ओके कहा और फोन रख दिया।

वह बिस्तर पर लेट तो गई लेकिन नींद आँखों से कोसों दूर थी। पापा, कार्तिक, मम्मी... सबके चेहरे उसकी आँखों के सामने घूमने लगे। कार्तिक अकेला खड़ा उसे पुकार रहा है, वो उसे ढूँढ रही है, पानी बह रहा है कि खून है ये? कार्तिक दिख क्यों नहीं रहा, वह भाग क्यों रहा है और वो तेज आवाज देते हुए उसके पीछे दौड़ रही है। तभी अलार्म बज उठा और वह हड़बड़ाकर उठ गई।

समझ नहीं आया कि नींद में थी या जागते हुए ही पूरी रात सोचते-सोचते उसने बिता दी। उठते ही पराठा और आलू की सब्जी फटाफट बनाई मम्मी का सब सामान रखा और सुबह-सुबह 7 बजे सब लेकर वह घर से अस्पताल के लिए निकल गई।

मम्मी ने पापा को नाश्ता करवा दिया था। वह अस्पताल पहुँची तो उसे फीस के लिए अकाउंट सेक्शन में बुलाया गया। वह जब नीचे से लौटी तब तक सिद्धांत भी आ गया था। उसने बताया, "मैं कार्तिक के पास जा रहा हूँ, आप दोनों में से जिसे चलना है, चल सकता है।" सुनते ही मम्मी ने कहा कि वह जाएगी।

मम्मी और सिद्धांत चले गए। वो पापा के पास अस्पताल में ही रुक गई।

पापा अस्पताल में भी बिल्कुल चुप ही थे। उसको कुछ सूझ नहीं रहा था कि वह उनसे क्या बात करे? वैसे तो दोनों काफी बातें करते थे, लेकिन पिछले कुछ अरसे से उनमें बहुत कम बातें होती थीं। दोनों शांत थे, दोनों को कुछ सूझा नहीं। एक वीरानी चुप्पी अस्पताल के कमरे में देर तक पसरी रही।

बस घड़ी की टिक-टिक उसे लगातार सुनाई दे रही थी।

पापा आँखे बंद कर लेटे रहते थे वो जाग रहे, या सो रहे थे पता नहीं चलता। सिद्धांत ने बताया था कि उस दिन जब पापा के साथ वह थाने पहुँचा था, तो उन्होंने सिर्फ इतना कहा था, "इंस्पेक्टर साहब, कार्तिक ऐसा नहीं कर सकता।" तब इंस्पेक्टर ने बड़ी बेरुखी से जवाब दिया था, "हर बाप को यही लगता है कि उसका बेटा बड़ा शरीफ है, वो ऐसा नहीं कर सकता, लेकिन लड़के पर नजर तो रखनी चाहिए थी प्रिंसिपल साहब। और आपको शर्म नहीं आती, चार जगह से फोन करवा रहे हैं, लड़के को छुड़वाने के लिए। आपकी हरकतें मुझे बिल्कुल पसंद नहीं आ रही हैं, हम तो सोचते थे अच्छे आदमी हो, लेकिन आप तो बेहद घटिया निकले। अब आपके बेटे और आप की कारस्तानी तो सब देखेंगे। सबको पता चलना चाहिए आप क्या हो!"

जिस तरीके से इंस्पेक्टर ने उनसे बात की थी, उनका चेहरा काला पड़ गया था। और फिर बहुत मिन्नतें करने के बाद इंस्पेक्टर ने कार्तिक से मिलने के लिए बड़ी मुश्किल से सिर्फ पाँच मिनट दिए। कार्तिक के चेहरे का डर साफ दिख रहा था, उसके कपड़ों पर धूल लगी थी। सहमे-से उसने बताया कि उसे पुलिसवालों ने पीटा था। जख्म दिखाते हुए वह रो पड़ा। लगभग गिड़गिड़ाते हुए उसने तुम्हारे पापा से कहा, "कैसे भी करके आप मुझे यहाँ से निकालिए, मैंने कुछ नहीं किया है। पुलिसवाले कह रहे हैं कि जो बोला जाए सब कबूल कर ले, वरना तेरे बाप को भी जेल के अंदर डाल देंगे।" अंकल ने कार्तिक के जख्म पर हाथ फिराया। कुछ बोले नहीं। बाहर आकर वहीं बैठ गए, फिर थोड़ी देर में बेहोश होकर गिर पड़े।

पापा का कुछ ना बोलना और अंदर-अंदर घुलना वह समझ रही थी। कुछ लोगों की आदत होती है दुखी होने पर अपना दुख व्यक्त कर लेते हैं, आँसू बहा लेते हैं, सबसे बोल लेते हैं... और कुछ लोग किसी से कुछ नहीं बोलना चाहते, चुप हो जाते हैं, बिल्कुल शांत! वो खुद में खो जाते हैं।

ऐसा नहीं था कि पापा को किसी ने कभी याद नहीं दिलाया कि उन्हें स्कूल छोड़ देना चाहिए, लेकिन पापा स्कूल में पूरी तरह रम गए थे, अपने काम को एंजॉय कर रहे थे। उनको सब कुछ ठीक लग रहा था। मम्मी ने कई बार इशारा किया, लेकिन पापा बहुत ही निराशाजनक ढंग से जवाब दे देते थे

कि नौकरी कब कहाँ की आसान होती है, हर जगह काम करना कठिन है। इस तरह उन्होंने नौकरी तो नहीं छोड़ी... लेकिन उनको निकाल दिया गया।

लोगों के आक्रोश और प्रदर्शनों का हवाला देकर सोम अंकल ने पापा को इशारा कर दिया कि अभी वह कुछ दिन घर पर बैठें, उनका स्कूल आना ठीक नहीं होगा। लेकिन पापा की जान-पहचान के लोग उन्हें बता रहे थे कि अगले दिन से ही वहाँ नया प्रिंसिपल आ चुका था।

पापा सोमदत्त अंकल को दोस्त समझते रह गए, जबकि वह हमेशा से बहुत अच्छे बिजनेसमैन ही थे, जिन्होंने अपने नफा-नुकसान के गणित से ज्यादा किसी भी चीज को कभी समझा ही नहीं... जिनके लिए सबसे ज्यादा अहमियत मुनाफे की थी। यही सब बाते सोचते-सोचते उसको हलकी झपकी आ गई।

तभी मम्मी सिद्धांत के साथ कमरे में दाखिल हुईं। देखकर ही समझ आ रहा था कि कार्तिक से मिलकर खूब रोई हैं लेकिन उन्होंने अस्पताल में कार्तिक की कोई बात नहीं की। मम्मी कार्तिक से मिलकर सीधे घर चली गई थीं और अपने साथ खाना बनाकर लेकर आई थीं। सिद्धांत ने खाना खाते ही कहा, "आंटी जी आपके हाथ में जादू है, आप जैसा खाना कोई नहीं बना सकता।" सुनकर मम्मी ने एक फीकी मुस्कान अपने होंठों पर लाने का प्रयास किया, लेकिन असफल रहीं। सबको समझ आ रहा था कि वो सिर्फ तनाव कम करने और मम्मी को बहलाने के लिए कुछ बातें कर रहा है।

सिद्धांत ने वकील से हुई सारी बातें पापा को समझा दीं। वकील की बातों से एक उम्मीद बँधी थी कि बेल मिलने में शायद दिक्कत ना हो। शाम तक पापा की रिपोर्ट भी नॉर्मल आ गई थी, डॉक्टर ने बता दिया था कि कल इनको अस्पताल से छुट्टी मिल जाएगी।

पापा अस्पताल से घर आए, तो उनसे मिलने-जुलने वालों का ताँता लग गया। कोई सोमदत्त अंकल का विरोधी गुट था जो उनका साथ देना चाहता था। पापा ने सबसे हाथ जोड़े, कहा, "ये हमारी अपनी लड़ाई है। इसे हम अपने तरीके से लड़ लेंगे, किसी भी तरह की नेतागीरी की जरूरत नहीं है।" रोज ही मिलने-जुलने वाले लोग बिन माँगे सलाह देकर जा रहे थे।

इस एक घटना के बाद लोगों का ध्यान उसके बालों से लेकर उसके

कपड़ों तक, सब पर चला गया। स्कूल में थी तो भी उसके छोटे बाल ही थे। तब भी स्कूटर चलाती थी, मुंबई की सड़कों पर और छोटे कपड़े भी पहनती थी, लेकिन तब कोई उसे जज नहीं करता था। कारण शायद यह रहा हो कि पढ़ने में होशियार थी या कोई ऐसी घटना नहीं घटी थी तब तक। लेकिन अब हर छोटी-छोटी चीजों पर लोग गौर कर रहे थे।

पहले हर कोई मम्मी से दोनों बच्चों की तारीफ ही करता था, लेकिन एक हादसे से लोगों की बदली हुई मानसिकता दिखने लगी और समझ भी आने लगी। बगल वाली त्यागी आंटी मम्मी को समझा रही थी, "बाल उड़ा के स्कूटर पर घूमती रहती थी। अभी तक सब चलता था, हमको तो छोटी ही लगती थी, लेकिन बहन जी, जब इतना बड़ा हादसा हो गया तो अब आप भी सँभल जाइए। कल को कॉलेज जाएगी, बाल तो बढ़वा ही दीजिए।" पूरी घटना का इल्जाम उसके बालों पर लगाकर अभी-अभी आंटी गई थीं।

चौबे अंकल आकर पापा को सांत्वना देना तो दूर, हिदायत देने लगे, "कार्तिक से ज्यादा अनुमिता की बदनामी की चिंता कीजिए शर्मा जी! कार्तिक ने क्या किया लोग भूल जाएँगे, लेकिन इस सबसे जो बदनामी बिटिया की हुई है, उसके बाद आगे बहुत मुश्किल होने वाली है आपके लिए।"

अनुमिता की इच्छा हो रही थी कि पापा-मम्मी के बदले वही कुछ बोल दे, परंतु जो कुछ हुआ था, उसके बाद किस-किसको चुप कराया जाता, सभी तो बोल रहे थे।

सबसे ज्यादा आश्चर्य उसे त्रिपाठी आंटी को लेकर हुआ। आंटी ने कोई गलत प्रतिक्रिया नहीं दी, उल्टे उन्हें समझाया कि लोग तो कुछ भी बोलते हैं, लोगों की बातों पर ज्यादा ध्यान मत दीजिए। आज तक वह आंटी को गलत और बाकी सबको सही समझती आई थी, लेकिन पहली बार उसे लगा कि लोग बनते कुछ हैं और होते कुछ और हैं।

14

स्कूल में मर्डर बहुत बड़ी घटना थी। कैसे हुआ, क्या हुआ सब सोच ही रहे थे कि कार्तिक को अचानक पुलिस ने पकड़ लिया और सीधे उस पर मर्डर का चार्ज लगा दिया। हत्या का कारण अनु का उस लड़के से अफेयर बताया गया। पुलिस ने जिस तरीके से काम किया था उससे समझ आ रहा था कि बिना सोचे-समझे केस बना दिया गया है, जिसमें कोई दम नहीं था। कहा गया कि भाई उसी स्कूल में था, उसे सब चिढ़ाते थे। उसकी बहन को लेकर उल्टा-सीधा बोलते थे, भाई को बर्दाश्त नहीं हुआ बहन का अफेयर तो उसने मर्डर कर दिया।

क्या स्टोरी बनाई गई थी! नौंवी कक्षा में पढ़ने वाले बच्चों को मास्टरमाइंड बनाकर पेश कर दिया गया। अनुमिता इंजीनियरिंग कॉलेज में एडमिशन ले रही थी, वो गर्ल्स स्कूल में पढ़ती थी। उसका अफेयर नौंवी क्लास के लड़के के साथ बताया गया। कुछ भी मनगढ़ंत कहानी बना दी गई और कार्तिक को जेल भेज दिया गया।

देखते ही देखते यह घटना अखबारों की सुर्खी बन गई। पूरे परिवार की बदनामी में कहीं कोई कसर नहीं छूटी थी।

पापा ने मौके की नजाकत बताते हुए अपनी मजबूरी बताई और अंकल से इस्तीफा माँग लिया।

सिद्धांत जानता था कि उसके पापा अंकल के साथ भी गलत कर सकते हैं, लेकिन उसे नहीं पता था कि वह इतना नीचे गिर जाएँगे कि अपने दोस्त को भी इस्तेमाल करके कचरे के डब्बे में फेंक देंगे, जहाँ कोई झाँककर भी नहीं देखता। वह तो अच्छा हुआ कि उस दिन अंकल ने फोन किया और वह घर पर ही था, वरना अंकल और अनु अकेले क्या करते? यह सोचकर भी उसका दिमाग भन्ना जाता है।

लेकिन उसने भी सोच लिया था किसी भी स्थिति में अंकल का पूरा

साथ देगा, उनको अकेला नहीं छोड़ेगा। उसने वकील से बात की। वकील ने समझाया, "अभी तो अखबार वाले ही फैसला देने में लगे हैं। मामला थोड़ा शांत होने दीजिए। लगातार कुछ ना कुछ रोज अखबारों में छप रहा है। कोई दूसरी बड़ी घटना घटते ही इस घटना की तरफ से लोगों का ध्यान हट जाएगा। लोगों की याददाश्त कमजोर होती है। और वैसे भी केस में ज्यादा दम नहीं है। बेल आसानी से मिल जाएगी। जो कहानी बना दी गई है, उसे पुलिस साबित नहीं कर पाएगी। सिर्फ दबाव बनाया गया है। शायद प्रिंसिपल से किसी की निजी गहरी दुश्मनी थी।"

सिद्धांत ने वकील से समझना चाहा कि इस सब में अंकल के फँसने का कोई चांस तो नहीं है?

वकील ने बताया, "बेटे को फँसाया गया है, लेकिन बेटा मोहरा है, शायद असल टारगेट पिता ही थे। उनकी ही किसी से दुश्मनी रही होगी, उनकी इज्जत एक प्रकार से खत्म करनी थी। बाकी केस में कुछ भी दम नहीं है, तुरंत बेल हो जाएगी और केस ज्यादा लंबा भी नहीं चलेगा।"

अंकल की अस्पताल से छुट्टी हो गई। वह नहीं चाहते थे कि अनु जेल में कार्तिक से मिलने जाए। जेल ऐसी जगह नहीं थी, जहाँ वह अपनी बेटी को जाने देना चाहते थे। बारी-बारी सब कार्तिक से मिल लिए सिवाय अनुमिता के। उन्होंने सही किया या गलत, नहीं पता, पर अनु ने अपनी भावनाओं को दबाया, यह साफ नजर आ रहा था। उसने खुद आगे होकर एक बार भी नहीं कहा कि उसे कार्तिक से मिलना है। क्यों, यह बात वो समझ रहा था। वो बड़ी ही जिम्मेदारी से चुपचाप सब सँभालती रही, बिना कुछ बोले अपने आँसुओं को छिपाकर। उसके पापा क्या चाहते वो उनके बिना बोले समझती थी।

कार्तिक से मिलने हर बार वो, अंकल, आंटी ही गए। एक दो बार कार्तिक ने जरूर उसे याद किया लेकिन वो चुप ही रही।

अस्पताल से छुट्टी मिलने के बाद सिद्धांत ने वकील से अंकल की बात करवा दी। दोनों की आपस में मुलाकात हो गई, और इतने सब प्रयासों के बाद पहली बार में ही कार्तिक को बेल मिल गई। बड़ी ही आसानी से बेल मिल गई थी। हालाँकि केस अखबारों में सुर्खियों में रहा था इस कारण समस्या भी हो सकती थी।

जब जज ने बेल ग्रांट की, सुनते ही अंकल ने मुझे गले लगा लिया। उनकी भावनाओं का ज्वार ऐसा था कि वो कुछ बोल ही नहीं पा रहे थे, सिर्फ उनकी आँखें उस दर्द, उस पीड़ा को व्यक्त कर रही थीं, जो इतने दिनों से उन्होंने चुपचाप सही थी। बहुत देर बाद वो सिर्फ इतना बोल पाए, "तुमने एक बेटे की तरह मेरा पूरा साथ दिया।" और दोनों हाथ जोड़ दिए। इतने दिन की दौड़-धूप का सुखद अंत होने से उसके मन को भी सुकून मिला।

उनके हाथों को थामकर वह बस इतना ही बोल पाया, "अंकल ऐसा करके मुझे शर्मिंदा मत कीजिए।"

कार्तिक को बहुत ज्यादा टॉर्चर नहीं किया गया था, वकील ने उसे समझा दिया था कि यहाँ जो भी तुमसे कहा जाए, सब में हामी भर देना। यहाँ कही गई बातों के कोई मायने नहीं है, सो अगर तुमको लगता है कि उनकी बातें नहीं मानने से ये लोग तुमको मारेंगे या पीटेंगे तो जो बोलें तुम मान लेना। कोर्ट में सही और गलत क्या है, सब पता चल जाता है। हम हैं तुम्हारा सच साबित करने के लिए, घबराने की बिल्कुल जरूरत नहीं है।

लेकिन कार्तिक बच्चा ही था, जेल जाना ही उसके लिए बहुत बड़ा मानसिक आघात था। वहाँ वह कैसे रहा, क्या किया, अपने को कैसे बचाया, वही जानता लेकिन जेल से निकलने के बाद वह काफी शांत हो गया था। पहले जब भी मिलता, हमेशा हँसी-मजाक करता रहता था। वहाँ से आने के बाद उसने कभी जेल के अंदर की कोई भी बात किसी से नहीं की। उसके व्यवहार में बहुत बदलाव आ गया था। एक कटु अनुभव किसी को कितनी जल्दी बड़ा कर देता है, यह कार्तिक को देखकर समझा जा सकता था। अंकल उसके चुप रहने से बहुत चिंतित थे। उसे समय दीजिए, उससे ज्यादा कुछ भी मत पूछिए। समय के साथ धीरे-धीरे ठीक हो जाएगा उसने उनको ढाढ़स बँधाते हुए कहा।

पुराने वकील ने समझा दिया कि अभी आधी लड़ाई बाकी है, तो बाकी के केस के लिए दूसरा वकील करें। उस वकील का नाम भी बता दिया।

चूँकि बेल हो गई थी, इसलिए क्षणिक, और सतही राहत तो मिल गई थी, लेकिन अभी पूरा केस जीतना बाकी था।

सिद्धांत खुद भी देखना चाहता था कि दूसरा वकील कैसा है ? अंकल

और कार्तिक दोनों को साथ में लेकर बाकी के केस के बारे में बात करने वो खुद भी वकील के पास गया।

वकील साहब थोड़े मजाकिया मूड में थे या शायद माहौल को हल्का बनाना चाह रहे थे, तो चुटकुला सुनाने में लग गए। उम्र बहुत ज्यादा नहीं थी, जिसका अच्छा असर उन सब पर नहीं पड़ा। ज्यादातर बूढ़े वकील ही अच्छे माने जाते हैं बाकी कसर वकील साहब के चुटकुले ने पूरी कर दी। चुटकुला कुछ यूँ था, जिसे वो बड़े अंदाज से सुना रहे थे-

वकील ने गवाह से पूछा, "जब एक्सीडेंट हुआ तो तुम कितनी दूरी पर थे।"

गवाह ने कहा, "चालीस फूट सवा दो इंच।"

"इतना सटीक कैसे बता सकते हो?" वकील ने जोर से कहा।

गवाह ने हँसते हुए जवाब दिया, "एक्सीडेंट होते ही मैंने उस दूरी को टेप से नाप लिया था, क्योंकि मुझे पता था कोर्ट में कोई बेवकूफ वकील मुझसे यही प्रश्न पूछेगा।"

इसके बाद वकील साहब खूब तेज ताली बजाकर खुद ही ठहाका लगा लिए लेकिन उनका साथ किसी ने नहीं दिया। अंकल और कार्तिक को शांत बैठे देखने के बाद वो चुप हो गए।

वह जल्दी समझ गए कि उनके बुरे जोक पर किसी को हँसी नहीं आ रही, तो वह मुद्दे पर आए।

"प्रिंसिपल साहब, यह समझ लीजिए कि केस में दम ही नहीं है। मैं तो तीन से चार हियरिंग में ही निपटा दूँगा।"

उनकी ही तरह सिद्धांत ने भी हँसते हुए पूछ लिया, "यह वकीलों वाली भाषा है कि इसमें कोई सच्चाई भी है?"

अब वो बिल्कुल सीरियस नजर आए, "पटवर्धन जी जाने-माने वकील हैं जिन्होंने बेल करवाई थी। उन्होंने अगर मेरा नाम लिया है, तो कुछ सोच-समझकर ही आपको यहाँ भेजा होगा।" सपाट चेहरे पर बिना कोई भाव लाए गंभीर स्वर में वो बोले।

अंकल ने पूछ लिया, "क्या अनुमिता को गवाही के लिए कोर्ट आना पड़ेगा?"

"अरे प्रिंसिपल साहब, आपकी बेटी को हम कोर्ट नहीं बुलाएँगे, आप निश्चिंत रहें। उसे एक बार भी कोर्ट नहीं आना है और साहब आपको भी बार-बार आने की कोई जरूरत नहीं है। सिद्धांत देख लेगा और केस की अपडेट आपको बताता रहेगा। आप निश्चिंत होकर जाइए। फोन पर संपर्क में रहिएगा। आपके बेटे पर कोई आँच नहीं आएगी। आप तो बेटे की पढ़ाई-लिखाई पर अच्छे से ध्यान दीजिए।"

फिर अचानक उन्होंने पूछ लिया, "कार्तिक, क्या बनना चाहते हो पढ़-लिखकर?"

"पहले पुलिस में जाना चाहता था, लेकिन अब नहीं। अभी सोचा नहीं कि अब क्या बनना चाहता हूँ।"

जिस तरीके से कार्तिक ने जवाब दिया, थोड़ी देर के लिए सब शांत हो गए।

बातचीत के बाद लगा कि वकील सच में अच्छा व्यक्ति है। उसका बेटा भी उसी स्कूल में पढ़ता था और वो दिल से प्रिंसिपल साहब की इज्जत करता था। चुटकुला भी उसने बस माहौल हल्का करनेके लिए ही सुनाया था।

अंकल को उससे मिलकर थोड़ा इत्मीनान हो गया था। उसने उनको पूरा भरोसा दिला दिया था।

धीरे-धीरे लगा कि अब सब ठीक हो रहा है। बेल मिल जाने के बाद अचानक उसे पता चला कि अंकल अब मुंबई में रहना नहीं चाहते हैं, कहीं दूर जाना चाह रहे हैं। वह सोच भी नहीं सकता था कि अनु के परिवार से फिर एक बार दुबारा वो बिछड़ जाएगा, फिर कभी आगे उन सबसे मुलाकात नहीं होगी। ये खबर सुनते ही सबसे पहले अनु का चेहरा ही उसके आँखों के सामने घूम गया, वो दुबारा उसे बिना देखे नहीं रहना चाहता। उसका आस-पास होना ही उसे राहत देता। उसे लगा, उसने फिर उसे खो दिया वो उसके लिए क्या अहमियत रखती है वो उसे कभी बता ही नहीं पाया।

रायपुर के पास एक शहर है, भिलाई। वहाँ कोई प्राइवेट स्कूल है, उसमें अंकल ने बात कर ली थी और अनु का भी वहीं रायपुर इंजीनियरिंग कॉलेज में एडमिशन करवाना चाह रहे थे। वो उनको रोकना चाहता था, लेकिन वह जानता था कि कोशिश बेकार ही जाने वाली है। इतना सब हो जाने के बाद

अंकल का मुंबई में रहना एक प्रकार से नामुमकिन ही था वो रुकने वाले नहीं थे।

इस घटना के बाद से उसका उनके घर किसी न किसी काम से लगभग रोज ही जाना होता था। कभी वकील के पास तो कभी थाने के चक्कर, सबसे मिलना, दौड़-धूप करना... इस बीच वह लगातार व्यस्त रहा था लेकिन जब उसके देखते-देखते धीमे-धीमे घर का सब सामान बँधना शुरू हुआ, तो उसका दिल बैठने लगा, इतने दिनों में फिर एक बार वह उन सबसे बहुत करीब से जुड़ गया था, इतना कि उनका जाना बर्दाश्त नहीं कर पा रहा था। सबके जाने के बारे में सोचकर वो उदास हो गया था और यह बात वो अनु तक को नहीं बता पा रहा था।

दूर रहकर भी अनु के बारे में वो एक-एक बात जानता था। उसने उसे खुद से अलग कभी समझा ही नहीं था। उसे हमेशा लगा कि वो उसके साथ ही है।

ऐसा नहीं था कि उसने उसको कभी याद नहीं किया था। बचपन से लेकर बड़े होने तक उसने उस पर गहरी छाप छोड़ी थी। स्कूल में भी जब वो वाद-विवाद प्रतियोगिता में आई थी, तो उस दिन भी अपने मन की बातों को वह कह नहीं पाया। वह बहुत कुछ कहना चाहता था, लेकिन परिस्थितियाँ कभी भी उसके अनुकूल नहीं रहीं। और इतनी बड़ी घटना के बाद वह रोज उससे मिलता जरूर था, पर कभी अपने मन की बात कहने की हिम्मत ही नहीं जुटा पाया।

बचपन में तो खुलकर सबके सामने उसका हाथ पकड़कर कहता था कि बड़ा होकर इससे ही शादी करूँगा, लेकिन बड़े होने पर सब बचपन जैसा आसान नहीं रह गया।

आज वह सामने है, किंतु हालात बदले हुए हैं।

आज जब वह मुंबई छोड़कर जा रही है, तब उसे एहसास हो रहा है कि वो उसके बारे में सोचता रह गया, लेकिन अपने मन की बात कभी उससे बोल ही नहीं पाया। उसे हमेशा लगता था कि उसके पास वक्त है, समय आने पर अपनी बात कर लेगा... पर वो समय तो कभी आया ही नहीं।

पढ़ाई की लगातार व्यस्तता, फिर इंजीनियरिंग खत्म होते ही यूपीएससी

की तैयारी के लिए उसे दिल्ली जाना पड़ा था। वह दिल्ली से लौटा ही था कि अगले दिन अंकल का फोन आ गया और इस घटना का उसे पता चला।

उसके पापा ने अनु के घरवालों के साथ जो किया, वह घर जाकर उनसे सारी बात साफ-साफ करना चाहता था, लेकिन उसे दिख रहा था कि पापा उससे बात करने में कतरा रहे हैं। बात तो उसे करनी ही थी, जब तक वो पूछ नहीं लेगा उसकी बेचैनी खत्म नहीं होगी। वो रात-दिन इस बारे में सोचता रहता था कि ये सब क्यों हुआ।

उसके मन में अब भी कहीं एक छोटी-सी उम्मीद बाकी थी, शायद वो गलत सोच रहा हो।

बहुत दिनों से बात करना चाहता था एक दिन मौका देखकर पापा के पास पहुँच गया। आज न जाने वो कैसे जल्दी घर आ गए थे। खाना खाकर लाइब्रेरी में बैठे हुए थे। उनके सिगार का उड़ता धुआँ हमेशा गहरे चिंतन का सूचक होता था, वो धुआँ बेफिक्री वाला नहीं, बल्कि नई योजनाओं की उधेड़बुन वाला था कमरे में लाइट नहीं जली थी, हलकी रौशनी उन पर पड रही थी।

पापा सिगार बहुत कम पीते थे। जब पीते थे, तो इसका मतलब होता था कि उनके दिमाग में बहुत से नए विचार चल रहे हैं। उनके सामने लियो टॉलस्टॉय की वार एंड पीस किताब रखी थी, जिसे वो पढ़ नहीं रहे थे बंद कर वो दीवार की तरफ देखते हुए जाने क्या कुछ सोच रहे थे।

कमरे में उसके घुसते ही उन्होंने किताब एक तरफ सरका के उसकी तरफ इस तरह देखा, जिसका सीधा अर्थ था- बोलो!

वो ना खुद कभी बहुत घुमा-फिराकर उससे बात करते थे, ना वो ऐसी कोई उम्मीद उससे करते थे। सिद्धांत ने भी बिना कोई भूमिका बनाते हुए सीधा प्रश्न पूछा, जैसा वो चाहते थे।

"अगर अंकल को प्रिंसिपलशिप से हटाना था तो उनको बोल देते, वह चले जाते। आपको यह सब करने की क्या जरूरत थी?"

वो कुर्सी से उठकर खिड़की के पास खड़े हो गए। उनकी पीठ उसकी तरफ थी, उनके चेहरे के भाव नहीं दिख रहे थे, लेकिन उन्होंने बिना कोई भूमिका बाँधे सीधा उत्तर दिया, जैसी उनकी आदत थी।

"अगर वह उस वक्त छोड़कर चला जाता या उसे मैं निकाल देता, तो हर

हाल में बदनामी सिर्फ मेरी होती। हर कोई यही कहता कि बिना किसी कसूर के एक मेहनती, ईमानदार आदमी को निकाल दिया। लेकिन अब कुछ इस तरीके से गया है कि कोई मुझ पर आरोप नहीं लगा सकता। मुझे पार्टी ने टिकट दिया है, मैं इतने बरसों की अपनी बनाई साख ऐसे खत्म होने कैसे देता?"

"तो इसका मतलब आप लोगों के जीवन से खेलेंगे?" उनका जवाब ही ऐसा था जिसे सुनकर गुस्सा आ जाए। लगभग चीखते हुए उसने पूछा।

"सिद्धांत, आवाज नीचे! मत भूलो कि अपने बाप से बात कर रहे हो। मेरी मेहनत है, मैंने कोशिश की है और यहाँ तक पहुँचा हूँ। कोई मेरे रास्ते में नहीं आ सकता, तुम भी नहीं। वैसे भी तुमने आज तक मेरी कमियाँ गिनने के अलावा किया क्या है?" उसकी तरफ पलटकर उससे नजरें मिलाते हुए आँखों में आँखें डालकर वो बोले।

आवाज धीमी किए बिना ही वो बोला, "आप जहाँ तक पहुँचे हैं, वहाँ पहुँचकर अब शायद आपको रुक जाना चाहिए। और थोड़ी देर इत्मीनान से आस-पास देख लेना चाहिए। क्या कोई भी पुराना वफादार दोस्त आज आपके साथ खड़ा है? किस चीज के लिए आप इतना भाग रहे हैं?"

"तुम मुझे सिखाओगे कि मुझे क्या करना चाहिए?" अब उनका चेहरा गुस्से से तमतमाया हुआ था। बरसों से दबी चिंगारी आज भड़ककर आग में तब्दील हो चुकी थी। जाने कब से ये आक्रोश दोनों अपने अंदर दबाते आ रहे थे, लेकिन आज कोई पीछे हटने को तैयार नहीं था। सुप्त ज्वाला मुखी आज फट पड़ा था।

"सब कुछ है तुम्हारे पास। पैदा होते ही सब कुछ मिला है न, इसलिए किसी चीज की कदर नहीं है। ये जो तुम लंबी गाड़ी लेकर घूमते हो, जो ब्रांडेड कपड़े पहनते हो... किसके दम पर है ये सब कुछ? मुझे मेरे पिता से कुछ नहीं मिला पर तुम्हें बहुत कुछ मिला है, लेकिन जो मिला उसके लिए तुम कभी एहसानमंद नहीं रहे।" उन्होंने खिन्नता से कहा। वो यहीं चुप नहीं हुए, "आई एम सेल्फ मेड मैन... जब तुम खुद के दम पर किसी काबिल बन जाओ, तब बात करना। यहाँ इस बड़े शहर में मेरे बिना तुमको जानता कौन है?"

बेटे के गुस्से के सामने उनकी उपलब्धियों का गुरूर था, जिसे वो ढाल की तरह आगे बढ़ाकर खुद पर किए गए हर एक प्रहार को रोक देना चाहते थे।

सिद्धांत ने लगभग चीखते हुए कहा, "बचपन से यह सब सुनता आ रहा हूँ। आपका नाम, आपकी गाड़ी, आपके पैसों के ब्रांडेड सामान... कुछ नहीं चाहिए मुझे, मैं खुद के दम पर जी सकता हूँ। अच्छा हुआ जो आपने मुझे फिर से याद दिला दिया, बहुत सुन लिया, लेकिन अब और नहीं। मैं अब इस घर में कदम भी नहीं रखूँगा, तभी आऊँगा जब कुछ बन जाऊँगा।"

ये बोलकर वह तेजी से निकल गया।

उन्होंने भी गुस्से से चिल्लाते हुए कहा, "जाना है तो जाओ, ये धौंस मुझे मत दिखाओ। तुम नाक रगड़ते हुए लौट के आओगे। ये सुविधाओं की जो आदत पड़ी है तुमको, इसके बिना कैसे रहते हो मैं भी देखता हूँ।"

उन्होंने उसे नहीं रोका। वह जानते थे कि घर छोड़कर निकला है तो क्या हुआ, अभी वापस आएगा। उन्होंने उसे नाजों से पाला है, कभी कोई कमी होने नहीं दी, सुविधाओं के बिना वह नहीं रह पाएगा।

लेकिन इसके बाद भी उनको उम्मीद थी, तो सिर्फ सिद्धांत से, क्योंकि उसके अंदर भी उनकी तरह कुछ करने की जिद थी। घर में रहकर भी बाप-बेटे की मुलाकात ना के बराबर ही होती थी। पिछले पाँच-छह सालों से सिद्धांत बाहर ही था। पहले इंजीनियरिंग, उसके बाद यूपीएससी के नाम पर एक प्रकार से बहुत पहले ही वह घर छोड़ चुका था। तसल्ली थी उनको कि वह मुंबई में ही है। लेकिन उन्होंने उसे रुकने नहीं कहा। वो चाहते थे, वह निकलकर देखे कि पैसा कमाना कितना कठिन है। और एक बार हाथ-पैर मार ही ले।

उसने घर छोड़ दिया, यह बात न तो अंकल को पता थी और न ही अनुमिता को।

उसने उन दोनों को कुछ नहीं बताया। उसका अपना घर तो छूट ही गया था, जिस घर और जिन लोगों का साथ उसे संबल देता था, वह भी अब छूट रहा था। वो अचानक से बेघर हो चुका था। उसका खुद का जीवन अस्त-व्यस्त था, लेकिन वह अपनी परेशानी अब अंकल को नहीं बताना चाहता था, क्योंकि इस वक्त वह खुद बहुत परेशान थे। हर किसी के जीवन में परेशानी आती है। बचपन से आज तक उसने अपनी हर परेशानी अंकल पर लादकर खुद को हल्का महसूस किया था, लेकिन अब वह समय आ गया था जहाँ से अपनी तकलीफ और अपनी परेशानियों का सामना उसे खुद करना था।

वह दिल्ली से यूपीएससी मेंस का एग्जाम देकर आया था। इंजीनियरिंग बैकग्राउंड से था, इस साल उसे कम ही उम्मीद थी कि वह सिलेक्ट होगा। उसे कोई नौकरी तत्काल ढूँढनी थी। घर से पहने हुए दो जोड़ी कपड़ों में निकला था, उसके पास कुछ भी नहीं था। एक तरह से वो बिल्कुल लाचार और सड़क पर था।

उसके यार-दोस्तों की कोई कमी नहीं थी, लेकिन एक-दो ही ऐसे थे जिनसे वह थोड़ा खुला हुआ था। घर से निकलकर सबसे पहले उसने रोहन को फोन किया। रोहन के पापा मुंबई के काफी पुराने और जाने-माने बिजनेसमैन थे। वो और रोहन स्कूल से साथ थे। इंजीनियरिंग भी साथ ही की थी, फिर रोहन एमबीए करने विदेश चला गया था। उसके फ्लैट की एक चाबी सिद्धांत के पास हमेशा रहती थी। सिद्धांत ने उसे सारी बात बता दी। सुनते ही रोहन ने घर के साथ-साथ उसके लिए नौकरी की व्यवस्था भी कर दी।

"पापा की पिनेकल इंडस्ट्रीज का ऑफिस चेंबूर में है। उसके लिए उनको तेरे जैसे ही किसी लड़के की तलाश है। तू हमेशा से ब्राइट स्टूडेंट रहा है, तुझे नौकरी मिलने में क्या दिक्कत आएगी? पता नहीं तुझे यूपीएससी के कीड़े ने कहाँ से काट खाया, वरना आज किसी मल्टीनेशनल में ऊँची सैलरी पाता। मैंने कितना कहा तुझे मेरे साथ तू भी एमबीए कर ले, लेकिन यार तू जिद्दी बहुत है।"

"आज भी मेरा पहला फोकस यूपीएससी में सिलेक्ट होना ही है। मैं ज्यादा दिन के लिए नौकरी नहीं चाहता।"

"ठीक है यार... दो-तीन साल जब तक तू चाहे नौकरी कर सकता है। घर के किराए का पैसा भी मिलेगा और कंपनी की गाड़ी भी और सैलरी भी अच्छी है। यूपीएससी की तैयारी करते हुए तू नौकरी कर सकता है। यहाँ तुझे कोई दिक्कत नहीं होगी। मैं पापा से बात कर लूँगा।"

पल भर में ही रोहन ने सिद्धांत की सारी समस्याएँ दूर कर दी थीं। उसने सोचा भी नहीं था इतनी बड़ी समस्याएँ यूँ मिनटों में सुलझ जाएँगी।

और फिर वह दिन भी आ गया जब अपना बहुत कुछ छोड़ने के लिए वो स्टेशन पर खड़ा था। जो लोग उसको सबसे प्रिय थे आज सब उसे छोड़कर जा रहे थे। अनु को उसने बचपन से चाहा था, हमेशा यह उम्मीद रही कि बड़े

होने पर भी साथ रहेंगे, लेकिन उसका भी आज साथ छूट रहा था। वो अंदर से कितना टूटा हुआ था, उसे सब बताना चाहता था। लेकिन स्टेशन पर खड़ा वो कुछ ना बोल सका।

कार्तिक के केस के कारण अब तक सिर्फ दिलासा देने के अलावा कोई दूसरी बात उससे हुई ही नहीं थी। उसकी चुप्पी उसे अंदर तक कुरेद रही थी। उस दिन जब उसने कहा कि सब ठीक हो जाएगा, तो ऐसा कहते ही अजीब नजरों से उसने देखा था। उसकी उन नजरों में जाने क्या था, जो उसे अंदर तक भेद गया। क्या वह उसे और उसके पिता को इन सबका दोषी मानती है? ये सोचकर ही वो सहम गया, उसके बाद उससे नजर मिलाकर वो कभी बात ही नहीं कर पाया था। सब ठीक करने में ऐसा जुटा कि रात-दिन भूल गया। वो चाहता था कि सब बेहतर होने के बाद ही वो उससे दोबारा नजरें मिलाए।

बचपन से उसे चाहता था, लेकिन उसके मन में क्या है वह कभी जान ही नहीं पाया। वह बोलती भी तो कितना कम थी। उसके चुप रहने पर भी उसकी आँखों में उतरे हुए दर्द को वह महसूस कर रहा था। उसके पिता और भाई के साथ होने वाला हर अन्याय उसे ऐसा लगा जैसे उसके साथ ही यह सब हो रहा है। इसलिए सब ठीक करने में वो खुद को भी भूल गया। जब उसे लगा कि अब सब ठीक हो गया, अब वो शायद उससे नजर मिला सकता है, तो वो दिन आते-आते बहुत देर हो चुकी थी। अनु की आँखों में वह कभी झाँक ही नहीं पाया, जान ही नहीं पाया कि उसके मन में क्या है।

बातें मन में ही रह गईं और आज उन सबको छोड़ने वो स्टेशन पर खड़ा था।

उसने बहुत दिनों बाद आज उसकी तरफ नजर दौड़ाई, तो देखा वो उसे ही देख रही थी। जैसे ही उसकी नजरें उससे टकराईं, उसने अपनी नजरें झुका लीं। बचपन में दोनों के बीच कोई झिझक, कोई शर्म नहीं थी। दोनों अपने मन की कितनी बातें एक-दूसरे से कर लेते थे। परंतु आज उससे बात तक करने की हिम्मत ही नहीं हो रही थी। शायद यह बेहतर समय ही नहीं था कि वह अपने मन की भावनाएँ उसे बता पाए। वह चुप रहा, बाकी सबसे बातें करता रहा और उसे सिर्फ देखता रहा, आज वह उसे अपनी आँखों में भर लेना चाहता था। चाहता था कि आँखें बंद करके भी उसका चेहरा ही सामने आए।

वह चेहरा जिसे उसने हमेशा अपना माना था।

अनुमिता की नजरों से उसकी नजरें मिल जातीं, इतने में ही उसे चैन मिल जाता। आज कई बार दोनों की नजरें टकराई थीं। उसकी आँखों में उसे सिर्फ शर्म दिखी। जितनी बार नजरें टकरातीं, हर बार जाने क्यों वह शरमा-सी जाती। उसका इस तरह शरमाना उसे अच्छा लग रहा था। वो सबसे बातें करते हुए बार-बार उसे निहार रहा था।

कभी वह जाने क्या दूर में देखती रहती और फिर अचानक कुछ सोचते हुए उसकी तरफ देख लेती। उसकी आँखें जाने क्या बोल रही थीं?

इस बीच ट्रेन का वक्त हो गया। उसने अंकल-आंटी के पैर छुए। दोनों सीट पर पहुँचे ही थे कि ट्रेन चल दी। और अंत में जब उसने अंतिम बार उसकी तरफ देखकर हाथ हिलाया, तो पहली बार मुस्कुराते हुए उसने कुछ बोला था, "बाय सिद्धांत!"

उसकी वो उजली दूधिया मुस्कान किसी शांत समंदर के ऊपर खुले आकाश में उड़ते श्वेत पक्षियों की पंक्ति-सी थी, जिसको एक नजर देखने भर से दिल को ठंडक मिल जाए।

इस बीच तो जैसे वह हँसना ही भूल गई थी, उसकी वह हल्की-सी मुस्कुराहट उसकी सारी दौड़-धूप का इनाम थी।

15

पापा का सोचना था कि नया माहौल और नया शहर पुराना सब भूलने में मदद करेगा। पता नहीं क्यों मुंबई जैसे उतने बड़े शहर में रहकर भी वो गुम होकर नहीं रह पाए, हमेशा सबकी नजरों में रहे थे, जबकि इस छोटे-से शहर में बिल्कुल खोए, गुमनाम-से थे। उनको ज्यादा लोग नहीं जानते थे।

कोई बड़ा शहर नहीं, बड़ा स्कूल नहीं, सब साधारण होकर भी उनको बहुत अच्छा लग रहा था। वह शायद वो सब चाहते ही नहीं थे, जिसमें उलझकर वो खुद को भूल गए थे।

रायपुर इंजीनियरिंग कॉलेज से भिलाई की दूरी एक घंटे की थी। उसको जब भी समय मिलता, मम्मी-पापा के पास चली जाती थी। भिलाई छोटी जगह जरूर थी, लेकिन बहुत सुंदर थी।

दूसरी पंचवर्षीय योजना में सरकार का ध्यान रोजगार और कारखाने के निर्माण पर ज्यादा था। नेहरूजी के समय में रूस के सहयोग से भिलाई इस्पात संयंत्र बना था। स्टील प्लांट के कारण पूरा शहर प्लान करके बसाया गया था, इसलिए बेहद खूबसूरत था।

मुंबई जैसा शोरगुल, ट्रैफिक जाम बिल्कुल नहीं था, ज्यादातर लोगों की शिफ्ट में ड्यूटी रहती थी। बहुत कम प्राइवेट स्कूल थे, सिर्फ पापा का एक अकेला प्राइवेट स्कूल खुला था। अभी उसे खुले हुए ज्यादा समय नहीं हुआ था। वहाँ का वातावरण हर लिहाज से उनके लिए अच्छा था।

ज्यादातर स्कूल भी स्टील प्लांट के ही थे। हर सेक्टर में एक स्कूल था। पढ़ाई का स्तर बहुत अच्छा था। उस समय वहाँ के स्कूलों से आईआईटी में चयनित होने वाले बच्चों की बड़ी संख्या होती थी। पढ़ाई को लेकर भिलाई के अंदर ही उन स्कूलों में आपसी प्रतिस्पर्धा चलती रहती थी।

इसके अलावा इस छोटे-से शहर में बहुत बड़ा सर्वसुविधा युक्त अस्पताल, जवाहरलाल नेहरू चिकित्सालय एवं अनुसंधान संस्थान था, जो एशिया के

बड़े अस्पताल में से एक था। वहाँ स्टील प्लांट में काम करने वाले लोगों का मुफ्त इलाज होता था। ये अस्पताल भी उस वक्त वहाँ आस-पास के इलाके में रहने वाले लोगों के लिए एक बड़ी सुविधा थी।

साल 1980 तक काफी रशियन भी भिलाई में आकर रह रहे थे, जो इस्पात संयंत्र निर्माण में मदद करने से लेकर उस कारखाने को चलाने में अपना पूरा सहयोग दे रहे थे। रशियन बंगलो अलग बने हुए थे।

उस शहर के वातावरण से लेकर वहाँ रहने वाले लोगों तक, अब सब कुछ नया था। और सब कुछ उसे भी जाने क्यों बेहद अच्छा लग रहा था। मुंबई छोड़ने के बाद, छोटा-सा भिलाई शहर घर में सबको बहुत पसंद आ रहा था। लाइन से बने हुए घर, चौड़ी सड़कें, सीमेंटेड नालियाँ, साफ-सुथरा माहौल, सिविक सेंटर की चौपाटी, सब उसे बहुत अच्छे लगे। हर चीज पास थी। शांत-सा शहर और आस-पास पढ़े-लिखे शांतिपूर्ण लोग।

उसको जब भी मौका मिलता, वह रायपुर से तुरंत भिलाई आ जाती। हॉस्टल मिल गया था, लेकिन हॉस्टल के खाने और माहौल की उसे अब तक आदत नहीं हुई थी। अभी उसकी सबसे जान-पहचान भी नहीं हुई थी। इंजीनियरिंग कॉलेज में रैगिंग को लेकर भी एक डर था। लड़कियों की संख्या कॉलेज में कम थी लड़के ज्यादा थे, जिनकी अपनी मौज-मस्ती, बदमाशी चलती रहती थी लेकिन अपने कॉलेज की लड़की को वे पूरा प्रोटेक्शन देते थे। कार्तिक वाले हादसे के बाद से मम्मी-पापा उसको लेकर ज्यादा ही डरे रहते थे, उनकी चिंता वह समझती थी और नहीं चाहती थी कि वे अब उसके कारण परेशान हों। कॉलेज में रहते हुए कभी किसी चीज में वो आगे नहीं आई किसी प्रतियोगिता में भाग नहीं लिया।

कॉलेज के शुरुआती दिन ही थे। बाजार से कुछ सामान लेकर वो अपने हॉस्टल लौट रही थी। उसने टेंपो किया। टेंपो में पहले से ही कई सवारियाँ थीं, एक लड़का भी बैठा हुआ था। उस लड़के की तरफ उसने ज्यादा ध्यान नहीं दिया और टेंपो के एक कोने में बैठ गई। अचानक लड़के ने पूछ लिया- आपको कहाँ जाना है। संस्कार या डर कह लीजिए, उसे लगा कि किसी अनजान को क्यों बताया जाए कि वह कहाँ जा रही है। उसने सबसे लास्ट स्टॉपेज का नाम बता दिया कि वह वहाँ जा रही है। उसका अनुमान था कि

ज्यादातर लोग उसके पहले ही उतर जाते हैं। लेकिन धीमे-धीमें सारी सवारियाँ उतर गईं और टेंपो में सिर्फ दो लोग रह गए- वह लड़का और वो।

अंत में जब वह उतरने लगी तो वह लड़का भी उसके साथ ही उतर गया। जब उसने स्टैथोस्कोप और अपना एप्रिन उठाया तो उसे समझ आया कि वह मेडिकल कॉलेज का स्टूडेंट है।

लड़के ने उतरते हुए कहा, "यह मत समझना कि आपका पीछा कर रहा हूँ, आगे मेरा मेडिकल कॉलेज है, लेकिन आपने तो ये स्टोपेज नहीं बताया था।"

उसने एक नजर उस लड़के पर डाली। गोरा, ऊँचा, क्लीन शेव, भूरे बाल, देखने में बेहद आकर्षक था, उसने चूँकि झूठ बोला था, अपना स्टॉपेज गलत बताया था, तो उस वक्त थोड़ा-सा झेंप गई थी। वह उस झेंप को छिपाना चाहती थी, तो उसकी बात का कोई जवाब ना देते हुए वह आगे बढ़ गई।

अगले दिन जब कॉलेज पहुँची, तो वह लड़का कुछ लड़कों के साथ उसे गेट पर ही खड़ा दिख गया। उसे देखते ही उसने मुस्कुराकर स्वागत किया जिसे उसने पूरी तरह से नजरअंदाज कर दिया। ऐसा लगा मानो वह उसका ही इंतजार कर रहा था, लेकिन उसे अनदेखा करके वह जल्दी-जल्दी क्लास में चली गई।

फिर तो लड़का लगभग रोज ही आने लगा। अब वो परेशान होने लगी थी। कॉलेज के अंदर भी आ जाता था, इसलिए वहाँ भी उसने अकेले आना-जाना बंद कर दिया। वह उसे लगातार अवॉइड करती रही। उससे लगातार बचती-फिरती वह हमेशा ग्रुप में ही रहती। लेकिन अचानक एक दिन, वह तीन-चार लड़कों के साथ उसकी क्लास में आ गया।

टीचर पढ़ा रहे थे। उसने कहा, "सर, अनुमिता से कुछ काम है।" वो उसका नाम भी जानता था।

सर ने उसको देखा और कहा जाइए। उसको समझ नहीं आया कि वह क्लास तक कैसे आ गया और सर इस तरह से उसे कैसे उससे मिलने भेज रहे हैं?

हड़बड़ा कर उठी और हैरानी के साथ बोली, "सर मैं इनको नहीं जानती और मुझे इनसे कोई बात भी नहीं करनी है।" इतना सुनते ही सर ने उस लड़के

को बाहर जाने को कहा। वह सर से कुछ कहने की कोशिश करता रहा, पर लगभग धक्का देते हुए सर ने उसे क्लास से बाहर निकाल दिया। क्लास के बाहर उसके साथी खड़े थे। वो सब सर को कुछ बोल रहे थे, बहसबाजी की आवाज क्लास के अंदर तक आ रही थी, क्लास में फुसफुसाहट शुरू हो गई थी, इतना होना काफी था चर्चा में आने के लिए, उसने कुछ दिन की छुट्टी ले ली वो किसी हंगामे में नहीं पड़ना चाहती थी।

अभी सब से ठीक से जान पहचान तक नहीं हुई थी, लोग एकदूसरे का नाम भी नहीं जान रहे थे। लौटने के बाद अब तक सिर्फ एक लड़की जो भिलाई की ही थी, से उसकी जान-पहचान हो पाई थी। उसका नाम था अनामिका, लेकिन वो उस दिन क्लास में नहीं आई थी। अगले दिन बातचीत में उसे पता चला वह रोज भिलाई से ही आना-जाना करती है। सुबह 9 बजे की जेडी एक्सप्रेस पकड़ती और स्टेशन से लगे इंजीनियरिंग कॉलेज में पहुँच जाती। शाम को कॉलेज छूटने के बाद फिर वापस ट्रेन से अपने घर भिलाई। वैसे भी भिलाई और रायपुर की मात्र एक घंटे की दूरी ट्रेन से और कम हो जाती थी।

उसको लगा कि उसे भी ऐसे ही करना चाहिए। हॉस्टल वैसे भी उसे रास नहीं आ रहा था और कॉलेज में रैगिंग का डर लगातार बना हुआ था। इस पर उस लड़के का यह नया नाटक।

मुंबई में जो भी हुआ था उसके बाद वो अभी खुद को नए माहौल में ढालने में ही लगी थी। वह नहीं चाहती थी कि कॉलेज में आते ही किसी भी ऐसी घटना से उसका नाम जुड़े। अनामिका से उसने कहा कि वह भी हॉस्टल छोड़कर उसी के साथ आना-जाना करेगी। फिर उसने कॉलेज से एक हफ्ते की छुट्टी लेकर अपना सब सामान घर पर शिफ्ट कर लिया।

एक हफ्ते बाद जब वो कॉलेज पहुँची, तो अनामिका ने एकदम उत्साहित होकर उसे बताया, "तुझे पता है, किसी लड़की के चक्कर में इंजीनियरिंग और मेडिकल कॉलेज के लड़कों के बीच लड़ाई हो गई। कॉलेज में हल्ला था, लेकिन वह लड़की कौन है यह बात लड़कों ने खुद तक ही सहेजकर रखी है। यार! वह कौन लड़की है, जिसके लिए लड़के मारने-पीटने पर उतारू हो गए? काश! कोई मेरे लिए भी कोई किसी को पीटे, तो हम भी अपनी जवानी

पर फख्र महसूस करें।"

इंजीनियरिंग कॉलेज के लड़कों ने अपने लिए प्रेस्टिज की बात बना ली थी कि कोई उनके कॉलेज में घुसकर ऐसी हरकत कर कैसे गया।

उसको याद आया कि घटना के अगले दिन एक लड़का खिड़की के पास खड़ा था और कुछ लड़के उसके पीछे थे। वो उसकी तरफ उँगली दिखाकर कुछ बता रहा था। उसे समझ में नहीं आया कि बात क्या है, लेकिन अब पूरा माजरा समझ आ गया था।

इसके बाद उसको कॉलेज में कभी कोई तकलीफ नहीं हुई। वो भिलाई से ही आना-जाना करती रही और पूरा एक साल बीत गया।

साल बीतते-बीतते वह दिन भी आ गया, जिसका उन सबको इंतजार था। कार्तिक के केस के फैसले वाला दिन। सिर्फ पापा अकेले कोर्ट गए थे। मम्मी, वो, कार्तिक, सब घर पर इंतजार कर रहे थे। बहुत तनावपूर्ण था इंतजार कि कोर्ट का क्या फैसला होगा! सब बैठे पापा के फोन का इंतजार कर रहे थे।

शाम को पापा ने खबर दी कि कोर्ट ने कार्तिक को निर्दोष साबित कर दिया है। यही वह खुशखबरी थी, जिसका इंतजार सब कर रहे थे। सबको अंदर से विश्वास भी था कि फैसला यही होगा, लेकिन अनजाना डर सबके मन में समाया हुआ था कि अगर मनचाहा फैसला ना आया तो क्या होगा? एक साल से जो डर की स्थिति बनी हुई थी, अचानक उससे राहत मिल गई। सब जानते थे कि कार्तिक बेगुनाह है, सच की जीत होती है, लेकिन जब कोई बड़ी घटना किसी अपने के साथ घट जाती है, जहाँ बेकसूर होते हुए भी उसे हर कोई कसूरवार मान ले, तो ऐसे शब्दों से भरोसा उठ जाता है। बहरहाल, दिल के किसी कोने में एक उम्मीद थी, आज उस उम्मीद की जीत हुई थी।

आज भी हजारों लोग न्याय की आस में सिर्फ कोर्ट-कचहरी पर ही भरोसा करते हैं। इस फैसले ने उन सबके विश्वास को मजबूत कर दिया कि लोग कोर्ट पर इतना भरोसा क्यों करते हैं। आज पहली बार उसने कार्तिक को रोते हुए देखा, साथ ही उसके चेहरे पर थोड़ी राहत भी थी। उसका प्यारा छोटा भाई अब आराम से रह पाएगा। क्योंकि जिस तनाव से वो गुजरा था, अब राहत महसूस कर रहा होगा। उसका पूरा जीवन इस फैसले पर निर्भर था।

मम्मी बार-बार हाथ जोड़कर ईश्वर का धन्यवाद कर रही थी और इसे

अच्छे कर्मों का फल मान रही थी। हमने आज तक किसी का बुरा नहीं किया, भगवान हमारे साथ बुरा नहीं करेगा, यह विश्वास मम्मी के अंदर था, जो फैसला आते ही और सुदृढ़ हो गया था। अब घर का माहौल फिर से अच्छा हो गया था।

इधर अनामिका के साथ रोज ट्रेन से आते हुए इंजीनियरिंग कॉलेज के कई लोग मिलने लगे, तो उसकी काफी लोगों से जान-पहचान हो गई। लेकिन सबसे अच्छी दोस्त अनामिका ही थी। वह कम हाइट की साँवली-सी लड़की थी। जब हँसती, तो उसकी आँखें बंद हो जाती थीं। साथ आते-जाते दोनों की अच्छी पटने लगी थी। ठंड के दिन थे। ब्रेक था तो दोनों क्लास से निकलकर बाहर आ कर धूप में खड़ी थीं, तभी एक लड़की आई और उससे बोली, "वहाँ जो पीछे खड़े हैं उन्होंने आपके लिए कागज दिया है।"

अनामिका साथ ही खड़ी थी, उसने वह कागज ले लिया। कागज में लिखा था 'आई लव यू' अनुमिता। अनामिका ने उसे फाड़ दिया और उस लड़की के हाथ में देते हुए कहा, "जाओ उसे दे देना। और अगर दोबारा यह हरकत की, तो सीधे प्रिंसिपल के पास ले जाएँगे तुमको। फर्स्ट ईयर की हो ना?" लड़की ने हामी भरी, तो उसे डाँटते हुए उसने कहा, "तो आते ही इंजीनियरिंग छोड़ डाकिया बन गई?

लड़की ने सॉरी कहा, "अरे जाने दो, कोई रैगिंग ले रहा होगा उस बिचारी की।" यह बोलते हुए उसने उस लड़की को जाने का इशारा किया। वो लगभग दौड़ते हुए चली गई। अनामिका का कोई भरोसा नहीं था, उसकी गत कर सकती थी। अनामिका तभी अचानक उसके कंधे पर हाथ रखकर खड़ी हो गई, "तुम पीछे मत पलटना, बहुत ही सड़ा-सा लड़का है। मैंने चिट उसे दिखाकर ही फाड़ा है, तेरे टाइप का नहीं है, तेरी तरफ आने की सोचे भी नहीं, हम हैं ना तेरे बॉडीगार्ड।" और उसके बाद तो वह सच में बॉडीगार्ड जैसा ही बर्ताव करने लगी। अगर कोई कुछ कहता, तो जवाब वही देती। उस तक तो कोई लड़का पहुँच ही नहीं पाता था, आधे रास्ते में अनामिका उन सबको रोक देती थी। इस तरह कॉलेज के तीन साल पूरे होने को आ गए और पता ही नहीं चला।

अनामिका उसकी इकलौती दोस्त थी और वही एक काफी थी।

उसने एक दिन उसे छेड़ते हुए कहा, "क्यों साध्वी अनुमिता! वह कौन स्पेशल है, जिसके चक्कर में जवानी में भी तुमको बुढ़ापा घेरे हुए है?"

आश्चर्य से उसकी तरफ देखते हुए उसने पूछा, "क्या मतलब?"

"मतलब यह कि कोई है जरूर! यार, तुम तो लड़कों को ताड़ती तक नहीं हो। क्या कोई गंभीर समस्या है कि लड़के तुमको अच्छे नहीं लगते? बताओ-बताओ?"

अनामिका की बात सुनकर वह ठहाके लगाकर हँस पड़ी। उसने बोल दिया कि बचपन से सिर्फ एक ही अच्छा लगा है। ताड़ने के लिए ताड़ सकते हैं, लेकिन कोई उससे बेहतर लगे तब तो ताड़ें।

"ओह्हो... लड़की के तो जबान आ गई है, बोलने लगी है अब तो!" फिर उसकी तरफ शरारत भरी मुस्कान से देखते हुए पूछा, "कोई फोटो है जनाब की? आ जाते हैं तुम्हारे घर उनके दर्शन करने।"

उसने सोचा मजाक-मजाक में बात खत्म हो गई, लेकिन शाम को अनामिका सचमुच घर आ गई। चारों तरफ निगाहें दौड़ाने के बाद उसने कहा, "घर तो तुम्हारा अच्छा है।"

वह बोली, "हमारा नहीं है, किराए का है।"

"तो क्या अंकल-आंटी कहीं और घर बनाएँगे?"

"मुझे क्या पता कहाँ घर बनाएँगे!"

तभी मम्मी अंदर आ गई। अनामिका ने उनसे पूछ लिया, "क्या आप लोग इलाहाबाद में घर बनवाएँगे?"

उसने उसे डाँटते हुए कहा, "ज्यादा चौधरी मत बनो। हमारा घर कहाँ बनेगा, इतना क्यों जानना है तुमको?"

अनामिका ने उसे टोकते हुए कहा, "देखो डियर! तुम्हारा नहीं, तुम तो कल को शादी करके अपना घर बसा लोगी और मैं भी। मैं तो अपने मम्मी-पापा के लिए पूछ रही हूँ। तुम लोग भले इंसान दिख रहे हो। अगर तेरे मम्मी-पापा यहाँ रहने वाले हैं, तो दोनों की दोस्ती अभी करवा देती हूँ, मन लगा रहेगा दोनों लोगों का हम लोगों के जाने के बाद।"

उसकी बात सुनकर मम्मी भी हँसने लगी।

वह जब तक पास रहती थी, उसकी बिना सिर-पैर की बकवास बातें

चलती ही रहती थीं। उसका लगातार पास खड़े रहकर बोलते रहना उसे अच्छा लगता था। वो बिल्कुल चुप नहीं रहती थी।

लेकिन उस दिन वह सिद्धांत की फोटो के पीछे ही पड़ गई कि उसे तो देखना ही है।

"वह फर्स्ट ईयर में था, तब की फोटो है।"

"दिखा दो, हम भी तो देखें तुम्हारे सिद्धांत की तस्वीर।"

वाद-विवाद प्रतियोगिता में पुरस्कार के समय स्टेज में एक साइड में सिद्धांत भी खड़ा था, उसने वही तस्वीर दिखा दी।

तस्वीर देखते ही अनामिका ने उसे रिजेक्ट कर दिया, "तेरे लायक बिल्कुल भी नहीं है, चोमू जैसा है। क्या अच्छा लगा इसमें तेरे को? बेटा सुन... अभी भी वक्त है। बचपन में बाल विवाह ना किया हो या उससे कोई वादा या चुम्मा चाटी वगैरह ना किया हो, तो उसे भूल जाओ। तुम्हारे पास इससे बेहतर ऑप्शन है। तुम्हारी एक आवाज पर लड़कों की लाइन लग जाएगी। इंजीनियरिंग कॉलेज के लड़के तरसते हैं तुमसे बात करने के लिए और तुम भी कहाँ इस लल्लू पे अटकी हो।"

"अरे नहीं! फोटो अच्छी नहीं आई है, वैसे ठीक दिखता है।"

"ओह्हो! बुरा लग गया सुनकर मैडम को, चेहरा तो देखो? तुम्हारा, अभी से ये हाल है। पुरानी आशिकी है, अपन क्या जानें बचपन वाला प्यार।"

उसके बाद तो कॉलेज में भी यदा-कदा वो सिद्धांत का नाम लेकर उसे छेड़ती ही रहती। वो बार-बार सफाई दे-देकर थक गई कि ऐसा कुछ नहीं है, ज्यादा मिली तक नहीं हूँ, लेकिन वह तो अपनी मस्ती में रहती थी, किसी की नहीं सुनती थी। लेकिन यह भी सच था कि उसका छेड़ना उसे कभी भी बुरा नहीं लगता था। सिद्धांत के साथ अपना नाम जोड़ना उसे गुदगुदाता ही था।

तीसरा साल खत्म होते-होते इंटर्नशिप का भी समय आ गया।

उसने पापा को बताया, तो उन्हें तुरंत सिद्धांत याद आ गया और उससे बिना पूछे उन्होंने उसे फोन भी कर दिया। उसने पापा से कहा भी कि आस-पास की किसी जगह में इंटर्नशिप हो जाएगी, इतनी दूर मुंबई जाने की क्या जरूरत है! लेकिन उनके अपने तर्क थे। उनका कहना था कि यहाँ आस-पास वह किसी को नहीं जानते हैं, मुंबई शहर जाना-पहचाना है। सिद्धांत खुद कंपनी

में जॉब कर रहा है, उसी कंपनी में तुम्हारी इंटर्नशिप हो जाएगी और तुमको अनजान लोगों के बीच जाना नहीं पड़ेगा। और इस तरह ना चाहते हुए भी फिर एक बार उसी शहर मुंबई पहुँच गई थी।

ऐसा नहीं था कि वो सिद्धांत को भूल गई थी। वह उसको याद तो करती ही थी, रोज अनामिका भी उसकी याद दिला देती। उस से मिलने की इच्छा भी थी, लेकिन उसका सामना भी नहीं करना चाहती थी। वह चाहती थी कि उससे दूर ही रहे। सिद्धांत उसकी कमजोरी है, नहीं चाहती थी कि यह बात कोई जाने या देखे। कार्तिक के साथ जो कुछ हुआ उसके बाद वह उससे हमेशा एक दूरी बनाकर रखना चाहती थी। लेकिन इतने दिनों के बाद भी उसके आकर्षण से वह खुद को मुक्त नहीं कर पाई थी। ना ही कॉलेज में इतने सालों में वह किसी लड़के की तरफ आकर्षित हो पाई। उसके खयाल में हमेशा एक लड़का आया और वह था सिद्धांत।

16

सिद्धांत से दोबारा मिलकर आने के बाद एक बार फिर से अतीत की उन सारी पुरानी बातों की याद एक सिरे से ताजा हो गई थी। उन बातों को याद करते हुए कब झपकी लग गई उसे पता ही नहीं चला।

टिफिन वैसे का वैसा ही रखा रह गया। उसने खोलकर भी नहीं देखा कि उसमें क्या था।

अगले दिन जब वो सुबह ऑफिस पहुँची, तो वहाँ हर कोई सिद्धांत को बधाई दे रहा था। उसने सोचा, शायद जनाब की शादी तय हो गई है। बड़े बाप का बेटा है और इसके पापा तो इसकी शादी भी बिजनेस बढ़ाने के लिए किसी सौदे की तरह ही करेंगे।

उसने सोमदत्त अंकल को हर बार पैतरे बदल कर पापा से अपनी बात मनवाते देखा था, उसे नहीं पता था, पिता से कितने गुण पुत्र में आए हैं। वैसे भी बचपन से बड़े होने तक इंसान बहुत बदल जाता है। उसने अब तक सिद्धांत के साथ ज्यादा समय नहीं गुजारा था। उसे नहीं पता था कि वह अपने पिता से कितना अलग है। वो भी वही गलती नहीं करना चाहती थी, जो उसके पिता से हुई थी। वह गलती थी आँख मूँदकर दोस्ती के नाम पर भरोसा। प्रेम के नाम पर वैसी कोई मूर्खता कर जाने के लिए वह बिल्कुल तैयार नहीं थी। और यह बात वो खुद को बार-बार समझाती रहती थी। इस सबके बाद भी सिद्धांत के प्रति झुकाव अब तक उसके मन में था। उसमे में एक कशिश थी, जो उसे उसकी तरफ खींचती थी। दिमाग से इतना सब सोचने के बाद भी वो दिल से मजबूर हो ही जाती।

तभी शर्ली ने आकर बधाई का कारण बताया। वह सबसे ज्यादा चहक रही थी। बॉस यूपीएससी में सिलेक्ट हो गए हैं, हम सब लोगों के लिए भी यह गर्व की बात है। उसके बाद दार्शनिक अंदाज में उसने कहा, "लेकिन इस बात का दुख भी है कि अब वो ये नौकरी छोड़कर यहाँ से चले जाएँगे।

मैंने इतने लोगों के साथ काम किया है, लेकिन सिद्धांत सर की बात ही सबसे अलग है। कम समय में उन्होंने सबका दिल जीत लिया।" ओह वो इतनी-सी देर में क्या क्या सोच गई।

"लेकिन यह कंपनी उनके पिता की ही तो है ना? तो नौकरी छोड़ने वाली बात कहाँ से आई?" उसने आश्चर्य से पूछा।

"अरे नहीं! सिद्धांत सर तो यहाँ बाकायदा इंटरव्यू के बाद सिलेक्ट हुए हैं। चाहते तो अपने पिता की कंपनी भी ज्वॉइन कर सकते थे, लेकिन वह पिता से अलग अपनी पहचान बनाना चाहते हैं। यह बात तो हम सब जानते हैं, तुम्हें कैसे नहीं पता, तुम तो उनको पहले से जानती हो?"

वो चुप हो गई। उसे समझ ही नहीं आया कि क्या जवाब दे। बीच के कुछ सालों के अंतराल में बहुत कुछ ऐसा था, जो वह नहीं जानती थी। दूसरी बात, सिद्धांत की अपने परिवार के बारे में बताने की आदत भी नहीं थी और ना उसने कभी बहुत ज्यादा खुद से जानने की कोशिश की थी। ये भी सच था कि उसको पसंद करने के बाद भी उसके माता-पिता को वो बिल्कुल पसंद नहीं करती थी। ना उन दोनों की तरफ से कभी कोई लगाव उसने अपने लिए महसूस किया था और ना अपनी तरफ से कोई झूठी औपचारिकता दिखाने का प्रयास उसने कभी किया।

सिद्धांत सरकारी नौकरी करने की सोच रहा है, यह बात उसके लिए सबसे ज्यादा आश्चर्य वाली थी, क्योंकि उसके पिता का बना-बनाया बिजनेस उसके लिए तैयार था... और वह उस सबको छोड़कर क्यों सरकारी नौकरी में जाना चाह रहा था?

वह ये सब सोच रही थी कि तभी वो केबिन से निकलकर बाहर आता दिखा।

सफेद शर्ट, नीला कोट-पैंट और उस पर लाल टाई... सब कुछ परफैक्ट। आज तो सच में वो बिल्कुल अधिकारी जैसा ही तैयार हुआ था।

पता नहीं वह जब भी उसे देखती, तो उसे लगता, मानो वो सिर्फ उसका ही हो। वो खो जाती उसकी आँखों में, आँखें ऐसी थीं जैसे किसी ने उसे काजल लगाया हो, गहरी समुंदर की तरह, उस पर वैसे ही अधिकार जताने का मन करता, जैसे वह बचपन में उस पर जताती थी। किंतु वह हर बार खुद

को रोक लेती। वह उसे हमेशा अपना ही लगता, लेकिन दूसरे ही पल उसे कार्तिक और पापा के साथ हुई सारी बातें याद आते ही सोम अंकल के कारण उस पर भी संदेह होने लगता।

दिमाग और दिल की हमेशा कशमकश चलती रहती, वो अपने को उसके सामने सामान्य दिखाने की कोशिश करती। दिल के बदले दिमाग से सोचने की कोशिश करती, लेकिन उसके सामने आते ही दिमाग खुद ही हथियार डाल देता, काम करना बंद कर देता।

विश्वास, भरोसा जैसे शब्दों पर अब इतनी आसानी से दोबारा यकीन नहीं करना चाहती थी। एक बार उसके पिता ने भरोसा किया और उनकी उस हालत के लिए वो उनके विश्वास करने की आदत को ही दोषी मानती थी। ऐसा ना होता तो बसा-बसाया घर छोड़कर, मुंबई छोड़कर पूरे परिवार को नहीं जाना पड़ता।

सिद्धांत ने कार्तिक के केस में बहुत ध्यान दिया था, लेकिन शायद पापा के फोन करने पर उसे आना पड़ा था। अगर वह फोन किए बगैर खुद आता, तो लगता कि वह अपनी इच्छा से यह सब कुछ कर रहा। उसके मन में कई विचार आ जा रहे थे।

आज इतने दिनों के बाद दूर खड़ी शायद पहली बार इतने इत्मीनान से वो उसको देख रही थी। तीन-चार लोगों से घिरा हुआ वो बीच-बीच में उसकी तरफ देख लेता था। बालों को पीछे की तरफ रखने लगा था, अब उसके बाल माथे पर नहीं आते। हाँ, ठुड्डी का वह डिंपल आज भी वैसा का वैसा था। कंचे खेलते समय अनुमिता उसे चिढ़ाती थी कि इस पर तो कंचे रख सकते हैं। विनोद खन्ना भी उसे इसीलिए पसंद था क्योंकि उसका भी वैसे भी डिंपल पड़ता था ठुड्डी पर। पता नहीं सिद्धांत में ऐसा क्या आकर्षण था, जो नजर पड़ते ही उसे बाँध-सा लेता था। थोड़ी देर को उसने नजरें घुमाकर दूसरी तरफ देखने की कोशिश की।

आज हर कोई सिद्धांत को बधाई देने आतुर था। वो केबिन सेजैसे ही आगे बढ़ा, तभी ऑफिस स्टाफ की महिलाओं ने उसे घेर लिया। उनसे बात करते हुए सिद्धांत हल्का झेंप रहा था और बार-बार उसकी तरफ देख रहा था। वो न चाहते हुए फिर दुबारा उसे ही देख रही थी।

पल भर के लिए उसने सोचा, पता नहीं कितने अफेयर हों... कितनी गर्लफ्रेंड होंगी इसकी, मुझे तो कुछ पता ही नहीं। होंगी तो जरूर! उसने अपने बारे में ज्यादा बताया कहाँ है कि उसकी लाइफ में क्या चल रहा है।

वे एक-दूसरे को बचपन से जानते थे, पर बड़े होने के बाद कभी दोनों दोस्त की तरह मिले ही नहीं। ना सिद्धांत उसके बारे में ज्यादा जानता था, ना ही वह सिद्धांत के बारे में ज्यादा जानती थी।

वो अपने खयालों में डूबी हुई थी। अचानक सिद्धांत उसे अपने सामने खड़ा दिखा, उसने भी हाथ आगे बढ़ाया और उसको बधाई दी। वो मुस्कुरा दिया और उसके हाथ को दूसरे हाथ से पकड़कर एक छोटी-सी थपकी उसके हाथों पर दी और धन्यवाद कहा। उस थपकी में कोई एहसास था, जो वह थोड़ी देर तक मंत्रमुग्ध हो उसे देखती रह गई। तभी पीछे से फाइल गिरने की आवाज आई और उसका ध्यान हटा। उसने देखा, पूरे ऑफिस का ध्यान उन दोनों की तरफ ही था। थोड़ा शरमाते हुए, अपने हाथों से बालों को पीछे करते हुए वह अपनी जगह बैठ गई।

ऑफिस के बाद सारे कलीग्स ने नीचे रेस्तराँ में एक छोटी पार्टी रखी थी।

वो पार्टी में नहीं रुकना चाहती थी, क्योंकि उसकी बस छूट जाती और फिर दूसरी बस के लिए उसे बहुत देर तक रुकना पड़ता। उसने सोचा कि यह बात शर्ली को बताकर वह समय से पीजी की ओर निकल जाएगी। ऑफिस खत्म होते ही वह जाने की तैयारी में थी। तभी शर्ली आ गई, उसने शर्ली को समस्या बता दी और कहा कि सिद्धांत को बता देना वो नहीं रुक पाएगी। लेकिन शर्ली उसकी बात सुनने को तैयार ही नहीं थी। उसने कहा- तुम खुद जाकर बोल आओ, देख लेना, वो तुम्हें जाने नहीं देगा। वैसे भी बहुत बड़ी पार्टी नहीं है। सबको घर जाने की जल्दी है, एक-दो घंटे में खत्म हो जाएगी।

और उसे सिद्धांत के केबिन में जाना पड़ा। वहाँ घुसते ही सिद्धांत ने उसे थैंक्स कहा। उसने आश्चर्य से पूछा, "किस बात के लिए थैंक्स?"

"पता है, तुम मेरा लकी चार्म हो! अपनी मोहक मुस्कान के साथ वो बोला। एग्जाम तो मैंने पिछले साल भी दिया था, लेकिन सिलेक्ट नहीं हुआ था, और तुम्हारे आते ही कॉल लेटर आ गया।"

"मेरे कारण नहीं, अपनी मेहनत से सिलेक्ट हुए हो।"

"बिल्कुल! मेहनत तो मैंने की है, लेकिन कुछ परसेंट लक की भी मुझे जरूरत थी। अच्छा वो छोड़ो, सुनो, तुम जाने की चिंता मत करना। देर होगी और बस नहीं मिलेगी, तो पार्टी के बाद मैं तुम्हें छोड़ दूँगा।"

उसके बाद वह कुछ बोल ही नहीं पाई। सोच रही थी उसे उल्टा तो नहीं जाना पड़ेगा वो खुद कब घर पहुँचेगा।

अब क्या सोच रही है? शायद कार में इतनी दूर उसके साथ अकेले जाने को वो तैयार ना हो, इसलिए उसने तुरंत कहा, "शर्ली को भी छोड़ना पड़ेगा, क्योंकि उसे भी बस नहीं मिलेगी। तुम अकेली नहीं हो।"

अब कोई वजह नहीं थी जो वह पार्टी में नहीं रुकती। ऑफिस के बाद शर्ली के साथ ही वह नीचे रेस्तराँ में पहुँची। सब ऑफिस वालों ने मिलकर अपनी तरफ से सिद्धांत को बधाई देने के लिए इस छोटी पार्टी का इंतजाम किया था... उसके प्रति एक छोटा-सा धन्यवाद। नीचे रेस्तराँ में भी वहाँ का स्टाफ सबकी जान-पहचान का ही था, क्योंकि ऑफिस वालों का वहाँ रोज ही आना-जाना होता रहता। रेस्तराँ में भी सभी उसको बधाई दे रहे थे।

शर्ली ने उससे पूछा कि तुम घर कैसे जाओगी, तो उसने बता दिया, सिद्धांत ने बोला है कि मुझे और आपको घर छोड़ देंगे।

"मुझे घर छोड़ेंगे?" सुनते ही आश्चर्य से शर्ली ने पूछा।

"क्यों, क्या हुआ? आपका घर तो रास्ते में ही पड़ता है ना?"

"मैं तो वीटी स्टेशन जाती हूँ। मेरा तो फर्स्ट क्लास का पास है। हम तो लोकल वाले हैं। लेकिन बढ़िया है, आज तुम्हारे कारण हम भी घर तक छोड़े जाएँगे!" अपनी बड़ी-बड़ी आँखें घुमाकर शर्ली ने बड़ी अदा से कहा।

"तुम बस से नहीं जाती?"

"बिल्कुल नहीं। सर तो आज तक किसी को छोड़ने उसके घर नहीं गए हैं। इतने दिनों से मैं उन्हें देख रही हूँ, तुम पहली हो जिसको छोड़ने जाने के लिए खुद तैयार हैं। तुम इनकार ना कर दो, इसलिए वह मुझे भी घर छोड़ने को तैयार हो गए होंगे।" बोलकर वो फिर हँस दी।

उसको अब समझ आया कि सिद्धांत आज दो अलग-अलग दिशाओं में दो लोगों को छोड़ने वाला था। उसका इतना ज्यादा ध्यान रखना उसे अच्छा ही लगा था लेकिन बिचारा कितना परेशान होगा खुद कितने बजे घर पहुँचेगा।

केक लाया गया और सभी सिद्धांत को घेरकर खड़े हो गए। वह थोड़ी दूर पर ही थी। एम्बेसडर कार की तरह बने केक पर 'कांग्रेचुलेशंस सर' लिखवाया गया था। केक काटने के बाद वर्मा जी ने सिद्धांत के गाल पर केक की थोड़ी-सी क्रीम लगा दी। उसके बाद दो-तीन और लोगों ने भी यही किया, अब उसके चेहरे पर काफी क्रीम लग चुकी थी।

उसके पास ही नैपकिन रखी थी। इशारे से सिद्धांत ने मुँह पोंछने के लिए माँगा। जैसे ही उसने नैपकिन दिया, उसने उँगली से पोंछकर सारी क्रीम उसके गाल पर लगा दी।

इस हरकत के लिए वह बिल्कुल तैयार नहीं थी। उसे लगा वह भी उसे क्रीम लगा ही दे, लेकिन बहुत-से लोग खड़े थे, वो लिहाज कर गई। उसने थोड़ा सामान्य होते हुए इतना कहा, "यह केक खाने के लिए आया है कि खेलने के लिए?"

लेकिन वो तो आज अलग ही मूड में था। उसने कहा, "खेलने के लिए।" और उसके चेहरे की तरफ देखकर हँस दिया।

तभी शर्ली आई और बोली, "तुम्हारे गाल पर क्रीम लगी हुई है, रुको मैं पोंछ देती हूँ।" लेकिन फिर उसने भी दूसरे गाल पर और चपोड़ दिया।

उसके ऐसा करने पर सबसे ज्यादा सिद्धांत ही खुश हुआ। उसने एक जोरदार ठहाका लगाया। उसको लगा कि अब शराफत से काम नहीं चलेगा। वह भी सिद्धांत को क्रीम लगाने के लिए आगे बढ़ी, लेकिन सिद्धांत ने उसके दोनों हाथों को पकड़ लिया और कुछ देर पकड़े रखा। वह एकदम से रुक गई। उसके गाल लाल हो गए। ऑफिस का पूरा स्टाफ वहाँ था, उन दोनों को चारों तरफ से घेर के सारे खड़े हुए थे। उसे लगा अब वो भी सारी क्रीम उसको लगा देगा, इसलिए उसने आँखें बंद कर लीं, लेकिन अचानक सिद्धांत ने उसका हाथ छोड़ दिया।

उसके बाद सिद्धांत ने अपने दोनों हाथ जोड़ते हुए झुककर कहा, "अच्छा लो लगा लो मुझे।"

इतना सुनते ही पूरे स्टाफ के लोग ताली बजाने लगे और शोर करने लगे। सब उसे ही देख रहे थे। उसने अपने हाथ नीचे कर लिए, और नैपकिन लेकर खुद के गालों और हाथों पर लगी क्रीम पोंछने लगी। सिद्धांत उसके सामने

खड़ा मुस्कुराता रहा।

हल्के-फुल्के स्नैक्स लेने के बाद जल्द ही पार्टी खत्म हो गई और धीरे-धीरे सब घर के लिए निकलने लगे। कुछ देर के बाद सिद्धांत के साथ वो और शर्ली भी बाहर आ गए। शर्ली और वो दोनों कार में पीछे बैठने लगे तो सिद्धांत ने दोनों में से एक को आगे बैठने के लिए कहा। शर्ली ने अनुमिता को आगे बैठने कहा और वह खुद पीछे बैठ गई।

गाड़ी में शर्ली और सिद्धांत पूरे रास्ते ऑफिस के काम की बातें करते रहे। कार में बजते पुराने गाने, खिड़की से आती ठंडी हवा के बीच थोड़ी देर में ही उसे झपकी आने लगी। ऑफिस की बोरिंग बातें जिनको वो बिल्कुल जान भी नहीं रही थी और जानने की कोई उत्सुकता भी नहीं थी। इस बात को समझते हुए जल्द ही नींद ने उसे आ घेरा था।

जब वो पीजी के पास पहुँचे, तो सिद्धांत ने उसका नाम लेते हुए कहा, "अनु, यहीं कार में सोना है कि जाकर अपने रूम में सोना है?"

पीछे से शर्ली के खिलखिलाने की आवाज आई। पता नहीं शर्ली को छोटी-छोटी बात पर भी इतनी हँसी क्यों आती है।

अपना नाम पुकारे जाने पर वह हड़बड़ाकर उठ गई। वैसे भी उसकी नींद कच्ची थी। उनींदी हालत में उसके उतरने पर शर्ली भी नीचे उतर गई।

"अच्छा हुआ आज तुम्हारा पीजी मैंने भी देख लिया। कभी मिलने जरूर आऊँगी। तुम इतनी गहरी नींद में थी कि लगा कि पहले तुमको छोड़ दें।"

उस वक्त नींद में बात करने का उसका बिल्कुल मन नहीं था। दोनों को गुड नाइट कहकर वो अपने रूम में आ गई। आज पार्टी की वजह से बहुत थकी हुई थी, कपड़े भी नहीं बदले और सीधे सो गई।

अब तक ऑफिस में सबसे जान-पहचान हो गई थी। बाकी सबकी तुलना में ऑफिस में वो उम्र में छोटी थी। सब उससे बहुत अच्छे से पेश आते थे, सबको पता था कि वो बहुत कम वक्त के लिए वहाँ थी। उसके मन में सिद्धांत को लेकर अभी भी कई बातें थीं, लेकिन इन कुछ ही दिनों में उससे जो अपनापन मिला था, वह अब उसके अंदर की कठोरता को पिघलाने लगा था।

आज पूरा दिन ऑफिस में काम करने के बाद जब वह बाहर निकली, तो फिर से बारिश होने लगी थी। उसके पास छाता जरूर था, किंतु बारिश

काफी तेज थी। बारिश धीमी होने का इंतजार करते हुए वह ऑफिस के बाहर पोर्च में खड़ी हो गई।

सिद्धांत ऑफिस का काम खत्म करके निकल रहा था। उसको देख उसने गाड़ी उसकी तरफ मोड़ ली और कार का काँच खोलकर उसे आवाज देते हुए कहा, "आ जाओ, बस स्टॉप तक छोड़ देता हूँ, बारिश इतनी जल्दी रुकने वाली नहीं है। हर तरफ पानी-पानी है, पैदल नहीं जा पाओगी बस स्टैंड तक।"

उसे भी बारिश देखकर अंदाजा हो गया था कि जल्दी रुकेगी नहीं, उसने बिना इनकार के इस प्रस्ताव को स्वीकार करने में ही अपनी भलाई समझी। हालाँकि बारिश इतनी तेज थी कि वहाँ से कार तक पहुँचने में ही वह लगभग पूरी भीग गई। सोचने लगी, अभी उसे बस स्टॉप जाना था और बस का इंतजार करना था वो नहीं आता तो कैसे इतनी तेज बारिश में बस स्टैंड तक जा पाती।

बारिश तेज हो रही थी तो हर चीज आज लेट होने वाली थी। मौसम भी ठंडा हो रहा था। अपनी उधेड़बुन में थी, उसने देखा ही नहीं कि सिद्धांत एक हाथ से स्टीयरिंग सँभालते हुए दूसरे हाथ से उसे नैपकिन पकड़ा रहा है। उसका ध्यान अब अपनी तरफ गया। दुपट्टा और कुर्ता उसके बदन से चिपक गया था। उसने देखा, वो सम्मोहित नजरों से उसे ही देख रहा था। उसे देखते ही उसने नजरें घुमा लीं, लेकिन तब तक एक पल को दोनों की नजरें आपस में टकरा गईं।

उसने दुपट्टा ठीक किया और उस छोटे टॉवल से अपने आपको जितना सुखा सकती थी, उतना सुखाने की कोशिश की।

कुछ देर तक दोनों शांत ही रहे। वह सिद्धांत की आँखों में अपने लिए बसे प्यार को हमेशा महसूस करती थी, जिसे अब वो अनदेखा नहीं कर सकती थी। उसकी आँखों में उसके लिए प्यार झलकता था, लेकिन उसने अब तक प्यार का इजहार नहीं किया था, वो चाहती थी वो बोले, लेकिन वो आज तक चुप था। उस एक पल में ही उसके मन में आया कि क्या उसकी नजरों में भी छुपे प्यार को वो भी इसी तरह महसूस कर लेता होगा?

कार में बैठते ही उसे दो-तीन छींकें आ चुकी थीं। चाय पीने का उसका मन था, फिर भी वो कुछ नहीं बोली। उस तेज बारिश में एक छोटे-से ठेले के पास कार रोकते हुए सिद्धांत ने चाय का कुल्हड़ उसकी तरफ बढ़ा दिया।

"अरे वाह! इस वक्त इसकी मुझे बेहद जरूरत थी, इतना सुंदर मौसम और चाय का साथ।"

"सिर्फ चाय का साथ?"

"तुम्हारा भी शुक्रिया, जो इस वक्त साथ हो।"

"मेरा शुक्रिया अदा करने के लिए तुम्हें हर बार याद दिलाना पड़ता है।" उसने शिकायती अंदाज में कहा।

चाय खतम करके कार आगे बढ़ाते हुए सिद्धांत ने दोबारा बात शुरू की।

"आज अंकल का फोन आया था। कल तुमने उनको फोन नहीं किया, तुम्हारी खैरियत वह मुझसे पूछ रहे थे।"

"हाँ, कल पार्टी से लेट होने के बाद सीधे सो गई थी, फोन करना भूल गई।"

"तुम ऑफिस में ही थी जब उनका फोन आया। मैंने उनको बोला भी कि तुमसे बात करवा दूँ, पर मना कर दिया। बोले कि तुम नाराज होगी। काफी डर बना रखा है तुमने अपने घर वालों पर!" सिद्धांत ने जान-बूझकर उसे झेड़ने के लिए कहा।

"तो तुम क्यों नहीं डरे, केक की क्रीम मुझ पर लगाते हुए?" उसने सिद्धांत की तरफ देखते हुए पूछा, "मेरा इतना टेरर है सब पर, तो थोड़ा असर तुम पर भी पड़ जाना चाहिए था।"

सिद्धांत ने मुस्कुराकर बड़े धीरे से कहा, "तुम्हारा असर तो है, उससे मुक्त मैं कब था?"

"लो तुम्हारा स्टॉप भी आ गया।" कहते हुए उसने एक तरफ साइड में कार लगा दी।

उसकी बात का जवाब देने के पहले ही बस स्टॉप आ चुका था। बारिश अभी भी रुकी नहीं थी। वह उतरने लगी तो सिद्धांत ने जोर से कहा, "अरे रुको, क्या कर रही हो? क्यों उतर रही हो, बस तो अभी आई नहीं है, भीग जाओगी।"

"बस आती ही होगी। मैं चली जाऊँगी। तुम लेट हो जाओगे, ट्रैफिक बढ़ जाएगा तो फँस जाओगे।"

"मेरी चिंता छोड़ो, 10-15 मिनट से कुछ नहीं हो जाएगा। तुम्हारी बस

आने दो तब जाऊँगा।" और उसने अपनी तरफ का काँच खोलते हुए सिगरेट जला ली।

सिगरेट के धुएँ और गंध से उसको एलर्जी थी। मन-ही-मन सोच रही थी कि अभी इसने सिगरेट क्यों जला ली, मेरे जाने के बाद पीता। उसे सिगरेट की महक बिल्कुल बर्दाश्त नहीं हो रही थी, लेकिन सिद्धांत को टोकना उसे ठीक नहीं लगा।

तभी सिद्धांत ने उसकी तरफ देखकर पूछा, "तुमको सिगरेट से प्रॉब्लम है?" वो कुछ जवाब देती उसके पहले ही उसने सिगरेट फेंक दी और बोला, "अपने मन के भाव को तुम अच्छे से छुपा नहीं पाती।"

"हाँ, इसकी महक से मुझे सिरदर्द होने लगता है और अजीब-सा महसूस होता है।"

"अरे! तो बताना था ना, हर बात में इतना संकोच क्यों करती हो?"

तभी बस भी आ गई। तब तक बारिश भी कम हो गई थी। सिद्धांत ने बैठे-बैठे ही उसकी तरफ का गेट खोलने की कोशिश की, तो उसका हाथ उसके कमर के हिस्से को हल्के से छू गया। वह संकोच से दोहरी होकर थोड़ा पीछे हट गई।

कार का गेट खुलते ही वह अपना बैग लेकर तेजी से आगे बढ़ गई। सिद्धांत को आश्चर्य हुआ, कोई बाय-बाय भी नहीं... चलो थैंक्स तो क्या बोलेगी। बस में खिड़की की तरफ की सीट पर बैठकर उसने अपना सिर बाहर निकाला और सिद्धांत की तरफ मुस्कुराकर हाथ दिखाया। खुश होकर जवाब में हाथ दिखाते हुए उसने कार आगे बढ़ा दी।

ऑफिस में सबकी व्यस्तता बढ़ गई थी। सिद्धांत को ट्रेनिंग के लिए जाना था। वह नौकरी से जुड़ी अपनी सारी जिम्मेदारियाँ पूरी करके जाना चाहता था, इसलिए अपने सारे काम जल्दी-जल्दी निपटा रहा था। इस बीच कुछ ज्यादा ही व्यस्त था।

उस का भी ऑफिस वर्क लगभग हो गया था, अब उसे फैक्ट्री विजिट करनी थी। कई दिनों से सिद्धांत से ज्यादा बात भी नहीं हुई थी। उसने सोचा, सिद्धांत से बात कर ली जाए और आगे क्या-कैसे करना है समझ लिया जाए। क्या पता उसे याद भी है या नहीं! लेकिन इतनी व्यस्तता के बाद भी फैक्ट्री

विजिट के लिए सिद्धांत ने बात कर ली थी। उसे याद भी था कि संडे के बाद से उसको फैक्ट्री विजिट के लिए जाना है। फिर उसने मजाक करते हुए कहा, "इतनी सीरियस होकर इंटर्नशिप कौन करता है? महीने भर लोग घर में बैठ जाते हैं और सर्टिफिकेट थमा देते हैं।"

"तो तुम चाहते थे कि मैं भी ऐसा करूँ?"

"बिल्कुल भी नहीं। मुझे पता है, तुम ऐसा नहीं करोगी। तुम्हारे शॉर्टकट ना अपनाने की मैं कदर करता हूँ। तुम ऐसा करती तो मैं तुमसे मिल कैसे पाता" उसने मुस्कुराकर कहा। फिर तुरंत काम की बातों पर आते हुए वो बोला

"इस मंडे से तुमको फैक्ट्री जाना है। संडे को मैं आऊँगा, तुमको पिक करूँगा फैक्ट्री दिखा दूँगा, सब समझा दूँगा और फिर तुम्हारे पीजी छोड़ दूँगा।"

उसके बाद मजाक करते हुए कहा, "सुनो! हम घूमने नहीं जा रहे हैं, तुमको काम समझाना जरूरी है, इसलिए मैं जा रहा हूँ, वरना मुझे बहुत काम है, देख रही हो न।"

"इतना जताने की जरूरत नहीं है कि तुम मुझे काम से लेकर जा रहे हो, घुमाने नहीं।" उसने बुदबुदाते हुए कहा।

सिद्धांत ने पूछा, "तुमने कुछ कहा?"

"हाँ, मैंने कहा कि रायपुर से आते समय तुम इस बात से नाराज थे कि मैंने आने की खबर क्यों नहीं दी, तुम स्टेशन लेने आ जाते और अच्छे पीजी की व्यवस्था कर देते।"

"हाँ, क्यों नहीं बताया था मुझे?"

"बताने पर इतना भाव जो मार लेते हो इसलिए नहीं बताया था। जब स्टेशन से अकेले आ सकती हूँ, पीजी का इंतजाम कर सकती हूँ, तो फैक्ट्री विजिट भी कर सकती हूँ। लेकिन, चूँकि पिछली बार पापा से तुम शिकायत कर रहे थे, इसलिए लगा कि बता दें।" उसने बड़ी अदा से कहा।

"अरे बाप रे इतना गुस्सा! मैं तो मजाक कर रहा था।"

"तो मैं कौन-सा गुस्सा हो रही हूँ। मैं भी तो मजाक ही कर रही हूँ!" उसने हँसते हुए कहा।

17

अनु के साथ आज पूरा दिन बिताने के नाम से सिद्धांत बहुत खुश था। इतने दिनों बाद, उसे उसका इस तरह साथ मिल रहा था कि वह अकेले में अपने मन की बात उससे कह पाएगा। सुबह से ही खुद को ताजगी से भरा हुआ महसूस कर रहा था। वो जिस दिन से ऑफिस आई थी, उस दिन से उसे सब कुछ अच्छा लगने लगा था। उसके आते ही वो नौकरी के लिए चुन लिया गया था। वह हमेशा से सरकारी नौकरी में ही जाना चाहता था। ऐसा बहुत से लोग चाहते हैं और बहुत से लोग एग्जाम भी देते हैं, लेकिन सिलेक्ट बहुत कम लोग होते हैं।

हम परीक्षा से ज्यादा उसके परिणाम को लेकर गंभीर होते हैं, जबकि दिल के किसी कोने में हम जानते हैं कि हमने जितनी मेहनत की है परिणाम उसके अनुरूप ही होगा।

इस बार वो नौकरी के साथ-साथ यूपीएससी की तैयारी कर रहा था। वह इंटरव्यू तक पहुँचा था, लेकिन सिलेक्ट हो पाएगा, इसको लेकर उसके मन में इस बार भी दुविधा थी।

फिर अनु के ऑफिस में कदम रखते ही जब उसको कॉल लेटर मिला, तो वो खुशी से झूम उठा। वो उसके लिए भाग्यशाली है, अनजाने में ही उसने मान लिया था। बचपन से उसे लगता अनु का साथ मिल जाने के बाद वो कोई भी कठिन से कठिन काम कर सकता है वो दोस्त से बहुत ज्यादा थी।

जिस दिन से वो आई, उस दिन से उसके जीवन को मानो मकसद मिल गया था। वरना उसे सब कुछ मशीन-सा, उद्देश्यहीन लगता था। अब एक उद्देश्य को लेकर वह आगे बढ़ रहा था। अनु के साथ ही वो जीवन में आगे बढ़ना चाहता था। उसका आस-पास होना ही उसे खुशी से भर देता था।

सुबह से ही बेवजह मुस्कुरा रहा था। इस तरीके से उससे बात करेगा... नहीं ये नहीं ये बोलेगा, आज सुबह से वो गुनगुना रहा था। इतने दिनों बाद

आज वह अकेले इत्मीनान से उससे मिलेगा। पहली बार सिर्फ वो दोनों होंगे और उनकी बातें होंगी।

थोड़ा ज्यादा डियो और उसके बाद सेंट भी थोड़ी ज्यादा मात्रा में लगाकर वो तैयार हुआ। शर्ट-पैंट को मैच करने में भी उसे कुछ ज्यादा समय लगा। अगर आज मौका मिला, तो सब कुछ बोल ही देगा, वो सोच चुका था। वो इसी पल का इंतजार कर रहा था जब वो उसके सामने खुलकर अपने प्यार का इजहार कर सके, बिना लेट हुए समय से तैयार होकर वो अनु से मिलने निकल गया।

अनु भी तैयारी में जुटी थी। वैसे तो हर दिन ऑफिस जाते हुए वो बिल्कुल सिंपल तरीके से ही तैयार होती, लेकिन आज सबसे ज्यादा समय उसे कपड़े चुनने में लग गया था। वो समझ नहीं पा रही थी, क्या पहने जो पार्टी ड्रेस ना हो और भड़कीली भी ना लगे, क्योंकि फैक्ट्री भी जाना है और खाना खाने भी।

अंत में पीले रंग का चूड़ीदार और कुर्ता उसने निकाला। उस कुर्ते में वो अच्छी दिखती थी, ऐसा उसे लगता था। उसने अपनी टाइटन की घड़ी जो वो हमेशा पहनती थी, आज भी पहनी हुई थी। लेकिन आज कानों में टॉप्स की जगह ब्लैक मेटल की छोटी-छोटी ईयररिंग और काली बिंदी भी उसने लगाई। वह आमतौर पर लिपस्टिक और काजल नहीं लगाती थी, लेकिन कभी किसी शादी या पार्टी में जाते हुए हल्की लिपस्टिक लगा लेती थी... नेचुरल शेड की। आज उसने थोड़ी लिपस्टिक और काजल भी लगा लिया।

इतना करके भी उसे लग रहा था कि क्या वह सुंदर लग रही है? आज तक उसे कभी खुद को लेकर इतना संदेह नहीं हुआ था। तभी उसे याद आया, अनामिका कितनी ही बार बोल चुकी है कि जानेमन, तुम जहाँ से निकलती हो लोग एक बार पलट के देख लेते हैं तुमको। महफिल में घुसते ही निगाहें तुम पर ही टिक जाती हैं। क्यों इतनी डरी-सहमी-सी रहती हो? वो हमेशा उसे चढ़ाए रहती। अपनी बातों पर अड़ी रहती- अरे सच में! तुझे जो एक बार देख लेगा भूलेगा नहीं। तेरी पर्सनैलिटी और यह मासूम चेहरा कितनों को घायल करता है तुझे पता भी है?

आज पहली बार उसे लग रहा था कि काश! अनामिका यहाँ होती, तो उससे पूछ लेती कैसी लग रही हूँ। लेकिन अनामिका को याद करने से ही

उसमें कुछ कॉन्फिडेंस आ गया, मैं भी ठीक-ठाक दिखती हूँ। उसने खुद को मन-ही-मन समझा लिया। हालाँकि उसके सारे श्रृंगार का उद्देश्य सिद्धांत को इंप्रेस करना ही था, लेकिन वो इंप्रेस होगा कि नहीं इस बात को लेकर उसे संदेह था।

जैसे ही वह बाहर निकली, वह उसे देखता रह गया। उसकी नजरों में प्रशंसा थी। तारीफ करने से वह खुद को रोक नहीं पाया। आज तुम बहुत सुंदर लग रही हो! उसकी आँखों में आँखें डालते हुए उसने कहा। उसने नजरें झुका लीं।

कार में बैठते हुए उसने सिद्धांत की तरफ देखा। ऑफिस में वह हमेशा फॉर्मल ड्रेस में होता था, पर आज उसने ब्लू जींस और सफेद टीशर्ट पहनी थी। साँवला और ऊँचा तो था ही, आज उसकी पर्सनैलिटी इन कपड़ों में और ज्यादा उभरकर दिख रही थी। उसे पहली बार कैजुअल कपड़ों में देख रही थी। कितना अलग लग रहा है, सिगरेट पीने से होंठ काले हो जाते हैं, लेकिन इसके तो गुलाबी हैं!

वे दोनों जब कार में बैठे, तो उसने नोटिस किया कि आज तो शायद सेंट की पूरी बोतल खुद पर उड़ेल आया है। उसने मुस्कुराकर पूछा, "ऑफिस में तो तुम इतनी सेंट नहीं लगाते? क्या संडे को हफ्ते भर का कोटा पूरा करते हो?"

हल्का-सा झेंपते हुए उसने जवाब दिया, "नहीं, आज ही लगाया है। रोज तुम्हारे साथ इस तरह निकलूँ, तो रोज लगाऊँ।"

उसने मुस्कुराकर सामने की तरफ देखकर हाथ हिलाया, मानो बोल रही हो चलो अब।

"हम पहले फैक्ट्री चलते हैं। तुम पूरी फैक्ट्री घूम लो। उसके बाद किसी अच्छी जगह लंच करेंगे, जहाँ संडे स्पेशल होता है। जबसे तुम आई हो तुम्हारे साथ निकलने का मौका ही नहीं मिला था। आज इतने दिनों बाद हम दोनों एक साथ निकल पाए हैं।"

फिर उसने पूछा, "तुम्हें गजलें सुनने का शौक है?"

"हाँ, सुनती हूँ।"

"कौन-कौन पसंद हैं?"

"जगजीत और चित्रा सिंह की सबसे ज्यादा सुनती हूँ।"

"अरे वाह! जगजीत-चित्रा तो मुझे भी बहुत ज्यादा पसंद हैं।"

एल्बम 'साउंड अफेयर्स' उसका फेवरेट था, उसने उसी एल्बम की कैसेट चला दी। एक-दूसरे का साथ और गजलों ने दोनों के बीच भावनाओं का पुल बाँध दिया।

बहुत पहले से इन कदमों की आहट जान लेते हैं
तुझे ऐ जिंदगी हम दूर से पहचान लेते हैं...

आज उसे पहली बार पता चला था कि सिद्धांत जगजीत-चित्रा की गजलें भी पसंद करता है। किसी के साथ समय बिताकर ही उसके स्वभाव और शौक के बारे में पता चलता है। इतने दिनों बाद धीरे-धीरे वह सिद्धांत के बारे में थोड़ा-कुछ जानने लगी थी।

"तुम सिगरेट कब से पीने लगे?"

"कुछ अरसा पहले ही शुरू किया था। जब तैयारी करने दिल्ली गया था। ज्यादा अकेलापन लगता, तो कभी-कभी पी लेता था। उस दिन तो तुमको इम्प्रेस करने के लिए सिगरेट निकाली थी, लेकिन तुमने ऐसी नाक सिकोड़ी कि मैंने छोड़ ही दी।"

"सच में! क्या इतनी आसानी से छोड़ी जा सकती है?"

"मुझे उसकी आदत नहीं हुई है। आदतें जल्दी नहीं छूटती हैं। उसने गहरी साँस लेते हुए कहा आदत बन जाने में समय लगता है।"

बात ही बात में उसे यह भी पता चला कि दोनों नॉवेल पढ़ने के भी शौकीन हैं। 'गुनाहों का देवता', 'शेखर एक जीवनी' जैसी किताबें और उनके किरदारों की चर्चा करते हुए वे दोनों कब फैक्ट्री पहुँच गए, समय का अंदाजा ही नहीं रहा।

फैक्ट्री में घुसते ही उनको जूते और हेलमेट पहनने को दिए गए। सिद्धांत ने अपना हेलमेट एक मिनट में पहन लिया। उसको बालों के कारण हेलमेट पहनने में दिक्कत हो रही थी। सिद्धांत उसके बिल्कुल करीब आ गया, इतने कि उसकी साँसों को वो महसूस कर सकती थी, और हेलमेट पहनाने लगा।

"अरे तुम्हारा चेहरा बिल्कुल लाल हो गया है।" उत्सुकता से उसकी तरफ देखते हुए सिद्धांत ने कहा, "ठीक तो हो?"

उसने सिर हिला दिया। जाने क्यों उसका चेहरा लाल हो जाता है वो खुद नहीं जानती।

उसे हेलमेट पहनाने के बाद उसका हाथ पकड़कर बोला, "इधर चलना है, थोड़ा सँभलकर।"

आज सिद्धांत ने उसके हाथों को बिल्कुल वैसे ही पकड़ रखा था, जैसे वह बचपन में पकड़े रहता था और अपने साथ घुमाता था। साथ-साथ पूरी फैक्ट्री घूमकर सारी बातें उसे समझाता जा रहा था। उसने कहीं भी उसका हाथ नहीं छोड़ा।

अनुमिता को उसमें दोबारा उस बचपन वाले सिद्धांत की झलक दिखने लगी थी, जिससे वह प्यार करती थी, पर जो अब तक न जाने कहाँ खोया हुआ था। उसे लगा कि उसका बचपन फिर से वापस आ गया है। वे दोनों एक बार फिर बचपन वाले सिद्धांत और अनु बन गए।

वो चुपचाप उसके पीछे-पीछे चल रही थी और वह उसे सब समझाता जा रहा था। मशीनों के बारे में बताते हुए और कर्मचारियों से परिचय करवाते हुए अंत में वो दोनों बाहर आ गए।

वह लगातार बोले रहा था। शायद अपने बारे में सब कुछ बता देना चाहता था। अपनी आगे की रूपरेखा उसे बताने लगा। उसे जल्दी ही सारा काम वाइंड अप करना था। दिल्ली, उसके बाद मसूरी जहाँ लालबहादुर शास्त्री एकेडमी में उसकी लगभग एक साल की ट्रेनिंग होनी थी। वहाँ से कैडर मिलेगा, उसके बाद पता चलेगा किस राज्य में नौकरी करनी है। वह बोला, "देखो मुझे कौन-सा कैडर मिलता है!"

"तुम कौन-सा कैडर चाहते हो?"

उसने मुस्कुराकर कहा, "मेरी मंजिल तो तुम हो। तुम जहाँ रहती हो वही कैडर माँग लूँगा।"

"सबसे ऐसे ही फ्लर्ट करते हो?"

"नहीं, पहली बार कर रहा हूँ। इसके पहले कोई मुझे मिली ही नहीं जिसके साथ करता। तुम्हारे साथ पीटे जाने का डर नहीं है ना। तुम्हारे साथ तो मैं बचपन से फ्लर्ट करता आ रहा हूँ तो तुमसे क्या डरना।"

वह खिलखिलाकर हँस दी।

पूरे रास्ते सिद्धांत ही बात करता रहा। उसने अपनी आगे की पूरी रूपरेखा उसे बता दी थी। एकेडमी, ऑफिस, यूपीएससी एग्जाम, दिल्ली, सबकी बातें वह लगातार करता रहा, लेकिन एक बार भी उसने खुद के परिवार, अपने मम्मी-पापा का कोई जिक्र नहीं किया।कभी कभी भाइयों का जिक्र जरूर कर लेता था।

वो खुद भी नहीं चाहती थी सोमदत्त अंकल को याद करना, इसलिए उसने भी अपनी तरफ से उनकी कोई बात नहीं की।

कल से उसे फैक्ट्री जाना था और सिद्धांत अपने कामों में लगातार व्यस्त रहने वाला था। उसके जाने के समय तक शायद उसकी भी इंटर्नशिप खत्म हो जाएगी, लेकिन अब दोनों की मुलाकात रोज नहीं होने वाली थी, यह बात वे दोनों जानते थे। दोनों चाहते थे कि आज का दिन यादगार गुजरे, क्योंकि इसके बाद दोनों ही व्यस्त रहने वाले थे।

वो उसे एक अच्छे-से रेस्टोरेंट में लंच के लिए लेकर गया, वहाँ सामने गजलों की महफिल जमी हुई थी और फरमाइशी गजलें गाई जा रही थीं। एक तरफ बुफे सजा हुआ था।

दो पुरुष, एक महिला और कुछ अन्य लोग हारमोनियम और तबले के साथ मंच पर आसीन थे। गायक ने गजल खत्म करने के बाद लोगों से अनुरोध किया वहाँ उपस्थित लोग अब अपनी फरमाइश बताएँ।

सिद्धांत ने कागज पर अपना अनुरोध लिखकर भेज दिया। गायक ने पन्ना खोलकर पढ़ा, "सिद्धांत शेखर शुक्ला जी की फरमाइश पर यह गजल प्रस्तुत है। अहमद हुसैन, मोहम्मद हुसैन बंधु की गुलदस्ता से, बेहद खूबसूरत गजल अब आपके सामने..."

चल मेरे साथ ही चल, ऐ मेरी जाने गजल...

इन समाजों के बनाए हुए बंधन से निकल, चल...

खूबसूरत गजल और उस बेहतरीन माहौल का असर था, दोनों एक-दूसरे की आँखों में खोए हुए थे।

तभी सोम दत्त तीन-चार लोगों के साथ होटल में दाखिल हुए और सीधे उन दोनों के सामने आकर खड़े हो गए। अंकल को अचानक देख वह हड़बड़ाकर खड़ी हो गई और नमस्ते किया, लेकिन उन्होंने उसकी तरफ ध्यान

ही नहीं दिया। उसे अपमानित-सा महसूस हुआ।

साथ आए लोगों को अंकल ने इशारा किया कि जेंटलमैन आप लोग बैठें, मैं अभी आकर आपसे मिलता हूँ। बाकी के लोग दूसरी तरफ चले गए और अंकल सिद्धांत के सामने खड़े हो गए।

"थोड़ा उधर चलो, तुमसे कुछ बात करनी है।"

काँच के उस तरफ दोनों दिख रहे थे, लेकिन क्या बातें चल रही थीं, कुछ भी नहीं सुनाई दे रहा था। इतना जरूर समझ आ रहा था कि दोनों में कोई बहस चल रही है और सिद्धांत किसी बात का जोरदार विरोध कर रहा है।

उसे लगा यह सब उसके कारण तो नहीं हो रहा है। उसे देखकर भी अंकल ने अनदेखा कर दिया, मानो वह उसे पहचानते ही ना हों। उसके साथ सिद्धांत बैठा है, शायद इस बात से अंकल नाराज हो गए हों। वह सिर्फ अंदाजा लगा रही थी। काफी देर तक चुपचाप अकेली बैठी रही। फिर सिद्धांत अंदर आया और बिना कुछ बोले देर से रखा हुआ ठंडा खाना अनमने से खाने लगा।

उसके बाद फिर उसने कुछ भी बात नहीं की, बिल्कुल चुप रहा। उसकी हिम्मत भी नहीं हुई कि वह कुछ पूछे। रास्ते में भी वो बिल्कुल चुपचाप ही रहा। उसे पीजी छोड़ा और बाहर से ही चला गया, बिना एक शब्द बोले।

उसे सिद्धांत का ऐसा व्यवहार बिल्कुल समझ नहीं आया। सिद्धांत और उसके पिता के बीच जो भी हुआ वह देखने के बाद उसने सोचा कि शायद बाद में बात करेगा, अभी उसे थोड़ा वक्त चाहिए होगा। लेकिन उसके बाद भी उसका कोई फोन नहीं आया।

इस घटना के बाद उसने भी सोच लिया था कि अब वहाँ रहते वह चीजों को अपने तरीके से हल करेगी, हर बात के लिए सिद्धांत को फोन नहीं करेगी।

सोम अंकल की नजरों में जो उसके प्रति हिकारत और अवहेलना थी, उसे वह कभी नहीं भूल सकती थी। उसके स्वाभिमान को उन्होंने हर बार कुचलने की कोशिश की थी। बचपन से वह देखती आ रही थी उनका व्यवहार।

एक मामूली सैंडल खरीदने पर उनके कहे शब्द उसे आज तक याद थे। वह कुछ भी भूली नहीं थी। कैसे जब उनके स्कूल में वाद-विवाद प्रतियोगिता हुई थी, तो वहाँ भी उनसे निष्पक्षता की उम्मीद बेमानी साबित हुई थी। पापा

को प्रिंसिपल पद से हटाने के बाद एक बार भी उनका बात ना करना, खुद को बड़ा व्यक्ति समझना और उसे और उसके परिवार को निकृष्ट समझना... सारी घटनाएँ जैसे फिर से ताजा हो गई थीं।

वो जख्म जो भरने लगे थे उनसे मिलने के बाद फिर से पीड़ा देने लगे। उस दिन नमस्ते करने पर जिस तरह घृणा और तुच्छता से उसकी ओर देखकर वो बिना जवाब दिए चले गए थे, जैसे वो उनके साथ खड़े या बात करने लायक ही नहीं है। उनको क्या लगता है कि वह सिद्धांत के पीछे पड़ी है? अगर उनके मन में ऐसी कोई गलतफहमी है, तो उसे दूर करने का काम उनके बेटे का है, उसका नहीं।

उस दिन के बाद से आज एक हफ्ते हो चुके थे। वो रोज फैक्ट्री जा रही थी, ऑफिस और सिद्धांत की कोई खबर उसको नहीं थी। न उसने खुद आगे बढ़कर उसे कोई फोन किया।

कई दिनों से बार-बार उसका मन अपने पुराने घर को देखने का कर रहा था, जहाँ वो लोग पहले रहते थे। कई बार सोचने के बाद भी अंत तक वो उसी ऊहापोह में ही रह गई कि अकेले जाए कि नहीं।

एक बार इच्छा हुई कि जाने के पहले पापा को बता दे, उनसे पूछकर जाए, लेकिन जिस दिन से आई है उस दिन से आज तक वह सिर्फ वहाँ जाने का सोचती रही थी। जाने क्यों उसके पैर हर बार वहाँ जाने के समय थम जाते।

आज तक वह वसंत विहार जाकर अपना पुराना घर नहीं देख पाई थी। वह हिम्मत बटोरती, लेकिन अगले ही पल अकेले जाने को मन तैयार ही नहीं होता। उसे पहचान का कोई मिल गया तो... वह क्या कहेगी? पता नहीं कितने सवाल उसकी तरफ तीर की तरह छोड़े जाएँगे। और हर बार सोचने के बाद वो खुद को वहाँ जाने से रोक देती।

18

उसका ऑफिस जाना बंद हो गया था, लेकिन वहाँ गुजारे बेहतरीन पल उसे बार-बार याद आते। सबसे ज्यादा सिद्धांत को मिस कर रही थी। वहाँ उसका बहुत अच्छा समय बीता था। उसके बाद फैक्ट्री जाना उसे एकदम बोर और नीरस लगता, आज संडे का दिन था और उसे समझ नहीं आ रहा था कि क्या किया जाए। आज फैक्ट्री भी नहीं जाना था, आज का दिन कैसे कटेगा?

तभी सुबह ही शर्ली ने फोन करके उसे बताया कि वह उसके पास आ रही है। शर्ली आफिस में भी उसका बहुत ध्यान रखती थी। उसके टिफिन में एक हिस्सा उसके लिए भी होता था। वहाँ दोनों अक्सर साथ ही बैठकर टिफिन किया करती थीं।

आज वो आने वाली है सुनकर उसे बहुत अच्छा लगा, जैसे बहुत दिनों के बाद कोई अपना उससे मिलने आ रहा हो। हालाँकि शर्ली की उम्र अनुमिता से काफी ज्यादा थी, फिर भी उसके साथ एक अच्छी समझदारी भरी दोस्ती हो गई थी। शर्ली के साथ रहकर उसकी उम्र का एहसास उसे कभी भी नहीं होता था। थोड़े-से नमकीन और चाय के साथ दोनों घंटों बतिया सकती थीं। बातों ही बातों में आज शर्ली ने उसके अतीत के उस पन्ने का जिक्र छेड़ दिया जिसके बारे में बात करने से वह हमेशा से कतराती थी। लेकिन उसे लगा कि आज उसे बोलना चाहिए और उसने सब बोल दिया।

शुरू से अंत तक बिना किसी डर, झिझक या शर्मिंदगी के उसने शर्ली को एक-एक बात बता दी। बताने के बाद उसने बहुत हल्का महसूस किया। उसे लगा सब कुछ बोल देना इतना भी कठिन नहीं होता, जितना कि चुप रहना होता है। बोल चुकने के बाद वो बहुत अच्छा महसूस कर रही थी। जैसे इतने दिनों का भरा हुआ दर्द रूपी मवाद बह गया हो। अब उसके जख्म शायद भर जाएँगे।

शर्ली की बातों के मलहम के बाद उसे लगा कि वह इतने दिनों से इस

बात को छिपा ही क्यों रही थी। उसने अपने ही मन से बहुत कुछ सोच लिया था।बहुत से अच्छे लोग होते हैं जो समझते भी है हर कोई हर बात को गलत तरीके से ही नहीं लेता।

उसने कुछ भी नहीं छुपाया, अपने मन की हर बात उसे बता दी। यह भी कि सिद्धांत के प्रति आकर्षण जरूर है, वो उसे बहुत पसंद करती है लेकिन दोनों की मंजिले अलग है, वो कुछ दूर आगे बढती है लेकिन परिस्थितियाँ जिस तरीके की रही हैं, वह हर बार खुद को रोकती ही आई है। उसे बार-बार यही लगा है कि उसको उस दिशा में नहीं जाना है। थोड़ी दूर चलने के बाद, एक बार फिर उसे लगने लगा है कि इस रास्ते पर आगे ना जाने में ही उसकी भलाई है। इसलिए वो अपनी तरफ से कोशिश करती है कि उनसे दूर ही रहे। वैसे भी उसके घर के बाकी लोगों से वो बहुत दूर ही है सिवाय सिद्धांत के, वो बचपन से उससे जुड़ाव महसूस करती है। वो शर्ली से सिद्धांत का हाल चाल पूछना चाहती थी लेकिन उसके पूछे बिना ही

शर्ली से खुद ही उसे सिद्धांत का हाल बता दिया। उसको सिर उठाने की भी फुर्सत नहीं है। जाने से पहले वह सारा काम खत्म करके जाना चाहता है, ऑफिस की जिम्मेदारिया है। कोई और होता तो शायद इतना काम नहीं करता, लेकिन रोहन उसका दोस्त है, सिद्धांत को बिजनेस की अच्छी समझ है, उसने एक साल में कंपनी को मुनाफे में लाकर अच्छी ग्रोथ दिलाकर छोड़ा है। रोहन के पापा तो सिद्धांत को कभी भी नहीं छोड़ते, लेकिन उसकी अपनी पसंद है इसलिए वह उसे रोक नहीं सकते थे। हम सब शुरू से जानते थे कि वो ज्यादा दिन यहाँ नहीं रुकेगा, फिर भी लोग उसके साथ बँध गए, क्योंकि वह बाकी की तरह नहीं था।

उसके पिता सोमदत्त जरूर एक शातिर पॉलीटिशियन हैं। पूरी मुंबई उनको जानती है, लेकिन ऐसा नहीं है कि लोग नहीं समझते या नहीं देख पा रहे हैं कि बाप और बेटे में कितना अंतर है। पिता की धूर्तता के किस्से मशहूर हैं, लेकिन सिद्धांत उनसे बिल्कुल उलट है।

सब बताते-बताते अचानक वो रुकी और उससे पूछा, "तुमको पता है, मैं सिद्धांत को इतना ज्यादा क्यों पसंद करती हूँ ? तुम मेरे बारे में ज्यादा नहीं जानती हो, उतना ही जानती हो जितना ऑफिस में मुझसे मिली हो।"

सच में वो उससे ज्यादा शर्ली को नहीं जानती थी। आज पहली बार वो दोनों ऑफिस के अलावा अकेले मिले और बैठे थे इसलिए दोनों खुल के बातें कर पा रहे थे। ऑफिस में एक फॉर्मेलिटी वाला ही माहौल रहता इतनी आत्मीयता के साथ वो पहली बार ही मिल रहे थे।

"मैं एक तलाकशुदा महिला हूँ, यह तो तुम जानती हो, लेकिन यह नहीं जानती होगी कि मेरा एक बेटा भी था जिसकी लास्ट ईयर डेथ हो गई। वह जन्म से ही नॉर्मल नहीं था। शारीरिक ग्रोथ ठीक-ठाक थी, लेकिन दिमागी रूप से परिपक्व नहीं था। उसके पैदा होते ही उसके साथ-साथ मेरे प्रति भी उसके पिता की नजरें अचानक बदल गईं, जैसे उसे पैदा करके मुझसे कोई गुनाह हो गया। हम दोनों ने प्यार किया, फिर शादी की थी। शुरुआत में सब ठीक था, लेकिन मेरा बेटा जब आया तो वह उस प्यार में ग्रहण बनकर आया। शुरुआत में पता नहीं चला, पर जल्दी समझ आ गया कि वह बाकी बच्चों जैसा नहीं है। उसके मुँह से लगातार गिरती हुई लार, उसका बोल ना पाना, लगातार एक-सी आवाज निकालना, वो कभी अपने पैरों पर खड़ा ही नहीं हुआ। उसे देखते ही जाने क्यों उसके पिता को हम दोनों पर ही गुस्सा आता था। अपने ही बेटे को वह बर्दाश्त नहीं कर पा रहे थे। उसके साथ उनका व्यवहार बहुत गंदा था। हमारा प्यार कहाँ हवा हो गया बिल्कुल पता ही नहीं चला। बेटे की एक हरकत से वो झल्ला जाते। घर का माहौल लगातार तनावपूर्ण बना रहता। अपने खुद के घर में रहते हुए भी मैं और मेरा बेटा डरे ही रहते। उनके ऑफिस से घर आते ही वो सहमा-सा रहता।"

"आखिर एक दिन उन्होंने अपना निर्णय सुना ही दिया। वह हम दोनों से अलग हो गए। मैं कैसे अपने बेटे को छोड़ देती! पति ने तलाक चाहा तो मैंने इनकार नहीं किया, क्योंकि किसी को साथ रहने के लिए जबरदस्ती नहीं की जा सकती। किसी को प्यार करने के लिए मजबूर नहीं किया जा सकता। वह चला गया, उसने दूसरी शादी कर ली। मेरे पिता की पहले ही मृत्यु हो चुकी थी। माँ अकेली हो गई थी, मैंने केरल से उनको अपने पास बुला लिया। हम तीनों खुशी से रह रहे थे। मैं बेटे का पूरा काम करके ऑफिस निकलती थी। माँ घर सँभाल लेती थी। सब अच्छा चल रहा था। लेकिन पिछले साल अचानक ही खेलते हुए उसके गले में जैसे कुछ अटक गया, वह देर तक छटपटाता

रहा। हम उसे पास के अस्पताल लेकर गए, जहाँ पूरा दिन वह तकलीफ में रहा। वहाँ बार-बार बोलने के बाद भी उसका ठीक से इलाज होता हुआ नहीं दिखा। उस समय सिद्धांत ने ही मेरी सबसे ज्यादा मदद की थी। उसने बड़े हॉस्पिटल में उसे एडमिट करवाया, ऑफिस की तरफ से छुट्टी हो या अस्पताल के बिल, हर जगह उसने मदद की। वह छोटे भाई की तरह खड़ा रहा। हम सबने उसे बचाने के लिए जो कर सकते थे, किया।"

"मेरी माँ ठीक से हिंदी भी नहीं बोल पाती। मैं अकेली दौड़-धूप कर रही थी। परेशानी के उन दिनों में सिद्धांत ने साथ दिया। यह मेरे लिए बहुत बड़ी बात थी। मेरा कोई भाई नहीं है, होता तो शायद सिद्धांत जैसा ही होता। उसने उस वक्त मेरा साथ दिया जब मुझे सबसे ज्यादा जरूरत थी। जब अपनों ने साथ छोड़ दिया था, तब वो पराया होकर भी खड़ा रहा था। एक आवाज में पहुँच जाता था। एक हफ्ते तक अस्पताल की भाग-दौड़ चलती रही, मुझे उम्मीद थी कि सबसे अच्छे अस्पताल में उसे भर्ती कराया है, जहाँ इतने अच्छे डॉक्टर हैं तो वो उसे मुझे लौटा ही देंगे। एक विश्वास मैंने खुद को दिला रखा था, जबकि जानती थी कि उसकी उम्र ज्यादा नहीं है, मेरा बेटा ज्यादा दिन मेरा साथ नहीं देगा। उसने भी अपने पिता की तरह मेरी पुकार नहीं सुनी और वह भी मुझे हमेशा के लिए छोड़कर चला गया। मैं सिर्फ उसके लिए जी रही थी, लेकिन अब अपनी बूढ़ी माँ को देखती हूँ तो लगता है जो दुख मेरे बेटे ने मुझे दिया, वह मैं उनको कभी नहीं दूँगी। अब बस मैं और मेरी माँ है।"

हर बात पर पूरे समय हँसते रहने वाली शर्ली अंदर से कितने दुखों को समेटकर बैठी थी, वह आज जान पाई। लेकिन अपने दुखों को उसने कितने अच्छे से छुपाने की कला सीख ली थी, अपनी कला में वह इतनी पारंगत थी कि उसे कभी कुछ समझ ही नहीं आया कि इसे इतना बड़ा दुख भी हो सकता है। अक्सर हम सबसे ज्यादा दया के पात्र खुद को समझते हैं, पर जब दूसरों से बात करो, तो अपने दुख कम लगने लगते हैं।

सिद्धांत ने शर्ली के लिए इतना सब किया था, कभी दोनों के व्यवहार से भी उसे कुछ समझ नहीं आया। शर्ली ही नहीं ऑफिस का पूरा स्टाफ सिद्धांत को कितना ज्यादा पसंद करता है, यह वह खुद देख चुकी थी। कंपनी में प्रॉफिट होने से सबकी सैलरी बढ़ी। बहुत से नए और इनोवेटिव काम सिद्धांत

ने करके दिखाए। उस कंपनी में काम करने वाले हर एंप्लाइ की उसे फिक्र थी। सिद्धांत सबके लिए था और सब सिद्धांत के लिए थे, इन सबका बेहतर परिणाम कर्मचारियों के काम में भी दिखा।

शर्ली कह रही थी, "अनुमिता, इतने दिनों में मैंने उसे कभी किसी लड़की के साथ नहीं देखा। वह तुमको जैसे देखता है, तुम उसके लिए बचपन की दोस्त से बहुत ज्यादा हो। यह बात उसकी नजरों से साफ दिखती है। वह बेहद भावुक इंसान है, उसके पिता के व्यवहार से उसे मत जज करो। ऑफिस में उसकी उदास आँखें मैंने देखीं, तो ऐसा लगा शायद तुम दोनों के बीच में कुछ हुआ है, इसीलिए मैं तुमसे मिलने आई।"

"अगले हफ्ते तक शायद उसका भी काम हो जाएगा और वह फिर ऑफिस नहीं आएगा। मैं हमेशा तुम दोनों के टच में रहना चाहूँगी। लाइफ में मुझे अच्छे लोग बहुत कम मिले हैं। जो मिले हैं उनको छोड़ना नहीं, सँभाल के रखना चाहती हूँ। रायपुर जाने के बाद भी मुझे फोन करती रहना, संपर्क बनाए रखना।"

सब कुछ बोलकर मन हल्का करने के बाद दोनों के मन में एक-दूसरे के प्रति इज्जत और बढ़ गई थी शाम को दोनों मॉल घूमने निकल गईं, उसके बाद शर्ली वीटी स्टेशन की तरफ और वह अपने पीजी की तरफ लौट आई।

इंटर्नशिप लगभग खत्म होने ही वाली थी। शनिवार का उसने लौटने का रिजर्वेशन भी करवा लिया था लेकिन अभी भी सिद्धांत से कोई बात नहीं हुई थी लेकिन जाने के पहले तो उसे बताना ही था। एक बार मन हुआ पापा को बोल दे वही बता देंगे।

उस दिन पिता और पुत्र के बीच की दिवार उसने देख ली थी लेकिन उस दिवार को सिद्धांत ने इतनी अभेद बना दिया था जिसके अंदर जाने की इजाजत उसे भी नहीं थी। पिता से उस दिन की मुलाकात के बाद उसकी जो भी बात हुई उसके बाद वो गहरी चुप्पी ही लगाए रहा, उसकी वो चुप्पी आज तक नहीं टूटी। ऐसे में उसे फोन करना और कुछ भी पूछना जबरदस्ती होती। यदि कोई बात करने को तैयार नहीं है, उसके जीवन में चल क्या रहा बताना तक जरूरी नहीं समझता तो मैं भी जानने की कोशिश नहीं करूँगी। यही हूँ उसके बाद भी उसने कोई फोन नहीं किया, खबर तक लेना जरूरी नहीं समझा, न

खुद की उसने कोई खबर दी। अपने जाने की खबर वो भी शर्ली के माध्यम से उस तक पहुँचा देगी उसने सोच लिया था।

तभी उस शाम को अचानक सिद्धांत का फोन आया। उसने बताया, "दो दिन बाद ही मैं जा रहा हूँ, पहले दिल्ली जाने के बाद कुछ दिन रुकने के बाद आगे जाऊँगा फिर तो साल भर मुलाकात नहीं होगी, तुम कब फ्री हो? तुमसे मिलने आ सकता हूँ?" एकदम से उसकी बातों में परायापन महसूस होने लगा था।

"फैक्ट्री से लौटते तक तो अँधेरा हो जाता है, तुम कब फ्री हो, जब चाहो आ जाना"

"मैं देखता हूँ, जैसे ही फ्री होता हूँ तुमको बताता हूँ।"

एक-दूसरे से दूर रहकर उसकी अहमियत का पता चलता है, प्यार में चुंबक जैसा खिंचाव होता है दिखता नहीं, लेकिन अंदर की कशिश एक-दूसरे के करीब आने को मजबूर करती है।

दूर जाने की कोशिश करके भी उस सम्मोहन और आकर्षण से मुक्त रह पाना मुश्किल लगता है। दिमाग का साथ दिल देता ही नहीं।

उसे लग रहा था जैसे उसके दिल पर किसी ने भारी पत्थर रख दिया हो। इतने दिनों से सिद्धांत से बात नहीं हो पाने से उसका मन किसी भी काम में लग नहीं रहा था बेमने से हर काम बस निपटा रही थी। अजीब-सी घुटन लगने लगी थी। उसे बार-बार सिद्धांत पर गुस्सा आ रहा था कि वो इतने दिनों से उसे फोन क्यों नहीं कर रहा। उसे हर वक्त उसके फोन का ही इंतजार रहता। सिर्फ उसकी आवाज सुन लेने के लिए वो पगलाई जा रही थी।

फिर आज अचानक उसका फोन आया। ज्यादा बात तो नहीं हुई लेकिन उसकी आवाज सुनकर ही उसकी बेचैनी कम हो गई। जाने से पहले वो मिलने आएगा भले ये अंतिम मुलाकात हो, लेकिन उस मुलाकात की उसे शिद्दत से इंतजार था।

दो दिन बीत गए लेकिन न वो आया न उसने फोन किया। कल सुबह की तो उसकी फ्लाइट है, आज का दिन तो खत्म होने को आया, अब क्या आएगा वो, शायद बिना मिले ही चला जाए। यह सोचकर ही वो बेचैन हो गई। आते हुए तो सब कुछ कितना अच्छा था और विदाई दोनों इस तरह लेंगे।

अब उसे घर की याद आने लगी थी वो भागकर घर चले जाना चाहती थी। कुछ दिनों से वो काम कर रही थी लेकिन उसके अंदर कोई उत्साह नहीं रह गया था।

फैक्ट्री से आने के बाद कपड़े काफी गंदे हो जाते थे धूल, मिट्टी गर्मी वहाँ ज्यादा रहती थी। सबसे पहला काम आते ही वो नहा लेती थी। नहा कर, गाउन पहनकर चाय लेकर इत्मीनान से बैठती और अपने विचारों में खोई रहती। दिन भर में उसे ये समय सबसे अच्छा लगता जब सिर्फ वो होती और उसका साथ देने के लिए एक प्याली चाय होती। उस कंपनी में वो घंटों खुद से बातें कर लेती। प्याली में रखी उस चाय का बगल में होना ही उसे खुशनुमा एहसास से भर देता। उसे पीकर खत्म कर देने के बाद कभी उसे तृप्ति नहीं मिलती जो उसके मौजूद होने पर मिलती थी। चाय जब तक उसके बगल में होती तब तक वो पल सिर्फ उसका था।

तभी दरवाजा खटकने की आवाज आई उसने पलटकर देखा सिद्धांत सामने खड़ा था शायद दौड़ते हुए आया था क्योंकि हाँफ रहा था। दाढ़ी भी बढ़ी हुई थी, बाल भी अस्त-व्यस्त थे उसने उसे पहले कभी इस हाल में नहीं देखा था।

"सुबह की मेरी फ्लाइट है। मैं निकल रहा था बस तुमसे मिलते हुए निकलना चाहता था।"

"क्या काम बहुत ज्यादा था? कैसी हालत बना रखी है तुमने? आओ बैठो।" अंदर आकर बैठते हुए उसने उसकी आँखों में आँखें डालकर पूछा, "जा रहा हूँ। मुझे याद तो करोगी न? भूल तो नहीं जाओगी?"

उन उदास अकेले पलों में उसे समझ ही आया क्या जवाब दे इस प्रश्न का। उस दिन रेस्टोरेंट में मिलने के बाद जिस तरीके से सिद्धांत उसे छोड़कर गया और उसके बाद उससे उसका दूरी बनाना, कुछ न बताना, न ही उससे कोई बात करना, काम की थकान और आस-पास किसी भी परिचित का न होना, ये सब उसे अंदर से खोखला बिलकुल सूना कर रहा था और फिर अचानक से आज उसका ये पूछना।

वो कोई उत्तर नहीं दे सकी, जवाब में उसकी आँखें भर आई। उसने सिद्धांत की तरफ देखा लेकिन कुछ नहीं कहा। उसका उदास चेहरा आँखों

में भरे आँसू देखकर वो तुरंत उठा उसके पास आया और बिना कुछ कहे उसे अपनी बाँहों में भर लिया उसने उसे अपने मजबूत बाँहों में इतनी जोर से कस लिया कि वो उसके सीने की धड़कन सुन पा रही थी। देर तक वो उससे चिपककर जोर-जोर से हिचककर रोती रही। अक्सर वो खुद को सँभाल लेती थी लेकिन उसके सामने वो खुद को नहीं सँभालना चाहती थी, वो उसे सँभालता आया था, फिर इस तरह क्यों छोड़ दिया। इतने दिनों के उसके अंदर की घुटन उसके एक प्रश्न से ही बह गई।

सिद्धांत उसके सर पर हाथ फेरता रहा उसे रोने से नहीं रोका फिर उसके माथे को चूमकर उससे पूछा कि तुम ठीक हो।

उसने हाँ में सिर हिला दिया और उससे अलग होकर खड़ी हो गई।

"याद उसे किया जाता है जिसे भुलाया गया हो। सिद्धांत, मैं तुमको भूली कब थी?" उसका उत्तर सुनने के बाद सिद्धांत ने अपनी नजरें झुका ली।

गलती उसी की थी उसे एहसास था, उसका दिल नहीं दुखाना चाहता था लेकिन उसके आँखों में बहते आसू की वजह न चाहते हुए भी वो बन गया था। उस दिन रेस्टोरेंट में पापा से मिलने के बाद से वो खुद को सँभाल नहीं पा रहा था। वो विधायक से मंत्री बनने वाले थे, उनके हाथ में एक नया ऑफर था। इतने दिनो के बाद उसे देखकर एक बार भी वो ये नहीं पूछे कि कैसा है? इतने दिन कहा रहा, क्या किया। उन्होंने सीधे अपना फैसला सुना दिया कि मुख्यमंत्री की बेटी से शादी करवाना चाहते हैं, वो क्या चाहता है उससे पूछना भी जरूरी नहीं समझा। आज तो वो अनु से अपनी दिल की बात करना चाहता था उसके हाँ के जवाब के बाद अपनी नौकरी और इन दोनों खुशखबरी के साथ वो घर वापस जाकर सबको ये बताना चाहता था। लेकिन उन्होंने तो मिलते ही अपनी सुनानी शुरू कर दी, उसके मन में क्या है, पूछा ही नहीं।

बड़े-बड़े बिजनेसमैन और मुख्यमंत्री तक के घरों से तुम्हारे लिए रिश्ते आ रहे है और तुम इस दो कौड़ी की लड़की के साथ यहाँ बैठे मेरी इज्जत मिट्टी में मिला रहे हो उनके कहे ये शब्द उसे शूल की तरह चुभे थे। उसके बाद भी वो नहीं रुके बोलते ही गए मुझे दूसरों से पता चल रहा है कि तुमने यूपीएससी एग्जाम पास कर लिया तुमने खुद ने इतनी बड़ी बात बताना तक जरूरी नहीं समझा। अचानक वो उस पर फिर से हक जताते दिखे, उनका

लहजा इतने दिनों बाद मिलने के बाद भी नहीं सुधरा था, लगा ही नहीं की बेटे के घर छोड़कर जाने का उन्हें कही कोई अफसोस है। घर छोड़कर जाने के इतने दिनों बाद वो इस तरह अपने बेटे से मिल रहे थे।

पिता के साथ लगातार इस तरह का मानसिक द्वंद्व और लड़ाई धीरे-धीरे उसे अंदर से तोड़ने लगी थी। कितने सालों से दोनों ने ठीक से बात नहीं की थी, जब भी बात होती जो हमेशा बहस का ही रूप ले लेती। इस लंबी लड़ाई से वो अब थकने लगा था। उसे लगा था उसके दूर जाने से उन पर शायद कोई असर पड़ेगा लेकिन वो वैसे के वैसे ही रहे, कोई भी बदलाव उनके अंदर नहीं आया।

उनकी बातें तो हमेशा ही नागवार गुजरती थी लेकिन आज अनु के लिए कहे गए उनके शब्द उसे ज्यादा ही बुरे लगे वो गुस्से में बोल गया, "मैं कोई आपकी बिसनेस डील नहीं हूँ जो आपके बिजनेस को आगे बढ़ाने में मदद करूँ। मुझे इन सब बातों में नहीं पड़ना, बल्कि मुझे किसी से शादी ही नहीं करनी। मुझे समझ आ गया है कि आपका पिता होना ही मेरे लिए अभिशाप की तरह है। आपके कारण मैं कभी खुश रह ही नहीं सकता।"

अंतिम वाक्य कहते हुए उसकी नजर पिता के सफेद पड़ चुके चेहरे की तरफ गई, अपने कहे गए शब्दों पर उसने गौर किया उसी पल उसे समझ आ गया गुस्से में गलत बोल गया। लेकिन इतना बोलकर वो वहाँ से निकल गया। उसके बाद से उसका दिमाग स्थिर नहीं हो पाया। मनमुटाव के बाद भी खून के रिश्ते बहुत मजबूती से अपनों से जोड़े रखते हैं, इतना कि उनसे जितना भागो वो उतना अपनी तरफ खींचते हैं। अपने अपनों से लड़ कर कोई भी इंसान खुश नहीं रह सकता। खास कर माँ बाप से लड़ना उनसे रूठकर अलग रहना सब आसान नहीं होता। अपनों की मर्जी के खिलाफ जाकर खुशियाँ तलाशना और उसके बाद खुश रह लेना सब इतना सरल नहीं होता, अंदर ही अंदर खुद के साथ दूसरी एक और लड़ाई की शुरुआत होती है। हर किसी को परिवार से मिलने वाले भावनात्मक सहारे की जरूरत होती है उसे थोड़ी ज्यादा इसकी जरूरत थी लेकिन उसका गुस्सा उसे अपनों से दूर करता जा रहा था। अनु को क्या सफाई देता, उस दिन क्या हुआ था उसके और उसके पिता के बीच? उसे लगा कि वो बिना बताए उन सब से दूर चला जाए लेकिन

यह भी वो नहीं कर पाया।

अनु का चेहरा रात-दिन उसकी आँखों के सामने आ जाता। अपनी उधेड़बुन में ही वो फँसकर रह गया। उसका वही होना और उससे न मिलना उसे अंदर तक साल रहा था। वो खुद को सबसे ज्यादा तकलीफ दे रहा था। उसने खुद को ही कष्ट दिया था, वो खुद से ही नाराज था। जानता था ट्रेनिंग में जाने के बाद अनु से नहीं मिल पाएगा फिर भी वो उससे मिलने से खुद को रोकता रहा जब तक रोक सका लेकिन अपने दिल के हाथों मजबूर होकर ही आज वो उसकी चोखट पर खड़ा था। चाहकर भी उससे बिना मिले वो जा नहीं सका।

अनु से मिलकर उसे लगा जैसे वो अपने ही नहीं उसके साथ भी अन्याय कर रहा था। उसे कोई हक नहीं था कि वो उसे इस तरह दुखी और परेशान करे। वह तब भी नहीं रोई थी जब कार्तिक को पुलिस लेकर गई और उसके पापा अस्पताल में थे। बचपन में भी बड़ी-बड़ी चोट सहकर भी उसके आँसू नहीं गिरते थे लेकिन आज जिस तरीके से वो फूट-फूटकर रोई है उसे बिलकुल समझ ही नहीं आया कि वो क्या करे। इस तरह उसे रोता देख वो अपराध बोध से भर गया था। पिछले दस दिनों से जो तनाव उन दोनों के बीच था वो अब पिघल चुका था उससे मिलने के बाद वो सब कुछ भूल गया था। वो बातचीत के लिए शब्द ढूँढने लगा जिससे कमरे में पसरी चुप्पी टूट जाए।

"तुम्हारे पीजी वाले बड़ी मुश्किल से फोन उठाते हैं।" सुन लेने के बाद भी उसने कोई प्रतिक्रिया नहीं दी।

"तुम्हारी इंटर्नशिप कब खत्म हो रही है ?"

"शुक्रवार को।"

"और रायपुर कब जा रही ?"

"शनि वार को।"

"ओह अगले ही दिन ?"

"तुम मुंबई आई थी तो मेरी जिम्मेदारी थी कि मैं तुम्हारा ध्यान रखूँ। लेकिन मैं खुद में ही उलझकर रह गया।"

उसके जाने के बाद अगले ही दिन वो भी जा रही है उसके आने की कितनी खुशी थी और इस तरह वो उसे वापस भेज रहा। दोनों जब मिले थे

तो कितना खुश थे अब दोनों अपनी मंजिलों की तरफ तो बढ़ रहे हैं लेकिन खुशी गायब है।

"शर्ली के पास मेरा दिल्ली का नंबर है मसूरी पहुँचकर वहाँ का भी दे दूँगा।" ये बोलते हुए वो एकदम से उठ गया। फिर आगे जाकर खड़ा हो गया। कुछ सोचते हुए थोड़ी देर वही शांत खड़ा रहा।

"कुछ जरूरी बातों का जवाब देना है पापा को, मैं तुमको इस तरह जाने नहीं दे सकता, ये गलत होगा।"

उसे बिलकुल समझ नहीं आया कि वो अंकल को किन जरूरी बातों का जवाब देने जा रहा है। उसका पूरा व्यवहार ही बदला हुआ-सा था।

वो कुछ पूछती उसके पहले ही दरवाजे से निकल गया लेकिन फिर लौटा। वो कुछ सोच पाती इसके पहले ही उसके होंठों पर उसने अपने तपते हुए होंठ रख दिए। वो उसकी बाँहों में सिमट गई। दोनों की आँखों में आँसू थे एक-दूसरे से मिल पाने के लिए या जुदा हो जाने के लिए? वो भी वो नहीं जानती थी।

थोड़ी देर बाद सिद्धांत ने उसे अपने से अलग कर उसकी आँखों में आँखें डालकर कहा, "मै सिर्फ तुम्हारा हूँ, और हमेशा तुम्हारा ही रहूँगा, हमेशा से तुमसे ये कहना चाहता था लेकिन कभी कह ही नहीं पाया हमेशा सोचा सही समय आएगा तब बोलूँगा लेकिन वक्त ने वो समय कभी दिया ही नहीं।" फिर थोड़ा रुक कर बोला, "क्या तुम मेरी बनोगी?"

उसे लगा जैसे सब थम गया है। उस पल उसे कोई जवाब ही नहीं सूझा। वो कुछ कहती उसके पहले ही उसकी चुप्पी देख सिद्धांत ने कहा, "कोई जल्दी नहीं है सोच-समझकर जवाब देना, मैं तुम्हारे पापा से बात करूँगा।" इतना बोलकर वो तेजी से निकल गया।

वो अवाक् वहीं खड़ी उसे जाता हुआ देखती रही।

19

ऐसा नहीं था कि सिद्धांत को इतने दिनों के बाद देखकर वो खुश नहीं हुए थे। आखिर उसके पिता थे, अपने सबसे समझदार बड़े बेटे से उनको लगाव था। इतने दिन बाद उसको देखकर खुश भी हुए थे, लेकिन अनुमिता के साथ उसे देखकर उनकी खुशी तुरंत काफूर हो गई। दोनों जिस तरह बैठे थे, एक निगाह में वो समझ गए थे कि दोनों के बीच दोस्ती से कुछ ज्यादा है। इसी शहर में रहकर अपने पास होने की खबर भी ना देना और आज अनुमिता के साथ उसका इस तरह बेपरवाह बैठना, उन्हें खल गया, वो सोच में पड़ गए थे।

'ये पिता और पुत्री हमेशा ऐसे समय सामने आकर क्यों खड़े हो जाते हैं, जब उनका कोई काम बनता होता है और उनके रास्ते में अवरोध की तरह ही हर बार सामने आते हैं! जब विधायक बनने वाले थे, उस समय मृत्युंजय उनके सामने आकर खड़े हो गए थे और आज जब मंत्री बनना लगभग तय है, तो इस बार सामने बेटी खड़ी दिख रही है।'

अपने कॉलेज के दिनों के उस इकलौते दोस्त को वो पसंद नहीं करते थे, ऐसा भी नहीं था। वह हमेशा उन्हें पसंद करते रहे। जब कॉलेज में थे, तो मृत्युंजय जैसा ही बनना चाहते थे। उसकी हर चीज से प्रभावित थे। उनके घर-परिवार से, पारिवारिक सदस्यों से मिलने वाले प्रेम से, उनकी खूबसूरती से, उनके कपड़े पहनने के तरीके और सलीके से, उनकी हर चीज उनको उनके जैसा बनने के लिए मजबूर करती।

लेकिन दोनों के परिवेश में जमीन, आसमान का अंतर था। मृत्युंजय के लिए चीजें हमेशा आसान रही थीं। उनका ईमानदार बन जाना भी सुविधाजनक था, लेकिन यह सुविधा उनको नहीं मिली थी। विपरीत परिस्थितियों में जैसे-तैसे कॉलेज की पढ़ाई पूरी की थी। कॉलेज में पहनने के नाम पर खद्दर के सिर्फ दो जोड़ी कुर्ता-पाजामा थे, जो उनके अलावा पूरे कॉलेज में शायद ही कोई पहनता हो। वो जब तक कॉलेज में रहे, दीन-हीन ही रहे जिस पर लोग तरस खाएँ।

शादी बचपन में कर दी गई और यह मान लिया गया कि कॉलेज तक पढ़ चुकने के बाद अब उन्हें परिवारिक जिम्मेदारियों का बोझ उठाने के लिए और वक्त नहीं दिया जा सकता, वो इस लायक हो गए हैं कि अब परिवार की जिम्मेदारी सँभालें। लेकिन हकीकत में वो अपनी खुद की जिम्मेदारी उठाने के लायक भी नहीं हुए थे। तब तक पत्नी की अतिरिक्त जिम्मेदारी भी उनके सर पर डाल दी गई थी। इस उम्मीद के साथ बोझ बढ़ाया जा रहा था कि जिम्मेदारी पड़ने पर कमाना अपने आप आ जाएगा।

यह कहना जितना आसान है, असल जीवन में कुछ भी इतना आसान होता नहीं है। जिम्मेदारी डाल देने से इंसान कमाना नहीं सीखता। उसके लिए संघर्ष करना पड़ता है। ईमानदारी, स्वाभिमान जैसे शब्दों को अपने जमीर के किसी कोने में दफन करना पड़ता है। जीना पहली प्राथमिकता होती है।

उनको मुंबई में फूफा के पास भेज दिया गया, क्योंकि फूफा जी ने उनके लिए नौकरी की बात कर ली थी। शुरुआती दिन कष्टकारी ही रहे। बुआ का बर्ताव बेहद बुरा था। खाना तक एहसान जताकर दिया जाता था।

फूफा जी सेठ के ड्राइवर थे, लेकिन अनपढ़ थे। उनकी सिफारिश से सेठ के पास उनकी नौकरी लग गई। उनका रियल एस्टेट का धंधा था, जहाँ शुरुआती दिनों में उनको सिर्फ हिसाब-किताब देखना होता था।

वहाँ उन्होंने देखा कि अथाह पैसा कैसे आता है, कहाँ से आता है। पढ़े-लिखे और समझदार तो वह थे ही, काम सीखने में उनको समय नहीं लगा। अँग्रेजी बोलना और लच्छेदार बातें करके अपना सामान बेचना, यह भी जल्द सीख गए। उनको दूर-दूर तक कोई व्यक्ति ईमानदारी से पैसे कमाता हुआ नहीं दिखा। जो वातावरण उनको मिला था उसमें ढलकर उन्हें खुद को स्थापित करना था या हार मानकर वापस गाँव लौट जाना था।

धंधे में मुनाफे का प्रतिशत सोच से बहुत ज्यादा था। कहाँ कागज अटकता हैं और अटके हुए कागज को कैसे आगे बढ़ाया जाता है, वो सब सीख गए थे। मेहनत के साथ किस्मत की भी जरूरत होती है और उनका समय उस वक्त अच्छा था। उन्होंने जहाँ भी पैसा डाला उन्हें वह पैसा दुगने-तिगने मुनाफे के साथ वापस मिला। वह जोखिम उठाते गए और सफल होते गए। लेकिन इस पूरे संघर्ष में वो अकेले ही थे, कोई भी उनका साथ देने के लिए नहीं था।

वह शुरुआत में जिस जगह पर थे, वहाँ ईमानदार बनकर सिर्फ दो वक्त की रोटी खा पाते। ज्यादातर लोगों के लिए ईमानदार बनना एक दिखावा होता है, क्योंकि उनको बेईमान होने के मौके ही नहीं मिले होते। लोग अपनी योग्यता के हिसाब से, अपनी सुविधा के अनुसार छोटी-मोटी बेईमानी हर जगह करते रहते हैं। उनकी औकात उससे ज्यादा बड़ी बेईमानी कर पाने की होती ही नहीं। जो लोग दूसरों पर उँगली उठाते हैं, ज्यादातर वही लोग होते हैं जो खुद वह करना चाहते हैं लेकिन कर नहीं पाते। भ्रष्टाचार की बात करने वाले लोग देशप्रेमी हैं ऐसा भी नहीं है। नमक बराबर बेईमानी करो या ज्यादा कर जाओ, इंसान बेईमान ही कहलाता है। छोटा बेईमान और बड़ा बेईमान जैसा कुछ नहीं होता, या तो ईमानदार या बेईमान होता है।

ज्यादातर लोग छोटी-मोटी बेईमानी करके पूरे जीवन खुद को ईमानदार बताने में लगे रहते हैं, लेकिन अगर उनको अवसर मिलता तो उस सिस्टम में घुसकर वो भी वही बनते। मौका मिलते ही हर कोई भ्रष्ट हो जाता है, बस किसी को मौका मिलता है और किसी को नहीं। हर किसी की एक कीमत होती है, जिस कीमत पर वह बिक जाता है। कोई भी इंसान पूर्ण रूप से ईमानदार नहीं है। उन्होंने अपने अनुभव से यही सीखा और जाना था।

सिद्धांत की बातों और व्यवहार से स्पष्ट है कि उसका झुकाव अनुमिता की तरफ है। उसको कोई रोक नहीं सकता, वह मानेगा नहीं। वह जिद्दी तो बचपन से ही है, उन पर ही गया है। लेकिन आज बेटे ने बहुत बड़ी बात कह दी थी। उसे लगता है कि उसका पिता उसके लिए अभिशाप है। वो मेरे कारण कभी खुश नहीं रह सकता ये बात उनके हृदय में बहुत गहरे चुभ गई थी।

सिद्धांत लायक बेटा है इसमें कोई दो राय नहीं है। उसने आज आईएएस बनकर यह बात साबित भी कर दी। मुख्यमंत्री तक अपनी बेटी के लिए उसके जैसा लड़का चाहते हैं। एक पिता के लिए ये फक्र की बात है। लेकिन ये बात गलत है कि वो उसे प्यार नहीं करते या उसे खुश नहीं देखना चाहते। अचानक उसे अनुमिता के साथ बैठे देखकर उनको जरूर लगा था कि इससे बेहतर रिश्ते उसके लिए आ रहे हैं और ये बात वो बोल भी गए, बचपन से जिस जबान से लोगों ने उनसे बात की वही जबान अनजाने में वो अपना लिए, उनके न चाहते हुए भी बात बढ़ती गई।

अपने दोस्त मृत्युंजय की तरह उनको कभी प्यार जताना नहीं आया। उनके पिता ने भी कभी उनसे प्यार जताया ही नहीं। उनके पिता का मानना था कि बच्चे लाड़-प्यार से बिगड़ जाते हैं। एक अनुशासन हमेशा उनका अपने पिता के साथ रहा। उन्होंने कभी ऊँची आवाज में अपने पिता से बात नहीं की थी। वह हमेशा अपने पिता से डर के ही रहे।

उन्हें नहीं पता था पिता होना क्या होता है, परवरिश का सही तरीका क्या है? उन्होंने अपने पिता से जो सीखा था सिर्फ उतना ही पिता होने को वह समझ पाए थे। आज वह जो कुछ भी थे अपने जीवन के अनुभव के आधार पर बने थे। अगर अनुभव कुछ और होते तो शायद वह कुछ और बनते।

मृत्युंजय तो संपन्न परिवार का था। उसने अभाव में जीना क्या होता है कभी जाना ही नहीं। उसे माँ का भरपूर प्यार मिला। पिता की मृत्यु के बाद दोनों बड़े भाई उसे पुत्रवत ही प्रेम करते थे। उसे कभी किसी चीज की मनाही नहीं थी। उसे खूब प्यार मिला इसलिए शायद उसने भी भरपूर प्यार अपने बच्चों पर लुटाया। उनको बचपन से ऐसा प्यार कभी मिला ही नहीं, वह जानते ही नहीं थे कि बच्चों पर प्यार कैसे लुटाया जाता है। वो नहीं लुटा पाए, लेकिन इसका मतलब ये नहीं कि वो अपने बच्चों को प्यार नहीं करते।

उनके जीवन में जो अभाव-कमियाँ रहीं, वह सब अपने बच्चों के जीवन में नहीं आने देना चाहते थे। यही उनका प्यार था, लेकिन उनका प्यार कोई समझ ही नहीं पाया। सिद्धांत को हमेशा ढेरों शिकायतें रहीं। उन्हें लगा समय के साथ सब ठीक हो जाएगा, पर वैसा कुछ हुआ नहीं।

क्या पैसे कमाना खेल है? एक बार इंसान आगे बढ़ता है तो फिर बढ़ता ही जाता है। हर कोई अपनी कमाई को और बढ़ाना ही चाहता है, इसमें क्या गुनाह है?

मृत्युंजय के साथ वह कुछ बुरा करना कभी भी नहीं चाहते थे, लेकिन जो हादसा स्कूल में हुआ उसके लिए वही जिम्मेदार था। जो कुछ हुआ उसके स्कूल के अंदर हुआ था। उस हादसे में उनका कोई हाथ नहीं था, लेकिन उन्होंने उस घटना को सिर्फ अवसर की तरह इस्तेमाल किया था।

किसी अवसर का उपयोग कर लेना गुनाह है? अपने स्कूल की साख और अपनी बनी-बनाई छवि सबको वह धूल में तो नहीं मिला सकते थे।

स्कूल जिसका नाम और प्रतिष्ठा उनके नाम के साथ जुड़ी हुई थी, हर बड़ा आदमी अपने बच्चों को उस स्कूल में प्रवेश दिलाने के लिए उनका एहसानमंद होता था, वह स्कूल एक घटना से बदनाम कैसे होने देते? ऐसा नहीं था कि मृत्युंजय को पता नहीं था कि लोगों को खुश करने के लिए दबाव में आकर कई बार बच्चों का एडमिशन करना पड़ता है। बहुत से रसूखदार लोग होते हैं जिनको इनकार नहीं किया जा सकता, लेकिन अचानक से जाने क्यों गरीब बच्चों के नाम पर उसे नेतागीरी सूझने लगी। उसकी भाषा विपक्षी पार्टी के किसी नेता की तरह थी, जिसमें दिखावे का आदर्शवाद भरा हुआ था।

वह भी नहीं चाहते थे कि मृत्युंजय के साथ ऐसा कुछ हो। लेकिन उसकी जो बदनामी हुई थी, वह उस बदनामी को अपने साथ नहीं जोड़ सकते थे। उसके फैलाए कीचड़ को अपने कपड़ों पर क्यों आने देते। खुद की साफ-सुथरी छवि के लिए अलग हो जाना ही उनको बेहतर लगा। इसका उनको फायदा भी मिला। तीन साल विधायकी करने के बाद आज उनको मंत्री बनने का अवसर मिल रहा था।

राजनीति में उठापटक चलती रहती है, अचानक एक मंत्री पर आरोप लगे और उसका मंत्री पद छिन गया। वह उस व्यक्ति की नियति थी, जो आरोप लगने के कारण उसे पद छोड़ना पड़ा, लेकिन उनके लिए तो यह अवसर था। क्या वह इस अवसर को ठुकरा देते?

वैसे ही क्या मृत्युंजय के लिए वह अपना टिकट गँवा देते? किसी के लिए दुख का विषय अगले के लिए सुख का कारण हो सकता है। यही जीवन का नियम है। जब किसी भी हद तक जाकर संघर्ष करना आपके हाथ में है, तो उस हद तक जाकर मिली उस सफलता को समेटकर अपने पास सँभाल के रखने का प्रयास भी आपको ही करना होगा। उन्होंने हर अवसर का सिर्फ उपयोग किया इसमें क्या बुराई थी?

अगर अनुमिता और सिद्धांत की शादी को वह अवसर बनाकर पेश करने का तरीका जानते हैं, उससे फायदा लेना जानते हैं, तो इसमें क्या बुराई है?

लड़का जिद्दी है, उसे वह हाथ से निकलने नहीं दे सकते। उसके दिमाग पर इस वक्त अनुमिता छाई हुई है। एक साल ट्रेनिंग करने के बाद ही शादी होनी है। उस समय तक फितूर रहा तो देखा जाएगा। दोनों की शादी होती है

या नहीं, यह समय तय करेगा। लेकिन अगर एक साल के बाद सिद्धांत किसी कारण से अनुमिता से शादी नहीं करना चाहे, तो भी उनको कोई फर्क नहीं पड़ेगा। उल्टे वह खुद कुछ बेहतर रिश्ते सिद्धांत को बता देंगे। जिससे उसे शादी करना हो करे। अगर अनुमिता से शादी करता है, तो भी उनको कोई ऐतराज नहीं। उसके वैसा करने से भी उनकी राजनीतिक छवि एक समाज सुधारक के रूप में और उभरेगी ही।

वो अपने बेटे के रास्ते में नहीं आना चाहते थे, लेकिन किस्मत से मिले हुए किसी अवसर को गँवा देना उनकी फितरत नहीं थी। सब कुछ सोचने के बाद मन-ही-मन में उन्होंने भविष्य की योजनाएँ बनाईं और...

बहुत दिनों के बाद उन्होंने अपने मित्र को फोन किया और बोले, "बिटिया यहाँ आई हुई है तुमने बताया भी नहीं, क्या इतने दूर रहकर भी नाराजगी अब तक बनी हुई है? वो सब भूलाया नहीं जा सकता? तुम्हारे दोस्त को मंत्री पद मिल रहा है। परिवार के नाम पर तुम ही लोग हो। उस समय अपनी छवि की चिंता में तुम्हारा साथ नहीं दे पाया, इसका मुझे अफसोस है। मैं फ्लाइट के टिकट भेज रहा हूँ, तुमको परिवार सहित आना है। अगर तुम आओगे तो मुझे बहुत खुशी होगी।"

कार्तिक का केस खत्म हो चुका था, मृत्युंजय के अंदर ऐसी कोई कटुता अब बाकी नहीं थी। वह जानते थे, सोम बहुत महत्त्वाकांक्षी है। जो कुछ हुआ उसने भले ही साथ नहीं दिया, लेकिन अपने बेटे सिद्धांत को तो कभी नहीं रोका। उसने हर वक्त उनका साथ दिया। अगर वह चाहता सिद्धांत को रोक देना तो उसे रोक लेना शायद उसके लिए कठिन नहीं था। वो इस बात को समझते थे कि सोम राजनीति से जुड़े व्यक्ति हैं। राजनीति ऐसी जगह है जहाँ किसी फोटो फ्रेम में भी अगर किसी विवादित व्यक्ति के साथ दिख गए तो भी आप पर कोई आरोप लग सकता है और विपक्ष को मौका मिल जाता है बात बनाने का। जो कुछ हुआ, शायद परिस्थितियाँ ही ऐसी थीं। किसे दोष दें। इस सबमें सबसे ज्यादा बुरा उस बच्चे और उसके परिवार का हुआ था, जिसकी मौत हुई और जिसके कातिल को आज तक सजा नहीं मिल पाई। उसके माता पिता आजीवन इस दुख के साथ ही जिएँगे? यह सोचकर उन्होंने गहरी साँस ली। कार्तिक आज उनके साथ है, अब उनको किसी से कोई

शिकायत नहीं थी।

टिकट तो सबके लिए भेजा गया था, किंतु कार्तिक और उसकी माँ ने जाने से इनकार कर दिया। महिलाएँ आसानी से किसी को माफ नहीं करतीं, और उस व्यक्ति को बिल्कुल भी नहीं, जिसके कारण उनके बेटे या पति को कोई तकलीफ पहुँची हो। जहाँ तक कार्तिक की बात है, कम उम्र में उस बच्चे ने बहुत कुछ देख लिया था। उसका बचपना जैसे खत्म हो गया था। जेल से आने के बाद उसने अपने मन में क्या है यह किसी के सामने नहीं खोला, उसका हसना बोलना अब वैसा नहीं रह गया था। परिवार का हर सदस्य उस घटना का जिक्र उसके सामने करने से बचता था, क्योंकि कोई भी उसे असहज नहीं करना चाहता था। सबसे कह दिया गया था कि जब तक वह खुद ना बताए, उसे कुरेदने की कोई जरूरत नहीं है। लेकिन कार्तिक की चुप्पी कभी टूटी ही नहीं। जितना सिद्धांत एक बेटे की तरह हर बात उनसे साझा करता था, उतना ही कार्तिक अपनी बातों को बोलने में संकोच करता। शायद पिता से उसके बच्चे कभी करीब नहीं हो पाते। जेल जाने के बाद से कार्तिक जैसे अचानक बहुत जल्दी बड़ा हो गया था।

उन्होंने माँ, बेटे दोनों की इच्छा का सम्मान किया और जाने के लिए किसी पर कोई दबाव नहीं डाला। अकेले ही जाने का मन बना लिया अनुमिता वहीं थी उसको फोन करके शपथ ग्रहण समारोह के आमंत्रण की पूरी जानकारी और अपने आने की सूचना भी दे दी। साथ ही अपनी इच्छा भी जाहिर कर दी कि और कोई नहीं चल रहा है, तो कम से कम वो उनके साथ चले। पुरानी बातें खत्म हो चुकी हैं और किसी की खुशी में शामिल होने में क्या बुराई है।

जैसे उससे उम्मीद थी उसने इनकार नहीं किया।

पापा का कोई काम सिद्धांत को फोन किए बगैर होता ही नहीं। उन्होंने सिद्धांत को भी बताया कि वह आ रहे हैं। सुनकर उसे आश्चर्य तो जरूर हुआ कि इतने दिनों बाद पापा ने अंकल को क्यों बुलाया, अचानक याद कैसे आ गई ? फिर उसने सोचा कि खुशी में शामिल होने ही तो बुलाया है... और पापा के जीवन की यह सबसे बड़ी खुशी थी, वह जानता था।

उसकी इंटर्नशिप खत्म हो गई थी। उसने तो जाने का रिजर्वेशन भी करवा लिया था। लेकिन अच्छा है पापा आ गए, अब पापा के साथ ही लौटेगी,

अकेले नहीं जाना पड़ेगा सोचकर वह खुश थी। पापा सिर्फ दो दिनों के लिए आ रहे थे।

इधर सिद्धांत अपने पापा में आए बदलावों को देखकर खुश था। अपने पूरे जीवन में उन्होंने पहली बार खुद में बदलाव लाकर बेहतर बनने की बात उससे की थी। अनु को लेकर भी अब वह अपनी राय बदल चुके थे। उन दोनों की शादी को लेकर भी वह रजामंद थे। मृत्युंजय अंकल के रहने का इंतजाम भी पापा ने खुद होटल में किया था। उन्होंने खुद कहा था कि वह व्यस्त रहेंगे, तो अंकल और अनु को पार्टी में लेकर आने की जिम्मेदारी उसकी होगी। वो उन दोनों का खास खयाल रखे।

अनुमिता जरूर आश्चर्यचकित थी। इससे पहले अंकल को पापा की कभी इतनी याद नहीं आई थी। यह बदलाव हैरान करने वाला था, हैरानी के बाद भी दूर-दूर तक ऐसा कोई कारण नहीं था कि संदेह किया जाए। पिता ने उसे यही कहा था कि खुशियों में अपने पुराने लोगों को शामिल किया जाता है, इससे खुशियाँ बढ़ती हैं। इसमें आश्चर्य जैसा कुछ भी नहीं है। वो भी अपना सब सामान पैक करके पीजी छोड़कर पापा के पास होटल आ गई थी।

सिद्धांत समय देखकर पापा से अनु के बारे में बात करने वाला था। इतने दिनों के बाद पहली बार चीजें काफी व्यवस्थित नजर आ रही थीं।

सिद्धांत उन दोनों को लेने आया। पापा के सामने, उसने उसकी तरफ ज्यादा ध्यान नहीं दिया उससे ज्यादा बातें ना करते हुए सिर्फ पापा से ही बातें करता रहा, पापा पर अच्छा इम्प्रेशन जमाने में वो जुटा हुआ था, ये बात उसे समझ भी आ रही थी और इन सब से वो बहुत खुश भी थी। उसकी नजरें अनुमिता पर बार-बार टिक जा रही थीं, उससे नजर हटाना मुश्किल हो रहा था। लेकिन वो इत्मीनान से बैठकर अंकल से बात करता रहा वो पास ही बैठी उसे देखकर मुस्कुराती रही। वो दोनों को समारोह में ले जाने आया था। एक बार पापा का शपथ ग्रहण हो जाए फिर वो अंकल से अपने और अनुमिता के बारे में इत्मीनान से बात करना चाहता था।

कार में पापा सिद्धांत के बगल की सीट में बैठे, वो लगातार उनसे बातें कर रहा था लेकिन रियर व्यू ग्लास से उसे ही बार-बार देख रहा था, पूरे रास्ते वो उसे निहारता रहा, बार-बार दोनों की नजरें मिलती और होंठों पर मुस्कान

फैल जाती।

जब सिद्धांत दोनों को लेकर पहुँचा, तो उस बड़ी और खूबसूरत जगह को देखकर वो अचंभित रह गई। ताज होटल का सिर्फ उसने नाम सुना था जैसा नाम था उसके अनुरूप ही वो जगह थी। बाहर बड़ी-बड़ी गाड़ियाँ खड़ी थीं। लालबत्ती की गाड़ियों की संख्या काफी ज्यादा थी। जगह-जगह पुलिसवाले तैनात थे। बिना परमिशन किसी को अंदर जाने की इजाजत नहीं थी। सिद्धांत साथ में ही था और उन लोगों को लेकर अंदर दाखिल हुआ। घुसते ही सबसे पहले आंटी मिल गई। देखते ही पापा को उलाहना देते हुए कहा, "भाई साहब, इतने दिनों बाद बुलावा देने पर आप आए। आपने तो हम लोगों को बिल्कुल भुला ही दिया, सिर्फ सिद्धांत तक ही मतलब रखा आपने। इतने दिनों में कभी हमें याद ही नहीं किया।" उसके बाद वो उसकी तरफ मुखातिब हुई। दो मिनट उसे अवाक् देखते रहने के बाद बोली, "अरे बाप रे! इसको तो देखो जरा, इतनी सुंदर लगने लगी है जैसे कोई हीरोइन हो। इस पर से तो नजर ना हटे किसी की, तभी तो सिद्धांत सारी लड़कियों को छोड़कर रात-दिन इसकी सेवा में लगा रहता है।" यह बोलते हुए अपने बगल खड़ी महिला को देखकर उन्होंने अपनी एक आँख दबाई।

बगल में शायद उनकी बहन या कोई करीबी सहेली खड़ी थी। उनको दिखाकर बोली, "एक से एक सुंदर रिश्ते इसके लिए आ रहे थे, लेकिन सबके लिए मना कर देता था, हमको क्या पता था इसका मन कहा अटका है?"

उलाहना वाली भाषा उनकी शुरू से थी, लेकिन जो वह कह रही थी उससे सिद्धांत जरूर असहज हुआ जा रहा था। अपनी माँ को चुप कराते हुए बोला, "आप कुछ भी बोले जा रही हैं। जाइए उधर के मेहमानों को देखिए, मैं यहाँ हूँ, सब सँभाल लूँगा।"

अनुमिता और अंकल को लेकर वह दूसरी तरफ आ गया। पापा को भी आश्चर्य हो रहा था कि एक महीने में ऐसा क्या हो गया जो भाभी जी इस तरह से बात कर रही थीं।

वह सिद्धांत से बात करने में कभी संकोच नहीं करते थे, वहीं खड़े-खड़े ही उन्होंने तुरंत उससे पूछ लिया, "क्या तुम अनुमिता को पसंद करते हो?"

सिद्धांत ने बिना झिझके हाँ कह दिया। बोला, "अंकल, मैं यह बात

आपको बताने ही वाला था, लेकिन मुझे नहीं पता था कि यह बात इस तरह बतंगड़ बनाकर आपके सामने पेश की जाएगी।"

वो कुछ बोलते उसके पहले सोम वहाँ आ गए। उनके दोनों हाथों में जाम था। थोड़े नशे में भी थे। आते ही पापा को गले लगा लिया। तुम सचमुच मेरे इकलौते दोस्त हो। तुमने हर बार मेरी बात मानी है, तुम्हारे जैसा दोस्त मिलना मुश्किल है बोलते हुए खींचकर अपने साथ लेकर दूसरी तरफ चले गए।

पार्टी में उसके पास ही खड़ा सिद्धांत अपने दोस्तों से बातें करने लगा था। उसने देखा पापा के कुछ पुराने परिचित मिल गए थे। चूँकि वह स्कूल में रहे थे, तो उनकी जान-पहचान के काफी लोग वहाँ मौजूद थे, वो उनसे बातें करने लगे। सिर्फ वो अकेले खड़ी थी और नजरें घुमाकर सब तरफ देख रही थी।

तभी सोमदत्त अंकल किसी बात पर जोर से हँसे। पता नहीं सामने वाले ने उनसे कोई सवाल किया या वह खुद ही बताने लगे। वो थोड़ा ज्यादा ही जोर-जोर से बोल रहे थे।

"देखिए सक्सेना जी, ऐसा है कि हम लोग जनप्रतिनिधि हैं। जनप्रतिनिधि जनसेवक होता है। जनसेवक का मतलब समाज सेवक। हमारा काम है समाज की भलाई करना। वह तो मेरा पुराना दोस्त है, जो हुआ सो हुआ। उसका बेटा कोर्ट से बाइज्जत बरी हो चुका है, बात खत्म। हम ब्राह्मण लोग हैं, अपनी बिरादरी की उस लड़की की जितनी बदनामी हुई है, उसके बाद समाज का कौन लड़का आगे बढ़कर उससे शादी करता, बताइए आप। वह तो मैंने सिद्धांत को जोर दिया कि बेटा, तुमको इस बच्ची की जिंदगी सँवारनी है। हमारा बच्चा आज्ञाकारी है, उसने इनकार नहीं किया। हम लोग यह काम नहीं करते, तो बताइए कौन आगे बढ़ता, कौन उसका हाथ थामता?"

अंकल की बातें सुनने के बाद वो स्तब्ध रह गई। उसे कुछ समझ नहीं आया कि वो कहाँ खड़ी है। उसने मुड़कर पापा की तरफ देखा। उन्होंने भी अंकल की बातें सुन ली थीं। हतप्रभ-से वह वहीं खड़े, उसकी तरफ देखते दिखे। वो गुस्से से लाल हो चुकी थी। हर बार बुलाना और अपमानित करना, उसकी मौजूदगी में उसके बारे में इस तरह की बातें की जा रही थीं, आगे वो क्या-क्या बोलेंगे पता नहीं। वह सोम अंकल के सामने जाकर खड़ी हो गई और लगभग चीखते हुए कहा, "आपका लड़का अगर दुनिया का अंतिम

लड़का भी हुआ, तो भी मैं उससे शादी नहीं करूँगी। मैं सड़क पर खड़ी बेसहारा लड़की नहीं हूँ, जिसे आप जैसे लोगों के उद्धार की जरूरत है। सिवाय पैसे के आपके पास है क्या? आपका यह अभिमान है कि मैं आपके बेटे से शादी करने के लिए मरी जा रही हूँ। आपके और आपके परिवार के पास एक चीज की बहुत कमी है... वह है दूसरे का भरोसा, जो आप लोग कभी जीत नहीं पाए। आप वह भरोसा ना कभी मेरे पिता को दिला पाए, ना मुझे। और पिता का कुछ अंश तो बच्चों में भी आता ही है। आप लोगों पर विश्वास नहीं किया जा सकता, कभी भी नहीं। जब-जब हमने आप पर भरोसा किया, सिर्फ धोखा मिला। आपके बेटे में कोई कमी नहीं है, लेकिन उसकी सबसे बड़ी कमी यही है कि आप उसके पिता हैं। और मैं आपसे नफरत करती हूँ, इसलिए कभी उससे प्यार नहीं कर पाऊँगी।" गुस्से से तमतमाते हुए जो उसके मुँह में आया उसने सब बोल दिया।

इतना बोलकर वह बाहर निकल गई। बाहर निकलते समय सिद्धांत पर नजर पड़ी। वह वहीं खड़ा था। ना उसने उसे रोका और ना वह आज किसी के रोकने से रुकने वाली थी।

सोम अंकल तुरंत पापा के पास आए। पापा को देखकर कहा, "समझाइए बिटिया को, वह गलत समझ गई है।" उन्होंने जवाब दिया, "बिल्कुल गलत नहीं समझा है उसने। सही कह रही है। समझने की जरूरत शायद तुमको है। तुम्हारा उद्देश्य अगर उसका अपमान करना था, तो ऐसा मैं होने नहीं दूँगा। तुम्हारा किया हर अपमान मैं भूल सकता हूँ लेकिन मेरी बेटी को अपमानित करने की हिम्मत तुमने कैसे की? उसको अपमानित करने वाले को मैं माफ नहीं कर सकता।" और वो भी साथ ही बाहर निकल गए।

आज बरसों से भरा गुबार निकल गया था। यह मुलाकात बहुत जरूरी थी, इस मुलाकात से उसकी आँखें खुल गईं। अगर उन सबके साथ यह मुलाकात ना होती, तो वह कभी नहीं जानती कि सब कुछ होते हुए भी वह सिद्धांत के साथ शायद कभी खुश नहीं रह सकती थी, क्योंकि शादी सिर्फ दो लोगों के बीच नहीं दो परिवारों के बीच होती है और यहाँ दोनों परिवार तराजू के ऐसे पलड़ों की तरह थे जहाँ दूर-दूर तक समानता-बराबरी की कोई बात ही नहीं थी। एक ऊँचा ही बना रहता और दूसरा हमेशा ही नीचे झुका रहता।

20

इस अंतिम साल में प्लेसमेंट और नौकरी की चिंता सारे स्टूडेंट्स में दिखने लगी थी। सभी पढ़ाई को लेकर ज्यादा सिंसियर हो गए थे। उनके चेहरों पर अच्छी नौकरी पाने का तनाव साफ दिख रहा था। सिद्धांत को भूलने और मन से हमेशा के लिए निकाल देने के लिए जरूरत से ज्यादा उसने खुद को व्यस्त कर लिया रात-दिन किताबों से चिपकी रहती। वह अपने पिता के लिए शर्मिंदगी की वजह नहीं बन सकती थी। अपने पैरों पर खड़ा होना, हर लड़की के लिए शादी करने से ज्यादा जरूरी है। आत्मसम्मान के लिए उसका आत्मनिर्भर होना जरूरी है।

वह पढ़ाई में बिल्कुल डूब गई, जिसके नतीजे भी अच्छे रहे। एक मल्टीनेशनल कंपनी में उसका प्लेसमेंट बेंगलुरू शहर में हो गया। समय तेजी से भाग रहा था, या वो काम में डूबी थी इसलिए उसे समय का कोई अंदाजा ही नहीं था। उसे नौकरी करते हुए तीन साल बीत चुके थे। उसने अपनी मेहनत से कंपनी में अच्छी पोजीशन हासिल कर ली थी। मम्मी-पापा उस पर शादी के लिए दबाव बढ़ाने लगे थे। हर माँ-बाप की तरह उनकी बस एक ही चिंता थी। हर दिन कोई ना कोई रिश्ता मम्मी उसे फोन पर बताती ही रहती। लेकिन वो अब भी शादी के लिए तैयार नहीं थी।

कार्तिक रायपुर मेडिकल कॉलेज में एमबीबीएस कर रहा था। मम्मी-पापा को भिलाई इतना पसंद आया कि उन्होंने वहीं घर बनवा लिया। कभी-कभी बीच-बीच में मम्मी-पापा उसके पास आ जाते थे। अभी भी आए हुए थे। हर बार आने का उद्देश्य उसकी शादी का ही होता था।

आज उसे ऑफिस में बड़ा प्रमोशन मिला था वो बहुत खुश थी, सोचा मम्मी-पापा के साथ आज कोई फिल्म देखने जाएँगे और बाहर खाना खाएँगे।

अभी घर पहुँची ही थी कि बाहर से ही फोन की घंटी सुनाई दी। चाबी से दरवाजा खोलते ही फोन की लगातार बज रही घंटी की अवहेलना वो न

कर सकी। मम्मी किचन में थी और पापा शायद बाथरूम में। उसने जल्दी से बैग रखा और फोन उठाया। फोन उठाते ही आवाज सुनकर उसकी साँस जैसे रुक गई। उसे विश्वास ही नहीं हुआ। लेकिन वह सिद्धांत की आवाज अच्छे से पहचानती थी, यह सिद्धांत ही था। उसी परिचित अंदाज में उसने पूछा, "कैसी हो अनु?"

उसके बाद उसने जो बताया उसके लिए शायद कोई भी तैयार नहीं था।

"पापा के एक्सीडेंट का तो तुमने सुना होगा।"

"नहीं मुझे तो कुछ नहीं पता। क्या हुआ अंकल को?" उसने आश्चर्य से पूछा।

"कुछ दिन पहले बहुत बड़ा एक्सीडेंट हुआ है। डॉक्टर ने कई ऑपरेशन किए, लेकिन उनकी हालत में कोई सुधार नहीं है। दिनों-दिन हालत और खराब होती जा रही है। अब तो डॉक्टरों ने भी जवाब दे दिया। कोई उम्मीद नहीं है। अंतिम बार तुम सबसे मिलना चाहते हैं।"

हड़बड़ाकर अनुमिता ने कहा, "हाँ, बिल्कुल हम लोग कल ही निकल पड़ेंगे।"

"आओ तो मुझे खबर करना। टेक केयर।" संक्षिप्त बात करके सिद्धांत ने फोन रख दिया।

पता नहीं, पापा को यह खबर पता भी है कि नहीं उसे तो बिल्कुल इस एक्सीडेंट का कोई अंदाजा नहीं था। पापा को बताने पर वह भी आश्चर्यचकित थे, क्योंकि इस खबर पर उनकी भी नजर नहीं पड़ी थी। सुनते ही मम्मी-पापा मुंबई जाने की तैयारी करने लगे। अगले ही दिन फ्लाइट से वे तीनों मुंबई पहुँच गए।

घर का एड्रेस पता था। उन लोगों ने सिद्धांत को आने से मना कर दिया था। पापा ने एयरपोर्ट से सीधे सोम अंकल के पास चलने को कहा।

घर पहुँचने पर पता चला कि सिद्धांत अकेला ही है। उसके दोनों भाई विदेश में ही रहना चाहते हैं। एक्सीडेंट के समय दोनों आए थे, कुछ दिन रहकर फिर वापस चले गए। उनकी पढ़ाई अभी जारी है, वे ज्यादा लंबा रुक नहीं सकते थे। पूरे घर में अजीब-सा सन्नाटा पसरा हुआ था। सिद्धांत उन सबको लेकर सोम अंकल के कमरे में गया।

कमरे में घुसते ही एक अजीब-सा भभका नाक में घुसा। दवाई और बदबू की मिलीजुली गंध उस कमरे में फैली हुई थी।

उन्हें देखते ही वह सहमकर खड़ी हो गई। हे भगवान! वह तो पहचान ही नहीं आ रहे। आधा चेहरा सिला हुआ था, बोलने के लिए मशीन लगी हुई थी। बैठने की स्थिति में भी नहीं थे। ऊँचा, गठीला शरीर हड्डियों के ढाँचे में बदल गया था, वो बिस्तर पर असहाय-से पड़े थे। उनकी यह हालत और आकस्मिक दुर्घटना दोनों अचंभे में डालने वाली बात थी, जिसके लिए कोई तैयार नहीं था। सिद्धांत ने उनके सिर पर हाथ रखकर कहा, "देखिए आपसे मिलने कौन आया है।"

पापा को देखते ही अंकल की आँखों के पोर से आँसू अपने आप ढलग गए। उन्होंने अपने दोस्त के सामने दोनों हाथ जोड़ लिए। पापा उनके दोनों हाथों को अपने हाथों में लेकर फूट-फूटकर रोने लगे।

उसके खुद के लिए अंकल को इस स्थिति में देखना विचलित कर देने वाला था। आंटी सदा इतनी बातें करती थीं, लेकिन आज कोने में चुपचाप-सी खड़ी थीं। बोलने-सुनाने को जैसे पहली बार उनके पास कोई बात ही नहीं थी। आंटी ने किसी को देखकर कोई प्रतिक्रिया नहीं दी।

सोम अंकल को हमेशा गुरूर में तने ही देखा था। उनका वह रौबदार व्यक्तित्व गायब था। वह बिल्कुल निरीह, लाचार लग रहे थे, जिसे देखकर किसी को भी दया आ जाए। उनको देखने के बाद वह अपराधबोध से भर गई। आंटी-अंकल से नजर मिलाने की उसकी हिम्मत नहीं हुई।

अंकल टूटे-फूटे स्वर में पापा से हाथ जोड़कर बोल रहे थे, "सच में, तेरा बुरा मैंने कभी नहीं किया। हाँ, दुनियादारी और प्यार बाँटने में तेरे से हमेशा कम रह गया। तू मुझसे कल भी आगे था, आज भी हर बात में आगे है। सब कुछ पाकर भी मैं अपने बेटे की खुशी उसे नहीं दे पाया। कैसा बाप हूँ, बेटे से उसकी खुशी छीन ली मैंने।"

फिर अनुमिता को देखकर हाथ जोड़े हुए ही कहा, "तुम दोनों मुझे माफ कर दो।"

आज उनकी बातों में कोई तंज, कोई उलाहना, कोई भी व्यंग नहीं था। उनको देखकर लग रहा था, जैसे वह अपने दर्द और तकलीफों से थक चुके

हैं और उन्होंने हार मान ली है। कभी न हारने वाले अंकल को इस तरह हारते हुए देखना वह कभी नहीं चाहती थी। नहीं चाहती थी कि वह उसके सामने कभी भी हाथ जोड़ें या गिड़गिड़ाते हुए माफी माँगें। आज वो चाहती थी कि वह पहले की तरह वाले सोम अंकल बन जाएँ। उनके उसी रूप की उन सबको आदत हो गई थी। उनका यूँ अचानक ऐसा बदलना किसी को भी अच्छा नहीं लगा था।

उसे लगा कि ज्यादा देर वहाँ खड़ी रहेगी, तो अभी चक्कर खाकर गिर जाएगी। अंकल की दयनीय हालत उससे देखी नहीं जा रही थी। वह कमरे से बाहर निकल गई और एक कोने में जाकर खड़ी हो गई। खुली हवा में साँस लेना चाहती थी। इतने बड़े घर में सिर्फ तीन लोग, और तीनों असहाय और टूटे हुए।

थोड़ा आगे बढ़ी तो उसने देखा, बगल के कमरे में सिद्धांत टेबल पर पैर रखकर आँखें बंद किए बैठा था। उस दर्द भरे माहौल में उसको देखकर अनु उसके कमरे की तरफ बढ़ गई और जाकर उसके सामने बैठ गई। उसके बैठते ही सिद्धांत ने आँखें खोलकर उसे देखा और पूछा, "पापा को देखकर आ गई?"

"हाँ, लेकिन तुमने पहले फोन क्यों नहीं किया?"

"अभी भी तुम्हारी शिकायतें मुझसे बाकी हैं, अनु? तुमने कभी मेरे बारे में सोचा? तुम सिर्फ अपने बारे में ही हमेशा सोचती रही। जिस दिन कार्तिक को पुलिस पकड़कर ले गई उसी दिन मैंने घर छोड़ दिया, तब भी तुमको फोन करके नहीं बताया था। पापा को कसूरवार मानता रहा, लेकिन वह कसूरवार उतने थे नहीं, जितना बचपन से मैंने उनको मान लिया था, क्योंकि उनकी तुलना मैं हमेशा तुम्हारे पापा से करता था। लगता था मेरे पापा ऐसे क्यों नहीं हैं। तुम्हारे पापा की तरह बच्चों को वो क्यों प्यार नहीं करते। तुम्हारे परिवार के आकर्षण में मैं हमेशा बँधा रहा और अपने परिवार से अलग होता गया। फिर भी तुम्हारा भरोसा मैं कभी जीत ही नहीं पाया, जबकि सबसे ज्यादा कोशिश तुम्हारा भरोसा जीतने की ही की थी मैंने। लेकिन मुझे क्या मिला? मैं तो एक अच्छा बेटा भी नहीं बन सका, तुम तो हमेशा अपने माँ-बाप की अच्छी बेटी बनी रही। क्या गलती हुई मुझसे कि मैं तुम्हारे क्या, किसी के भी काबिल नहीं

बन पाया ? ऐसी मुझसे क्या गलती हो गई अनु ?"

बोलते-बोलते वो किसी बच्चे की तरह फफक-फफककर रोने लगा।

वो आगे बढ़ी, तो उसने उसके हाथों को झटक दिया। लेकिन वह फिर भी नहीं रुकी वो बार-बार उसके हाथों को हटाता रहा लेकिन वो उसे पकडती रही, अंत में उसने आगे बढ़कर सिद्धांत को बाँहों में भर लिया।

"तुम्हारी कोई गलती नहीं है। किसी की भी गलती नहीं है। शायद समय और परिस्थितियाँ हम दोनों के अनुकूल नहीं थीं। मुझे माफ कर दो सिद्धांत! कुछ तुमने मुझे बताया नहीं और कुछ मैं समझ नहीं पाई। मैं यहीं हूँ तुम्हारे साथ, तुम्हारे पास, मैं तुमको छोड़कर अब कभी कही नहीं जाऊँगी।"

***